マリエットロース・シエンド／
マリー
悪役令嬢は大航海時代を所望

ゼンボルグ公爵家執事
セバスチャン
ゼンボルグ公爵夫人
マリアンローズ・ジエンド
ゼンボルグ公爵家メイド
エマ・サンテール

ゼンボルグ公爵
リシャール・ジエンド
マリー（2歳）
「ぶえっ!!　ぺっ!!　ぺっ!!
からぁ……にがぁ……しょっぱぁ……」
だって、思い出したから。
私が、元日本人だってこと。
どうやら私は、ネット小説定番の異世界……
かどうかは分からないけど、
転生をしてしまったらしい。

家庭教師
オーバン・バロー
「では、魔道具を動かすための魔石とは、一体どのような物じゃ？」
「はい、ませきは――」
魔石は、未知のエネルギーを秘めた鉱物のこと。

Atsuki Urawa
浦和篤樹
[illustration]
nyanya
悪役令嬢は
大航海時代をご所望です

本文・口絵イラスト：nyanya

# CONTENTS


プロローグ　海賊令嬢　004

第一章　目指すは大海原の向こう　011

第二章　船員育成学校の開校　082

閑話　ポセーニアの聖女　189

閑話　エマ日記　お嬢様は可愛い　196

第三章　初めての帆船　201

第四章　バロー卿をして天才と言わしめた魔道具師　257

書き下ろし短編　お嬢様に寄り添う姉として　341

あとがき　348


The villainess wants the Age of Exploration.

# プロローグ　海賊令嬢《かいぞくれいじょう》

◆

大海原《おおうなばら》を、純白の帆船《はんせん》が波を蹴立《けた》てて颯爽《さっそう》と走る。

「お嬢、見えやした！　ブルーローズ商会の商船と海賊船です！」

マストの上の見張り台から、慌《あわ》てた声で報告が降《ふ》ってくる。

どうやら情報通りだったみたいね。

なんとか間に合ったことに、情報提供をしてくれた人達《ひとたち》に感謝しながら、私は声を張り上げる。

「みんな、準備はいい⁉　あの馬鹿《ばか》な連中に、私達に手を出す愚《おろ》かさと恐《おそ》ろしさをたっぷりと思い知らせてやるわよ！」

「「「「おおぉっ‼」」」」

船員達が鬨《とき》の声を上げて、士気が一気に上がった。

それに応《こた》えるように、腰《こし》のサーベルをすらりと抜《ぬ》いて、針路に合わせて真《ま》っ直《す》ぐに振《ふ》り下ろす。

「魔道《まどう》スラスター全力全開！　マリアンローズ号、全速前進！」

「アイアイマム！　魔道スラスター全力全開！　マリアンローズ号、全速前進！」

「魔道スラスター全力全開！　全速前進、ヨーソロー！」

副船長が復唱して、命令が次々に伝達されていく。

さらにぐんと速度を増したマリアンローズ号。

吹《ふ》き付けてくる潮風に、ワンポイントに青バラとドクロマークが飾《かざ》ってある真っ黒の船長帽《ぼう》を手で押《お》さえながら、水平線の彼方《かなた》を睨《にら》む。

やがて水平線の向こうから、船が二隻《せき》見えてきた。

片方は、私の商会の商船。

もう片方は、ドクロの旗を翻《ひるがえ》している海賊船だ。

「アレを」

「はいよ、お嬢」

手を差し出すと、副船長が望遠鏡を手渡《てわた》してくれた。

覗《のぞ》き込《こ》めば……ふふっ、海賊達が慌てふためいているわね。

『おい！　白い帆船が近づいてくるぞ！　とんでもない速度だ！　しかもでかい！』

『とんでもない速度のでかくて白い帆船だと⁉　まさか……あの旗はゼンボルグ公爵《こうしやく》家の紋章《もんしよう》⁉　それと青バラとドクロの海賊旗⁉』

『やべぇ！　海賊令嬢だ！　海賊令嬢が来やがった！』

『退《ひ》け！　退けぇ！　今すぐ逃《に》げるぞ！』

『とんでもねぇ船足だ！　ただの帆船が魔道帆船に勝てるもんか！　あんなの逃げ切れねぇよ！』

『それでも逃げるしかねぇんだよ！』

多分、こんなところかしらね。

海賊って、みんな同じようなことしか言わないから。

もちろん、私の物《船》に手を出したんだから、逃がすわけがないわ。

手心だって加えてあげない。

こうしている間にも、グングン、二隻の船が近づいてくる。

奪《うば》った荷物も人質《ひとじち》も放《ほう》り出して、海賊達が大慌てで自分達の船へと逃げ帰る姿が、望遠鏡なしでもハッキリ見える距離《きより》になった。

「今更《いまさら》出航準備したって手遅《ておく》れよ！　総員戦闘《せんとう》準備！」

高らかに告げて、ライフジャケットを脱《ぬ》ぎ捨てる。

「アイアイマム！　総員戦闘準備！」

副船長の復唱で、私に続いて全員ライフジャケットを脱ぎ捨てた。

身軽になった船員達が闘志《とうし》を漲《みなぎ》らせる。

「魔道スラスター逆噴射《ぎゃくふんしゃ》！　海賊船に接舷《せつげん》よ！」

「アイアイマム！　魔道スラスター逆噴射！　接舷準備！」

「魔道スラスター逆噴射！　接舷準備！　ヨーソロー！」

あり得ない速度でマリアンローズ号が速度を落としていき、海賊船の真横にピタリと並び停止する。

うちの船員達は本当に優秀《ゆうしゅう》ね！

「魔道スラスター停止！　接舷！　吶喊《とっかん》！　無法者どもに、私の船に手を出したことを後悔《こうかい》させてやりなさい！」

「「「「うおおおぉぉぉぉ――――!!」」」」

海賊船に縄《なわ》ばしごをかけると同時に、うちの船員達――ゼンボルグ公爵家が誇《ほこ》る海賊騎士団《きしだん》――

が、海賊が使うお馴染《なじ》みの鉈《なた》のような形状の片手剣《けん》、カトラスを手に次々と海賊船へ乗り移っていく。

「海賊令嬢がなんぼのもんだ！　死ねや――ぐあっ⁉」

「チキショウ！　殺《や》ってやるぜ！　うおぉぉ――ぐぎゃっ⁉」

「強《つえ》ぇ！　海賊騎士ども強すぎ――ひぎゃっ‼」

次々に制圧されていく海賊達。

副船長が次はマイクを手渡してくれたから、海賊船を飛び越《こ》えて、商船に向かって声を張り上げる。

「商船のみんな、私が来たからにはもう大丈夫《だいじょうぶ》よ！」

途端《とたん》に、商船から歓声《かんせい》が上がった。

それから、あっという間に海賊船は制圧される。

本当に、うちの騎士達は優秀ね。

十分に安全が確保されてから、数人の護衛を従えて、悠々《ゆうゆう》と海賊船に乗り込む。

するとすぐに私の前に、髪《かみ》も髭《ひげ》もボサボサで、日焼けとあちこちの刀傷がすごい、いかにも海賊船の船長って風貌《ふうぼう》の熊《くま》みたいな男がロープで捕縛《ほばく》されて引っ立てられてきた。

私の前に乱暴に座《すわ》らせられた海賊船の船長は、憎々《にくにく》しげに私を睨み付けてくる。

もうこの手の荒《あら》くれ者には慣れちゃったし、うちの騎士達を信用しているから、怯《ひる》むことなく堂々と睨み返す。

「……あんたが噂《うわさ》の海賊令嬢か」

「ええ。ご機嫌《きげん》よう、船長さん。ゼンボルグ公爵家令嬢マリエットローズ・ジエンドよ。人は私を畏敬《いけい》を込めて、海賊令嬢と呼ぶわ」

分かりやすい自己紹介《しょうかい》代わりに、真紅《しんく》のプリーツスカートの裾《すそ》を摘《つ》まんで優雅《ゆうが》に、軽く膝《ひざ》を曲げるだけの略式のカーテシーをする。

藍色のリボンで結び、後ろでひとまとめにした真紅でストレートのロングヘア。

ワンポイントに青バラとドクロマークが飾ってある真っ黒の船長帽。

金糸銀糸で刺繍《ししゅう》された豪華《ごうか》なあつらえの黒のジャケット。

清潔な真っ白いブラウスと、レースでヒラヒラとしたネクタイみたいなジャボ。

膝上丈《たけ》でプリーツの折り目が綺麗《きれい》な真紅のミニスカート。

魅惑《みわく》の絶対領域《かわせい》を際立《きわだ》たせる真っ白なニーソ。

上質な革製のショートブーツ。

海賊旗と同じ青バラとドクロが意匠《いしょう》された裏地が赤の黒いマント。

腰に佩《は》くのは、鞘《さや》や柄頭《つかがしら》に金銀や宝石をあしらった豪華なサーベル。

そして、革製のホルスターと、ゼンボルグ公爵領が誇る最新式の魔道具兵器の拳銃《けんじゅう》。

いかにも海賊の船長って出で立《い》ちの私だ。

最近またブラとブラウスが窮屈《きゅうくつ》になってきた胸を張って、足下《あしもと》の海賊船の船長を見下ろしながら酷薄《こくはく》な笑《え》みを浮《う》かべる。

「私の船に手を出したのが運の尽《つ》きね。どこの貴族にそそのかされたのか、どんな手段を使ってでも絶対に吐《は》かせてあげる。処刑台《しょけいだい》に上るときは、やっと楽になれるって、きっと晴れやかな気持ち

になれるわよ」

厳《いか》つい海賊船の船長は真っ青になって身震《みぶる》いすると、ガックリと項垂《うなだ》れた。

捕縛した海賊船の船長と船員達を船倉に放り込んで、商船から奪われた積み荷を戻《もど》して人質も解放すると、戦利品の海賊船を曳航《えいこう》しながら転進する。

「お嬢様ありがとうございました！」

「海賊令嬢、万歳《ばんざい》！」

「みんな、気を付けてね！　良い旅を！」

商船の船員達の声援《せいえん》に笑顔で手を振って応えると、真っ直ぐ前を見つめる。

「さあ、次はこいつらのアジトを強襲《きょうしゅう》して、人質を解放した後、お宝を全部頂くわよ！　魔道スラスター始動！　マリアンローズ号、微速《びそく》前進！」

# 第一章　目指すは大海原《おおうなばら》の向こう

◆

「――⁉」

パクンとお肉を食べた瞬間《しゅんかん》、口中を暴れ回る激痛。

辛《から》い！　苦い！　しょっぱい！

行き過ぎた味覚への刺激《しげき》が激痛になって、ガツンと脳天にまで突《つ》き抜《ぬ》けた。

その瞬間、ものすごい情報量の映像が頭の中に流れ込《こ》んできて、私は思わず茫然《ぼうぜん》としてしまう。

だって、思い出したから。

私が、元日本人だってこと。

女、独身、三十代半ばで会社員をしていたこと。

そして最後の光景が、会社のパソコンの前で突《つ》っ伏《ぷ》し視界が真っ暗になったことを。

どうやら私は、ネット小説定番の異世界……かどうかは分からないけど、転生をしてしまったらしい。

「ぶえっ‼　ぺっ‼　ぺっ‼　からぁ……にがぁ……しょっぱぁ……」

一瞬遅《おく》れて、私は涙目《なみだめ》になりながら、口の中のお肉を吐《は》き出す。

「お嬢様《じょうさま》、全部ぺってして下さい！　お口をふきふきしましょう！」

吐き出したお肉を素早《すばや》くナプキンで受け止めて、ハンカチで私の涙と口元を拭《ふ》いてくれたのは、エプロンドレスが可愛《かわい》いメイドさんだった。

しかも美少女。

白い肌《はだ》とブルネットのふわふわのくせっ毛と、淡《あわ》く澄《す》んだ水色のつぶらな瞳《ひとみ》とソバカスが可愛い、中学生になるかならないかくらいの女の子。

顔立ちは、彫《ほ》りが深くてどう見ても日本人じゃない。

「はい、綺麗《きれい》になりましたよお嬢様。辛かったですね？　大丈夫《だいじょうぶ》ですか？」

心配顔でオロオロする美少女のメイドさん、エマがハンカチ片手に場所を譲《ゆず》って脇《わき》に避《よ》けたことで、目の前にある物が目に入った。

真っ白いテーブルクロスがかけられた、やたらと横に長いテーブル。

銀の燭台《しょくだい》。

フルーツの盛り合わせ。

パンとスープと酢漬《すづ》けのサラダ。

そして厚みがすごいステーキ。

ただし、塩、胡椒《こしょう》、唐辛子《とうがらし》の粉、その他、スパイスにまみれにまみれた。

おかげで肉の味どころか、それはもう思わず前世を思い出しちゃったくらい強烈《きょうれつ》で刺激的な味だったわよ。

「あらあら、マリーったら。お口の中が痛かったのね」

そう言いながら席を立って私の側《そば》まで来たのは、二十歳《はたち》になるかならないかのものすごい美人さんだった。

ストレートの真紅《しんく》の髪《かみ》をアップにして、藍色の落ち着いた雰囲気《ふんいき》のアフタヌーンドレスを着ている。

透《す》き通るような白い肌に明るい紅《くれない》の瞳が宝石みたい。

その優《やさ》しそうな顔立ちの美人さんは私を抱《だ》き上げると、子供をあやすように額や頬《ほお》に何度もキスをしてくれた。

くすぐったくて照れ臭《くさ》いけど、温かくて、すごく嬉《うれ》しい。

すぐに理解した。

この人、私のお母さんだ。

「マリーにはまだ大人の味は早かったようだな」

そう言って同じく席を立つと、お母さんから私を受け取って抱き締《し》め、何度も優しく頭を撫《な》でてくれたのは、二十代前半の若く凛々《りり》しいイケメン。

同じくストレートの深紅の髪を短く切り揃《そろ》えて、いかにも貴族って感じの上質な上着にズボンを穿《は》いている。

やっぱり透き通るような白い肌で、真紅の瞳が綺麗。

とても優しい眼差《まなざ》しで、私を見つめてくれている。

うん、この人が私のお父さんだ。

「はいお嬢様、お水です。お口の中を綺麗綺麗にしましょう」

差し出された木製のコップを受け取ろうと手を伸《の》ばし……小っさ⁉

私の手、小っさ⁉

ぷにぷにお手々って感じだわ。

よく見れば、足も短い。

胸は真っ平らで、お腹《なか》もイカ腹でぽっこり。

うん、理解した。

抱っこされて当然。

だって私、まだ二歳《さい》だもん。

「んく……んく……ぷあぁ……」

エマにお水を飲ませて貰《もら》って、口の中の痛みが多少和《やわ》らいだところで、ようやく人心地《ひとごこち》付く。

「マリー、もう大丈夫かい？」

「あい」

コクンと頷《うなず》いて『はい』って答えたつもりが、舌っ足らずな『あい』になってしまった。

でも、お父さんもお母さんも愛《いと》おしそうに微笑《ほほえ》んでくれる。

それだけで、すごく心が温かくなって安心出来た。

「それじゃあ食事を続けよう」

お父さんは微笑んで椅子《いす》に座《すわ》らせてくれる。

椅子にクッションをいっぱい積み上げて、背もたれと背中の間にもいっぱい当てて、ようやく高さを維持《いじ》されている私。

エマが手早く整えてくれて、そのクッションに身体《からだ》を沈《しず》める。

「マリーにはいつもの食事を」

「畏《かしこ》まりました旦那様《だんなさま》」

うん、それがいい。

どうやら前世の記憶《きおく》を取り戻《もど》す直前の私は、おねだりしてお父さんとお母さんと同じお昼ご飯を食べたがったみたいだけど、こんなのもう一口で十分。

こんなスパイスまみれの食事なんて絶対に身体に悪いから、子供が食べちゃ駄目《だめ》。

まだ口の中がヒリヒリしているし。

でも、その刺激が、これが夢じゃなくて現実なんだって嫌《いや》でも思わせる。

ともかく、私が食べられる食事が用意されるのを待つ間、改めて現状把握《はあく》を――

「あ……！」

――と思って周りを見回して、思わずそう呟《つぶや》いて手を伸《の》ばしてしまう。

だって、お父さんとお母さんが自分の席に戻ると、上品にナイフとフォークを使って食事を続けたから。

お母さんがスパイスまみれのお肉を切り分けて口に入れて、一瞬表情を強《こわ》ばらせる。

でも、それでも優雅《ゆうが》に咀嚼《そしゃく》して飲み込んだ。

そしてすぐにお水をいっぱい飲んで、優雅だけど明らかにほっとした溜息《ためいき》を吐《つ》く。

それはお父さんも同じ。

そんな食事を続けている。

……こんなスパイスまみれの食事をしていたら、二人とも病気になって早死にしちゃうんじゃない⁉

食事が終わって――いつも通りのパン粥《がゆ》が出されて私はそれを頂いた――お母さんに抱っこされて自室へと連れて行かれる。

まだ大学生くらいの美人さんがお母さんって、ちょっと変な感じ。

だって、前世の私よりうんと若いし。

……子供どころか、彼氏《かれし》すらいなかったからちょっと羨《うらや》ましいかも。

それはさておき。

私は段々、自分の置かれている状況《じょうきょう》が分かってきた。

さっきのはどうやら食堂だったみたいで、よくアニメや漫画《まんが》で見た、いかにも貴族の屋敷《やしき》の食堂って感じだった。

燭台があって、暖炉《だんろ》があって、天井《てんじょう》にはシャンデリアがあったし。

廊下《ろうか》もね、そんな感じ。

高価そうな壷《つぼ》が飾《かざ》ってあったり、風景画や人物画が飾ってあったり、赤い絨毯《じゅうたん》が敷《し》かれていたり。

窓から見えるのは、植木と花壇《かだん》で迷路《めいろ》みたいになっていて、噴水《ふんすい》まである広い庭。

そしてその向こうには、高い壁《かべ》と両開きの門、そして門から長く続く石畳《いしだたみ》の道。

その庭だけで、学校のグラウンドを優に八面取れるくらい広いんじゃないかしら。

廊下も長い。

部屋数も多い。

ここ、とんでもないお金持ちの家みたい。

これはあれね、どう見ても私、どこかの貴族のお嬢様に転生したとしか思えないわ。

まさか、そんなネット小説みたいな展開が自分の身に起きるなんてね……。

お母さんに抱っこされたまま私の部屋に入って……広っ⁉

子供部屋とは思えないほど広い！

私が住んでいた六畳《じょう》一間のアパートの部屋の何倍も広い！

ベッドも天蓋《てんがい》付きで大きい！

ゴロゴロ転がって遊べちゃうくらい大きい！

「ふぁ……」

ベッドを見ていたら、思わず欠伸《あくび》が漏《も》れてしまう。

「あらあら、マリーはお腹がいっぱいになって、おねむになったのかしら？」

「……あい」

また舌っ足らずな『あい』になってしまった。

だって二歳だししょうがないよね。

「奥様《おくさま》、お嬢様、さあどうぞ」

エマが布団《ふとん》をめくりお母さんから私を受け取ると、ベッドに寝《ね》かせてくれる。

おかげで、目も開けていられないくらい眠気《ねむけ》が襲《おそ》ってきた。

「ん……」

……現状把握は起きてからにしよう。

もしかしたら全部夢だった……と言うこともあるかも知れないし。

「お休みなさいマリー。良い夢を」

額にキスをされて、なんだかくすぐったくて、ほんわり胸が温かくなって、ああ、私ってちゃんと愛されているんだなってすごく安心出来る。

お母さんとエマが見守る中、私はすぐに眠りに落ちていた。


目が覚めると……天蓋付きベッドの中だった。

どうやら貴族のお嬢様に転生したのは夢じゃなかったみたい。

この国、この世界、この時代、どんな所なんだろう?

それをちゃんと知りたいわ。

だって、こうなった以上、開き直って新しい人生を謳歌《おうか》したいじゃない。

もちろん残してきた家族のことは心残りだけど……。

くよくよしたところで、元の世界に帰れるわけじゃないだろうし。

だったら第二の人生を明るく楽しく暮らした方が、残された家族だってきっと安心してくれるはずだもの。

何より、休日返上で毎日残業して、疲《つか》れ切った身体に鞭《むち》打《う》ってアパートに帰るだけの社畜《しゃちく》人生より、貴族のお嬢様の優雅な生活の方が絶対に楽しいはずよ。

でもそのためには、何よりまず自分のことを知るのが先決だ。

「お目覚めになりましたか、お嬢様。ご機嫌《きげん》はいかがですか？」

ベッドの脇の椅子に座っていたエマが、膝《ひざ》の上の本を閉じて柔《やわ》らかく微笑む。

淡く澄んだ水色の瞳が真《ま》っ直《す》ぐに私を見てくれている。

もしかして私が寝ている間、ずっとそこに？

ずっと見守ってくれていたなんて、いい子だな、エマ。

「え〜ま〜」

ちょっと行儀《ぎょうぎ》が悪いけど、エマを指さして、エマの名前を呼ぶ。

「はい、エマですよ」

名前を呼ばれたのがよっぽど嬉しいのか、エマはもうニコニコだ。

ああもう、可愛いなぁ！

つい私もニコニコしちゃって、それを見たエマが頬《ほお》を染めながら益々《ますます》ニコニコ笑顔になる。

次は自分を指さす。

「ま〜り〜」

「はい、マリーお嬢様」

エマはまたニコニコだ。

私、自分のフルネームが知りたいから、マリーで止められちゃったら困る。

「ちな〜の、じぇんぶ〜」

最初なんのことか分からなかったのかキョトンとしたエマだけど、どうやら言いたいことを理解してくれたらしい。

「はい、マリエットローズお嬢様」

いや、だからフルネーム……え？

私、マリーじゃなくて、マリエットローズって言うの？

ちょっと待って！

マリエットローズって名前、聞き覚えがあるんだけど⁉

急速に甦《よみがえ》ってくる一つの記憶。

「まりえっと……ろーじゅ……じ……ぇ……」

「はい、マリエットローズ・ジエンドお嬢様」

エマのニコニコ笑顔に、衝撃《しょうげき》を受ける。

私……マリエットローズ・ジエンド⁉

本当に⁉

あの⁉

乙女《おとめ》ゲーム『海と大地のオルレアーナ』に登場する悪役令嬢《れいじょう》、ゼンボルグ公爵《こうしゃく》令嬢マリエットローズ・ジエンドのこと⁉

どのルートのエンディングでも必ず断罪され処刑《しょけい》される、国外追放や幽閉《ゆうへい》や修道院送りすらない、生存ルートが皆無《かいむ》の、ファンの間で『マリエットローズ・The　END』って呼ばれていた……⁉

不味《まず》い、不味い、不味い、これは不味いわ！

私、今、二歳……。

あと十四年……あとたった十四年で、十六歳で成人を迎《むか》える前にまた死んじゃうわけ⁉

目の前が真っ暗になって……。

「え？　あら？　お嬢様？　お嬢様⁉」

私は気絶していた。

目が覚めた。

窓から差し込むのは茜色《あかねいろ》の日差し。

やっぱり天蓋付きベッド。

やっぱりぷにぷにお手々。

どうやら私は本当に、乙女ゲーム『海と大地のオルレアーナ』の世界の、悪役令嬢マリエットローズ・ジエンドに転生してしまったらしい。

「まじゅいれしょ……こりぇ……」

思わず呟きが漏れてしまったくらい、不味い。

ここ数年……転生前の最後の数年は、仕事が忙《いそが》しくて趣味《しゅみ》の乙女ゲームもお菓子《かし》作りもほとんどやっている暇《ひま》がなかったから、記憶が少々おぼろげだけど……。

ともかく『海と大地のオルレアーナ』の記憶を浚《さら》う。

『海と大地のオルレアーナ』はヒロインと攻略《こうりゃく》対象のイケメン達《たち》が出会い、恋《こい》をする、対象年齢《ねんれい》がちょっと上の女性向けの恋愛《れんあい》ゲームだ。

略して『とのアナ』。

ゲームの舞台《ぶたい》はタイトルにもある、オルレアーナ王国。

その王都オルレアスにある国立オルレアス貴族学院だ。

問題なのは『とのアナ』が、ふわふわ、あまあまで夢いっぱいの恋愛模様を描《えが》く王道の乙女ゲームじゃなくて、政治色や陰謀《いんぼう》劇の要素が強い大人向けの、その珍《めずら》しさから話題になった乙女ゲームだってこと。

喩《たと》えるなら、甘《あま》～いスイートミルクチョコみたいな展開や恋愛じゃなくて、苦み走ったビターチョコみたいな展開や恋愛が売りになっている。

ヒロインのノエルと、悪役令嬢マリエットローズとの関係も、普通《ふつう》の乙女ゲームとはかなり違《ちが》った。

ノエルが平民で、その才能を見出《みいだ》されて男爵《だんしゃく》家の養女になり、男爵令嬢として貴族学院に入学して、王太子およびその側近の貴族の子息達イケメンと恋をするのは王道なんだけど……。

実はノエルはヒロインなのに、悪役令嬢マリエットローズの手先なのよ。

ノエルを養女にしたアテンド男爵は、悪役令嬢マリエットローズの父親であるゼンボルグ公爵の派閥《はばつ》の貴族で、ゼンボルグ公爵、アテンド男爵、その他の派閥の貴族達は、オルレアーナ王国を乗っ取る陰謀を企《くわだ》てていたの。

しかも、マリエットローズは王太子の婚約者《こんやくしゃ》どころか候補ですらなかった。

だからマリエットローズを王太子の婚約者に、ゆくゆくは王妃《おうひ》にしてオルレアーナ王国を乗っ取るために、ノエルを利用すると言う流れなのよ。

じゃあどうノエルを利用するのかと言えば、攻略対象の王太子や側近のイケメン達の前でノエルを苛《いじ》めることで同情を引いて、ノエルを攻略対象達に取り入らせるの。

そうして懐《ふところ》に潜《もぐ》り込んだノエルは、攻略対象達の弱味を握《にぎ》ったり、攻略対象達の実家である王家や重鎮《じゆうちん》の貴族家の動きを掴《つか》んだりして、それをマリエットローズにコッソリと報告する役目を負っていたと言うわけ。

マリエットローズとゼンボルグ公爵はその情報を使って、王族や重鎮の貴族達を陥《おとしい》れて力を奪《うば》い、逆に力を付けることで、王太子の婚約者の座をもぎ取ろうとするわけね。

もちろんノエルは、罪悪感からその役目を拒《こば》みたい。

だけど逆らえない。

だって、病気の母親の薬代をアテンド男爵に出して貰っていたから。

しかもマリエットローズから母親に監視《かんし》がつけられていることを臭《にお》わされていて、成果を出せないと、母親がどうなるか分からないと脅《おど》されていたから。

つまり、人質《ひとじち》にされていたと言うわけね。

日を追うごとに増していく罪悪感に、やがて鬱《ふさ》ぎ込んでいくノエル。

そんなノエルを励《はげ》まして、相談に乗ろうとする攻略対象達。

ノエルもまた、実家の状況が悪くなっていく一方の攻略対象達を、罪悪感から励まし、相談に乗ってあげるようになる。

そうして次第《しだい》にノエルと攻略対象は心惹《ひ》かれ合い、愛し合うようになっていくの。

やがて愛する人を騙《だま》して陥れている罪悪感に耐《た》えられなくなったノエルは、攻略対象に全《すべ》てを告白してしまう。

そんなノエルを許した攻略対象は、ノエルと共にノエルの母親を助け出し、マリエットローズとゼンボルグ公爵の陰謀を暴《あば》き、オルレアーナ王国を救う。

そして二人は結ばれてハッピーエンド。

と言うストーリーになっている。

「まじゅしゅぎる……どうしゅれば……」

そう、これの何が不味いって、ネット小説でよく見る王道の解決方法が全然通用しないのよ！

『ヒロインのノエルを苛めずに仲良くなればいいよね』

『王太子の婚約者にならなければいいよね』

『貴族学院に入学せず攻略対象達に会わなければいいよね』

と言うのが王道だけど、『とのアナ』のシチュエーションだと、どれも無意味だわ。

だって、陰謀を企《たくら》んでいるのはお父さん達……ゼンボルグ公爵、アテンド男爵、その他派閥の貴族達なんだから！

私がどんな形でノエルや攻略対象達と関《かか》わろうと関わらずにいようとも、それどころか、たとえ私が協力しなくても、きっとそれとは無関係にお父さん達が陰謀を進めてしまう。

そして、断罪で処刑！

このままだと、私を愛してくれているお父さん、お母さん、そしてエマも……みんな処刑されてしまう！

とにかく、情報が足りない。

一つだけ確実に分かっているのは、このまま何もしなければ断罪で処刑で破滅《はめつ》すると言うことだけ。

ゲーム本編の開始は、十二歳の貴族学院初等部入学の日。

つまりあとたった十年しかない。

でもまだ十年もある。

とにかくその間、足掻《あが》けるだけ足掻くしかない。

だから何よりまず、陰謀の背景になるオルレアーナ王国やゼンボルグ公爵、およびその派閥の貴族達について知ることが先決ね。

そのためには、早くたくさん言葉を覚えて、読み書きが出来るようになって、関連した本を読んで、人から話を聞くことが必須《ひっす》だわ。

そして一日も早く打開策を探すのよ。

「え～ま～、だっこ」

「お嬢様、今日は甘《あま》えん坊《ぼう》さんですか？」

両手を伸ばすと、エマがニコニコ笑顔で抱っこしてくれる。

優しく、まるで宝物のように抱き上げてくれたエマ。

その腕《うで》の中が心地よくて、思わずギュッとしがみつく。

お父さんやお母さんとはまた違う、お姉ちゃんに甘えているみたいな、甘やかされているみたいな感じがして、すごく安心する。

「本当に今日は甘えん坊さんですね。何かありましたか？」

首を小さく横に振《ふ》る。

破滅と断罪の未来が待っているなんて、言えるわけがない。

エマがあやすように、ポンポンと軽く背中を叩《たた》く。

「では、ご気分を変えるために、このままお庭にでもお散歩に行きましょうか？」

それもとっても魅力《みりよく》的だけど……。

しがみついていた腕を放して、エマの顔を見る。

エマはとても優しい笑顔で私の顔を見つめて、どうしますかって聞いてきた。

「おと～しゃ……」

お父さん？　それとも貴族のご令嬢らしく、お父様？

「……ま？　いく」

「旦那様のところに行きたいんですか？」

「うん」

「ですが今、旦那様はお仕事をされていたかと思います」

「や！　いく！」

だっていつから陰謀が動き始めるのか分からないのよ？

もしかしたら、もうすでに動き始めているかも知れない。

だから急がないと。

「仕方ありませんね……旦那様がいいと仰《おつしや》ったら、ですよ？」

困ったように眉《まゆ》を八の字にするエマに、しまったなって思った。

お父さん、お仕事をしているんだから、終わるまで待つくらいの猶予《ゆうよ》はあるはずなのに。

これはあれだ、精神年齢が子供の方に引っ張られているのか、こうと決めたら視野が狭《せま》くなって、それをすることとしか考えられなくなっちゃうのかも。

これから気を付けないと駄目ね。

ちょっと申し訳ない気分になりながら、エマに抱っこされたまま揺《ゆ》られて、お父さんの執務室《しつむしつ》らしい部屋の前までやって来た。

エマが控《ひか》え目にノックする。

「旦那様、お嬢様が旦那様にお会いしたいと仰っておいでです。いかが致《いた》しましょう」

エマ、まだ十二歳なのに、敬語や言葉遣《ことばづか》いがちゃんとしていて、すごいわ。

こういうちゃんとした子だから、公爵家のメイドになれたのかな。

「マリーが？　構わない、入ってくれ」

「はい、失礼します」

エマに連れられてお父さんの執務室に入る。

重厚《じゅうこう》な執務机に豪華《ごうか》な革張《かわば》りの椅子。

本棚《ほんだな》にはいっぱい本が並んでいて、さらに国旗らしい旗が二つ飾られていて、いかにも貴族の執務室って感じだ。

「マリー」

お父さんの顔が私を見てふにゃっととろける。

イケメンなのに、なんだか可愛い。

「おと〜しゃ……ま」

取りあえずお父様呼びにして、お父さんの方へ手を伸ばす。

「お父様なんて、もうそんな呼び方を覚えたのか。マリーはすごいな、偉《えら》いな」

エマから私を受け取ったお父さんは、もうデレデレだ。

「でも、まだパパでいいんだよ？　むしろパパって呼びなさい」

目が真剣《しんけん》で、ちょっと怖《こわ》いんだけど。

娘《むすめ》にパパって呼ばれることに、何か特別な思い入れでもあるのかしら？

「ぱ～ぱ～」

「ああっ、マリー！　可愛いマリー！」

「ぐえっ⁉」

そんな思い切り抱き締めたら中身が出ちゃう！

「旦那様！　お嬢様が潰《つぶ》れてしまいます！」

「おっと⁉　済まないマリー」

「……あい」

ふぅ……良かった、潰れた肉まんみたいに中身が飛び出さなくて。

「それでマリーはパパに会いに来てくれたのかな？」

「あい」

コクンと頷いて、おねだりをする。

「ぱ～ぱ～、ごほんよんで」

「ああ、いいとも！　パパに読んで欲《ほ》しいんだな」

「あい」

「エマ、マリーに読んであげる本を何か見繕《みつくろ》ってきてくれ」

執務室には難しそうな本しかないもんね。

「旦那様、お仕事はよろしいのですか？　読み聞かせでしたら、あたしがやりますが」

「何を言っている。マリーはこの私に読んで欲しいと言ったんだぞ。娘より優先する仕事などあるわけがない」

キリッと凛々しい顔で……お父さん、親バカね？

エマが困ったような微笑ましそうな顔をして、本を取りに行ってくれる。

うん、よく考えれば、エマに読んで貰っても同じだった。

お父さんのこと……ゼンボルグ公爵リシャール・ジエンドのこと、そしてお母さん、ゼンボルグ公爵夫人マリアンローズ・ジエンドのことを、もっとよく知らないといけないって思ったから、また子供視野になっちゃっていたかも。

でも……。

「さあ、マリー、ここに座りなさい」

「あい♪」

お父さんのお膝に座ってお腹に寄りかかると、なんだかすごく安心する。

このお膝に座るだけでも、我が侭《まま》言った甲斐《かい》があったかも。

程《ほど》なく、エマが子供向けの本を取ってきてくれて、お父さんが私の前に本を広げてくれた。

うん、文字ばっかり……。

子供向けって言っても、絵本なんてないんだろうな。

しかも、日本語だったら漢字かひらがなかで簡単か難しいか判断が付いたけど、知らない国の言葉だと文字が読めないから、簡単か難しいかも判断が付かないわ。

「じゃあマリー、読むぞ。『そのむかし、せかいは――』」

おお、お父さんの読み聞かせの声、イケボだ。

イケメンでイケボって完璧《かんぺき》じゃない？

すらっと背が高くて、でもなよっとしてるわけじゃなくて、かといってガッシリとも違う、スマートな体型で。

短い深紅の髪が情熱的で格好《かっこう》良くて、美人のお母さんと本当にお似合いね。

おっといけない、お父さんのイケボに聞き惚《ほ》れたり、見とれたりしてる場合じゃなかったわ。

「『しょの、むかち……しぇかい、は……』」

お父さんが読んだだろう箇所《かしょ》を、遅れて読みながら指でなぞってみる。

「おや、マリーも一緒《いっしょ》に読むかい？」

「あい！」

「マリーはいい子だな。よし、パパと一緒に読もう。じゃあ最初から」

お父さんが私の手を取って、私の指で読んでいる箇所をなぞっていく。

「『そのむかし、せかいはひとつで、そらも、うみも、だいちもなく――』」

「『しょの、むかち……しぇかい、は……ひとちゅ、で……そりゃも、うみも、だいちもなく――』」

こうして、私の破滅回避《かいひ》を目指す勉強の日々が始まった。

毎日、お父さん、お母さん、エマを始めとした使用人など、ゼンボルグ公爵家の誰《だれ》かといっぱいお喋《しゃべ》りをして、おねだりして本を読んで貰って、どんどん言葉を覚えていく。

「マリーは言葉を覚えるのがとても早いな」

「そうね。それにもうここまで文字も読めるなんて」

「あたしも毎日驚《おどろ》かされています！　お嬢様はとても賢《かしこ》くていらっしゃるんですね！」

なんて、褒《ほ》められまくっちゃったわ。

そうして半年が過ぎた頃《ころ》、私は幼児向けの本はおろか年少向けの本まで全て読破し、簡単な読み書きも覚えて、さらに年長向けの本にまで挑戦《ちょうせん》するだけの語学力を身に付けていた。

ちょっと早すぎよね……と思わないでもないけど。

いやあ、子供の吸収力って、本当に半端《はんぱ》ないわ。

仕事があるわけでもないから自由に時間を使えるし、子供の体感時間って長いから、頻繁《ひんぱん》に休憩《きゅうけい》を挟《はさ》んでもたっぷり勉強時間が取れて、勉強が捗《はかど》ること捗ること。

しかも、お父さんとお母さんと、ゲーム感覚で遊びを交えながら覚えたのも大きい。

「じぇ《ぜ》んぼるぐ、こ～《公》ちゃく《爵》りょ～」

お父さんの執務室にある応接セットのテーブルに広げられた、地図に記された名前を指さす。

「おお、正解だ。すごいねマリー、もうこんな難しい字も読めるようになったんだね」

「あい！」

私が得意満面で胸を張ると、お父さんが嬉しそうに頭を撫でてくれる。

「えへへ♪」

照れる。

でも嬉しい。

「じゃあ次、ここは？」

「じゃ……じぇ……じゅゆ～しゅ《す》、こ～ちゃ《侯爵》くりょ～」

「まあ、すごいわマリー。それなら、シャット伯爵《はくしゃく》領はどこか分かる？」

「えっと……ちゃ《しゃ》っと……ちゃ《しゃ》っと……ここ！」

「まあ、大正解よ」

正解するとお母さんが抱き締めて頬にキスしてくれて、なんだかそれがすごく嬉しくて、ついつい頑張《がんば》っちゃったのよね。

最初は『ゼンボルグ公爵領ってどんな所？』、『どこにあるの？』って、遠回しに聞いただけだったのよ。

そうしたら、お父さんが地図を出して、ここだよって教えてくれて、それがいつの間にか、親子三人で遊ぶ領地や地名当てクイズみたいなノリになって。

地図って、この時代だと軍事機密よね？

本当にいいのかな、と思わないでもないけど。

一応、お父さんの娘で公爵令嬢だから、知っていて問題はない、と言う判断だとは思うけどね。

でもおかげで、オルレアーナ王国と周辺国、さらに王国貴族とゼンボルグ公爵派の貴族の各領地まで、どんどん地名も覚えていったわ。


それからさらに半年が過ぎて、私が三歳になった頃、エマにお願いして図書室に連れて行って貰えるようになった。

「こりぇ」

私が指さした本を、エマが本棚から取り出してくれる。

「ふふっ、またこの本ですか。もう何度目でしょうね。お嬢様のお気に入りですね」

「うん♪」

子供向けの平易な文章で書かれた、騎士《きし》が囚《とら》われのお姫様《ひめさま》を助ける物語。

やっぱりね、こういう物語は好きなのよ。

前世の頃からの趣味としても、女の子としても。

でも、この手の本ばかり読んでいるわけじゃないわ。

むしろ、こっちはカモフラージュ。

「こりぇも」

「これは……歴史書ですよ？　大人向けですし、お嬢様にはまだ早いと思いますよ？」

「や！　よむの！」

だってこっちが本命なんだから。

「仕方ありませんね。お嬢様がそう言うのでしたら……」

エマが困った笑みを浮《う》かべて、歴史書を本棚から取り出してくれた。

そうして選んだ幾《いく》つもの本を、エマがワゴンに載《の》せて私の部屋まで運んでくれて、歴史書や地理書みたいな大人向けの難しい本はローテーブルの上に積み重ねた。

すでにローテーブルの上には、その手の本が二十冊以上積み上がっている。

そこに積み重ねたとき、エマはやれやれって感じの苦笑《くしょう》を浮かべていたけどね。

多分、読めないから積むだけ積んでほったらかし、とでも思っていそう。

今はそう思っておいて貰った方がいいから、誤解は解かないけど。

「では、今日はどの本を読みますか？」

エマが幼児向けから年長向けの本だけをナイトテーブルの上に並べる。

「こりぇ！」

私が指さしたのは、騎士が囚われのお姫様を助ける物語。

目下、私の一番のお気に入りの本だ。

私はベッドによじ登ると、うつ伏《ぶ》せに寝転《ねころ》がって、隣《となり》をパシパシと叩く。

「ではお嬢様、失礼します」

最初の頃こそ『とんでもない！』って緊張《きんちょう》して遠慮《えんりょ》していたエマだけど。

毎度毎度私がしつこくおねだりしたせいか遂《つい》に根負けして、最近はすっかり慣れた様子でベッドに上がって私の隣にうつ伏せになると、本を読み始めてくれる。

足をブラブラさせたり、ゴロゴロ転がったりしながら、日々上達していくエマの読み聞かせで物語を聞くのが、最近の私のマイブーム。

心地よい可愛い声にリラックスしすぎて、時々寝落ちしてお昼寝しちゃうこともあるけどね。

そうしてたっぷりとお昼寝をして、夜もちゃんと寝て、明け方、まだ外が暗い時間に早々に目を覚まして起き出す。

これから、朝少し遅《おそ》くにエマが起こしに来るまでが、お勉強の本番だ。

ランプに火を付けると、手元が明るくなる。

その明かりを頼《たよ》りに、文字を書く練習をしている羊皮紙の山の中に紛《まぎ》れ込ませて隠《かく》している、ノート代わりの羊皮紙の束を引っ張り出した。

それから羽根ペンとインクも。

準備が整ったら、ローテーブルに積み上げられた大人向けの本から読みかけの本を取り出して床《ゆか》に広げ、ペタンと座り続きを読んでいく。

そして読みながら、重要な箇所はノート代わりの羊皮紙に書き留めていった。

エマは、子供が大人ぶって難しい本を選んで、部屋に運んで来たことで読んだ気になって満足している、くらいに思っているだろうけど。

三歳児《さいじ》が年長向けの本を読んでいるのも早すぎると思うのに、こんな本まで読んでいたら、さすがに大騒《おおさわ》ぎになりそうだもの。

だから、これらの本だけは、コッソリ、ね。

でもおかげで、オルレアーナ王国とゼンボルグ公爵領の歴史、そして周辺の地理について、おおよその状況を理解出来たわ。

「こりぇは……ひとしゅじなわじゃ、いかないかも……」

その昔、と言っても、今から大体六十年くらい昔、このゼンボルグ公爵領はゼンボルグ王国だった。

そこにオルレアーナ王国が侵攻《しんこう》してきて、敗北。

当時のゼンボルグ国王や王妃、王太子、そして王家と血縁《けつえん》の公爵家の者達は全て処刑され、まだ幼い王子だけが処刑を免《まぬが》れる。

そしてその幼い王子はオルレアーナ王国へ臣従し、ゼンボルグ公爵の爵位を与《あた》えられ、ゼンボルグ王国をゼンボルグ公爵領として統治することになった。

ただし、領土の四分の一は召《め》し上げられ、功績を挙げた貴族の領地として下賜《かし》された上で。

その召し上げられた領土は豊かな穀倉地帯で、しかも魔石《ませき》を産出する鉱山があった。

オルレアーナ王国は当時飢饉《ききん》で、食糧難《しょくりょうなん》を解消するために豊かな穀倉地帯を欲し、また口減らしのために戦争を始めたわけだ。

戦後賠償《ばいしょう》の支払《しはら》いと、失った穀倉地帯と魔石の鉱山。

さらに課せられる重税。

ゼンボルグ王国……ゼンボルグ公爵領は、一気に貧しくなってしまった。

しかも、だ。

世界地図を見て、唖然《あぜん》としてしまった。

ユーラシア大陸を少し横長にしたみたいなヨーラシア大陸の、ヨーロッパで言えばイベリア半島の位置に、ゼンボルグ公爵領があった。

それも東以外、三方完全に海しかない。

ブリテン諸島もスカンジナビア半島もない上、アフリカが……アフリカ大陸の北半分がなかった。

赤道付近まで南下しないとアフリカ大陸の南半分……アグリカ大陸には至らないし、当然、アラビア半島……アラビオ半島で接してもいない。

地中海は大海原だ。

そして、アメリカ大陸……新大陸はまだ未発見。

つまり、ゼンボルグ公爵領は世界の西の果て。

世界地図の一番端《はし》っこ、日本が極東なら、ゼンボルグ公爵領は極西って呼ぶべき位置にあった。

そのせいで、どうやらゼンボルグ公爵派は田舎者《いなかもの》扱《あつか》いらしい。

しかも交易路がそれに拍車《はくしゃ》をかけていた。

北の海は冬に凍《こお》り付いて、夏の限られた時期しか使えないから往来は限定的。

東方からの品物は、陸路や南の海路で東から来る。

アグリカ大陸の品は、まず赤道付近の北部沿岸を東へ。

それから北上しアラビオ半島へ。

アラビオ半島沿岸部を北上してから西へ向かい、ヨーラシア大陸沿岸の各国およびオルレアーナ王国の各領地を経由して、最後にゼンボルグ公爵領へと至る。

しかも、地中海およびアフリカ大陸の北半分があった位置の大海原を、直接越《こ》えられる船舶《せんぱく》はまだないみたい。

つまり、ゼンボルグ公爵領は交易路の終着点と言うわけね。

交易相手が限られている上、オルレアーナ王国沿岸部を領地に持つ古参の貴族達が関税を引き上げたり、屁理屈《へりくつ》を付けて交易品を徴発《ちょうはつ》したりすれば、ゼンボルグ公爵領には大打撃になる。

こうして、ゼンボルグ公爵領は生かさず殺さず他の貴族達にいいようにされて、貧しい田舎者として扱われているらしい。

「うん……これはおこりゅ」

『海と大地のオルレアーナ』ではそこまでの事情は描かれていなくて、かつて侵略された復讐《ふくしゅう》を、田舎者と馬鹿《ばか》にされて悔《くや》しい、くらいの話だった。

だからってオルレアーナ王国を乗っ取ろうなんて許されない、と言うわけね。

もしここまで詳細《しょうさい》に描いたら、オルレアーナ王国や王太子が悪者で、マリエットローズがヒロインとして描かれてもよさそうだものね。

だからタイトル通り、オルレアーナ王国視点で描かれていたのかも知れない。

でもこれは……。

「ねがふきゃい……」

かつてのゼンボルグ王国貴族、つまり、ゼンボルグ公爵領の各地で領主をしているゼンボルグ公爵派の貴族達にとって、オルレアーナ王国に一矢報《いっしむく》いるのは悲願なのかも知れない。

これは、私一人でどうこう出来る問題じゃなさそう……。

でも放っておいたら、待っているのは断罪で処刑……。

じゃあ、このままお父様達の陰謀に加担して王国を乗っ取る？

ヒロインのノエルを上手に利用して、失敗しないよう立ち回りながら？

いくらなんでも、そんなことしたくないんだけど……。

ああ、どうすれば⁉

「お嬢様、お早うございます。もう起きていらっしゃ……⁉」

不意に、背後でカチャッとドアが開く音とエマの声がして、慌《あわ》てて振り返る。

ドアの前には、目を見開いて絶句しているエマが立っていた。

床にペタンと座る私。

その私の前には、広げられた幾つもの歴史書、地理書、情報をまとめたノート代わりの羊皮紙。

はっと気付けば、カーテンの隙間《すきま》から差し込む日差しはとっくに明るい。

ぬかったわ！　まさかもうこんな時間になっていたなんて！

「まさかお嬢様……その本を読めるのですか……？」

「え～……あ～……」

どう答えていいか分からなくて、目が泳ぐ。

エマが突然《とつぜん》駆《か》け寄ってきて私を抱き上げると、そのまま部屋を飛び出して、ゼンボルグ公爵家のメイドとして許されない、はしたない速さで廊下を走り出した。

「大変です！　旦那様！　奥様！　お嬢様が！　お嬢様が天才です‼」

「えま⁉」

ちょっと、いきなり何を言い出すの⁉

「えま～まって！　わたし、てんしゃいちな～が《がう》から！」

「いいえお嬢様は天才です‼」

エマの瞳が、見た事がないくらいキラキラ輝《かがや》いている⁉

「どうした騒々《そうぞう》しい」

「エマ、何事なの？」

エマの無作法を咎《とが》める顔で、お父さんとお母さんがリビングから出てきた。

でもエマはそんな二人に怯《ひる》むことなく突撃する。

「見て下さい！　お嬢様がもうこんな難しい本を読まれていたのです！」

エマが、私が読んでいた本を二人に向かって突き出す。

いやいや、それより、いつの間に私と一緒に本まで⁉

「何⁉　いや、確かにマリーは賢い子で、すでに年長向けの本まで読んでいたが……さすがにそれはないだろう。読めないがパラパラめくって見ていただけなのを、読んでいたと勘違《かんちが》いしたのではないか？」

「そうよね。マリーがいくら物覚えが早い子だと言っても、これは少なくとも貴族学院の高等部で学べるくらいの知識がなければ読めない本よ？」

そうそう、意味も分からず眺《なが》めていただけってことに――

「ですがこちらを見て下さい！　読んだ内容をメモしていらっしゃるんですよ⁉　この未《いま》だ不慣れな筆跡《ひっせき》は、お嬢様のもので間違いありません！」

――ぬかったぁっ‼

まさかメモまで持って来ていたなんて！

エマ、あんなに驚いていたのに、その咄嗟《とっさ》の判断力、優秀《ゆうしゅう》すぎない⁉

まだ十三歳よね⁉

「何⁉　これは……⁉」

「まあ⁉」

メモを見たお父さんとお母さんが、驚愕《きょうがく》に目を見開いて私を見ている。

どうしていいか分からなくて、またしても目が泳ぐ。

「え～……あ～……」

「すごいぞマリー‼」

お父さんがエマから私を奪い取るように抱き上げたと思ったら、高い高いをしてクルクル舞《ま》い踊《おど》る。

「ふわぁ⁉　キャッキャッ♪」

不味いわ、高い高いでクルクルされるの楽しい！

子供じゃないのに！　いや、子供だけど！

「ええ、あなた！　わたし達の娘は天才よ‼」

もしかして二人とも、親バカ全開⁉

頭が良すぎておかしいとか、気味が悪いとか言われなくてほっとしたけど……。

「マリーがこれほどまでに賢い子だったとは、我がゼンボルグ公爵領は安泰《あんたい》だ！」

「ああ、マリー、素晴《すば》らしいわ！」

「こんな素敵なお嬢様にお仕えできて、あたしは幸せです！」

お父さんとお母さんとエマの、このお祭り騒ぎのような盛り上がり……どう収拾《しゅうしゅう》をつけよう……。

◆

私は四歳になった。

「おとうさま、ここのけいさん、まちがっていいます」

私は自分の椅子から立ち上がると、お父さん改めお父様の執務机にどこが間違っているのか訂正《ていせい》を入れた書類をパンと置く。

「どれどれ……本当だ。さすがマリー。差し戻して再提出させよう。あと、私のことはパパと呼びなさい」

お仕事中だから畏まってお父様って呼んだのに。

あの一件以来、子煩悩《こぼんのう》が加速している気がするわ。

「はい、ぱぱ」

サービスでにっこりと微笑む。

「うんうん、今日もマリーは可愛いいな」

「ぱぱだって、きょうもかっこういいです。おしごとしているよこがおは、とってもりりしいです」

「おおっ！　そうかそうか、それは仕事を頑張らないと！」

キリッと顔を引き締めて書類に向かうお父様。

チョロい。

でも、そんなチョロいお父様が私は大好きだ。

愛されているって感じる。

四歳の娘に手玉に取られるお父様のイケメンな横顔を眺めて満足して、私は自分の席に座って、また書類に向かった。

私は今、お父様の執務室に私専用の小さな執務机を置いて貰って、領地経営の手伝いをしている。

あの一件、大人向けの難しい本を読んでいたのを見つかって、天才だなんだと囃《はや》し立てられてしまった一件の後、誤魔化《ごまか》すのはもう無理だと思ったから、いっそのこと開き直ることにしたの。

だって三歳児がコソコソ本を読んで調べるのなんて、限界があるもの。

それに本だけだと、執筆《しっぴつ》された時点の古い情報に限られてしまうし。

だから現在のゼンボルグ公爵領の状況を把握すべく、お手伝いを始めたと言うわけ。

さらに、普通なら五歳や六歳くらいになってから頼《たの》むはずの家庭教師を三歳で早々に付けて貰って一気に勉強を進めて、四歳になった今、貴族学院の高等部で学ぶところをやっている。

同時に、礼儀作法《れいぎさほう》とダンスも習い始めた。

早々に卒業資格を取れるだけの学力や礼儀作法を身に付けておけば、貴族学院に入学しないってオプションも選択《せんたく》出来るようになる。

事態がどう転ぶか分からない以上、手札は多いに越したことはないもの。

自分で言っていてなんだけど、完全にチートよね。

集中力と理解力は大人で、吸収力は幼児そのものだし。

おかげで、天才児の名をほしいままにしているわ。

それでも、二十歳過ぎればただの人、となってしまうけど……。

でも、その二十歳になれるかどうか、現状絶望的に危《あや》ういから形振《なりふ》り構ってはいられないのよ。

「マリー、この書類も確認《かくにん》をお願い出来るかな？」

「はい、ぱぱ」

「マリーが手伝ってくれるようになって、前より仕事が楽しくなったよ。ありがとう」

「えへへぇ♪」

私にとっては、娘大好きなとっても優しいお父様。

でも、娘の私に見せない為政者《いせいしゃ》の顔が当然あるはず。

為政者として、果たして何を感じて、何を考えているのか。

今のところ、王国を乗っ取ろうなんて陰謀を企みそうなほど、お父様が王国を恨《うら》んだり憎《にく》んだりしているようには見えないし思えないけど……。

この先、それほどの何かが起きてしまうのか。

それとも、長年にわたって積み重なった鬱憤《うっぷん》が、ある日、遂に限界を超《こ》えてしまうのか。

その長年の鬱憤は、多分ほとんどが経済的な嫌がらせと、貧乏《びんぼう》だ田舎者だと馬鹿にされて軽く扱われてきたことだと思うけど。

もしこの先、それほどの何かが起きてしまうとするなら、それはもう、何が起きるか分からないんだから、今の私には手の打ちようがない。

でも、長年にわたっての鬱憤なら、なんとか出来るかも知れない。

そこで考えたのが、ゼンボルグ公爵領を豊かにすること。

領地が豊かになれば、もう貧乏だ田舎者だと馬鹿に出来ないはずよ。

心に余裕《よゆう》が生まれれば、嫌味《いやみ》なんて負け犬の遠吠《とおぼ》えくらいにスルー出来るだろうし。

そうして古参の貴族達を見返してやれたら、多少なりとも溜飲《りゅういん》が下がるんじゃないかしら。

その上で古参の貴族達に、経済的な嫌がらせをしている場合じゃない、仲良くしないと自分達が損をするだけ、そこまで思わせられたら最高ね。

そう決めたら、後はどうやって領地を豊かにするかだけ。

お父様の書類仕事は大きく分けて三つ。

一つは、直轄地《ちょっかつち》から上がってくる書類を精査して指示を出すこと。

一つは、各領地から上がってくる書類を精査して指示を出すこと。

一つは、ゼンボルグ公爵家が手がけている事業について、商会から上がってくる書類を精査して指示を出すこと。

領地を直接運営しているのは、各領地の領主としてお父様に任命された貴族達。

だから、〇〇伯爵領、××子爵領、と言うのが各地にあるけど、それはお父様の代理としてゼンボルグ公爵領の一部を統治しているに過ぎないの。

それらの領地を全部ひっくるめて、ゼンボルグ公爵領になると言うわけね。

だから書類の確認をすれば、各地の状況がどうなっていて、どんな問題を抱《かか》えていて、何をどうすれば解決して豊かになれるのか、そのヒントを探せるはずよ。

同時に、もし陰謀が動き出すならその予兆を掴めるかも知れないから、目を光らせる意味もある。

とにかく私は、お父様とお母様が大好きなの。

前世の家族のことは……まだ少し未練があるけど、もう、それはそれ。

こうしてゼンボルグ公爵令嬢マリエットローズ・ジエンドとして生まれ変わった以上、今の家族と生活を大切にしたい。

だから、『マリエットローズ・The　END』なんてことにならないように、精一杯《せいいっぱい》足掻くつもりよ。

意気込みを新たにして書類に目を通していると、執務室のドアがノックされてお母様が顔を出した。

「あなた、マリー、少し休憩にしましょう。クッキーを焼いたのよ」

「くっきー!?」

私は書類を放り出して立ち上がると、お母様に突撃して抱き付く。

「あらあらマリーったら。本当にマリーはお菓子に目がないわね」

可笑《おか》しそうに微笑まれて、はっとなる。

意気込みを新たにしたばかりなのに、クッキーって聞いて……。

うん、だってまだ四歳だもの……。

それにこの世界の甘いお菓子って、貴重で贅沢品《ぜいたくひん》なのよ？

誰にするでもない言い訳を心の中でしながら、お母様と手を繋《つな》いで食堂へ向かう。

「わたし、ままのくっきー、だいすき！」

「ふふっ、わたしもマリーがクッキーを美味《おい》しそうに食べてくれるところを見るの、大好きよ」

「うん！」

今日も食堂でいっぱい食べて……。

「あらあら、いっぱい食べておねむになったのね」

「ん……」

しぱしぱする目を擦《こす》る。

お腹が膨《ふく》れて、急に眠たくなって……。

「じゃあ、お昼寝しましょうね」

「ん……」

だってまだお昼寝が必要なお年頃だし。

心はともかく、身体の方が付いてこないのよ。

「私が運ぼう。さあマリー、お部屋に行こう」

お父様が抱き上げてくれたから、お父様にギュッと抱き付く。

お父様はタバコは吸わないし、お酒も控え目であまり飲まない。

だからお父様の匂《にお》いは好きで、嗅《か》いでいて安心する。

「ふふ、もう半分夢の中ね」

お母様も一緒に私を部屋に連れて来てくれて……。

ベッドに入る前に、私はすっかり夢の中だった。


言うまでもなく、私はお父様とお母様が大好きだ。

お父様はどんなに忙しくても、私が遊んで、構って、抱っこしてって言ったら、仕事そっちのけで一緒に遊んでくれて、イケボで話し相手になってくれて、膝の上に乗せてくれて、抱き上げてくれる。

お母様だって、とってもいい匂いで、一緒に庭を散歩してくれて、刺繍《ししゅう》を教えてくれて、歌を歌ってくれて、お菓子を作ってくれて、柔らかな声で本を読んでくれる。

その溢《あふ》れんばかりの愛情は、転生したことで湧《わ》き上がる様々な複雑な感情と悲しみを癒《い》やしてくれて、私をとても幸せな気持ちにしてくれるから。

でも、そんなお父様とお母様にも、どうしてもやめて欲しいことがある。

だから、改まった真面目《まじめ》な話として、パパ、ママじゃなく、お父様、お母様で呼びかける。

「おとうさま、おかあさま、そんなおしょくじをするのは、もうやめてください」

「それはいくらマリーの頼みでも聞けない相談だ。これは貴族としての誇《ほこ》りの問題なのだからね」

「そうよマリー。貴族として引けない一線があるの」

何かと言えば、塩、胡椒、唐辛子、その他スパイスまみれの食事のことだ。

貴族のプライドを掲《かか》げ、身体に悪い不味い料理を無理して食べて。

意固地になって、娘の私の言葉すら聞き入れてくれない。

「ぶぅ……」

ついほっぺたが思い切り膨らんでしまった私に、お父様もお母様も、どう説明したものかと困ったように笑う。

「美食を極《きわ》めると言うことは、こういうことなんだよ」

「マリーはとても賢い子だけど、理解するにはまだ早いのかも知れないわね」

お父様は誇り高く、お母様は優しく諭《さと》すように、そう言うけど……。

言っちゃなんだけど、私には二人が滑稽《こっけい》にしか見えない。

確かに、お父様の言うことが分からないじゃないのよ？

いま王国では、どれだけ食事にスパイスをふんだんに使えるか、その消費量が地位と権力と財力のステータスになっているから。

どの貴族も、みんなこぞってスパイスを買い求めているから、本気で胡椒が同じ重さの金貨の価格になっているそうよ。

しかも、ゼンボルグ公爵領は田舎だと、貧乏だと、普段から王都付近の中央のみならず、辺境の貴族達にまで馬鹿にされている。

だから、ふんだんにスパイスを消費することで、田舎でも貧乏でもないと、負けられない戦いになってしまっているのよね。

このスパイスブーム、多分最初は本当に美食だったと思うんだけど……。

『うちは高価で珍しいスパイスを、これだけふんだんに使えるだけの金を持っているんだぞ』と、誰かが見栄《みえ》を張ったんでしょうね。

つまり、金銀宝石で着飾《きかざ》って、自分には財力がある、自分とは仲良くした方が得だぞ、と言うのと同じ理屈で、高価なスパイスに目を付けたわけね。

これを無駄《むだ》と取るか、必要経費と取るか、意見は分かれるところだと思うけど。

でももし大会社の社長が、よれて擦《す》り切れた安物のスーツを着て、接待を激安ラーメン屋やコンビニ弁当で済ませたら、『この会社大丈夫？』って思われて、まとまる商談もまとまらないと思う。

それと同じね。

ところが、そうした見栄の張り合いがエスカレートした結果、スパイスにまみれにまみれた、とても食べられたものじゃない料理にまでなってしまったに違いない。

そしてそれを美食と言い張って、誰も彼《か》もが引くに引けなくなってしまっている。

中にはスパイスを扱う商人に乗せられて、踊らされている馬鹿も大勢いるんじゃないかしら。

でも、さすがにここまできたら、過ぎたるは及《およ》ばざるがごとし。

無駄と言い切っていいと思う。

それで無駄に散財して、健康を害して早死にでもしたら、もう笑うに笑えない。

ましてや私は、食に飽《あ》くなき追求をすることにかけては右に出る者がいない、元日本人。

特上のサーロインが、肉の味も、油の甘さも、全てがスパイスに塗《ぬ》り潰されてわずかにも味わうことすら許されないような食事なんて、断じて食事とは認めない。

でも、そんな情熱を以《もっ》てしても、お父様もお母様も耳を貸してくれないのよね……。

「ふぅ～……」

「お嬢様、どうかなさいましたか？」

どうしたものかと頭を悩《なや》ませながら廊下をポテポテ歩いていたら、ふと影《かげ》が差して声をかけられる。

顔を上げると、初老のダンディなおじ様が目の前に立っていた。

白髪《しらが》交じりの赤茶けた髪を後ろに撫で付けて、額や目尻《めじり》の皺《しわ》、口元のほうれい線が刻まれた、はしばみ色の優しい瞳を持つ、お父様の執事《しつじ》のセバスチャン。

黒を基調にした三つ揃えの執事服をビシッと着こなして、もう四十代後半でこの世界ではお年寄りの年齢になるのに、ピンと背筋が伸びて老いを感じさせない、年を重ねた貫禄《かんろく》を感じさせる低い声が魅力的なイケオジだ。

名前がストライクでセバスチャンだったことで、私は大喜びで懐《なつ》いて抱っこして貰っちゃったのよね。

それ以来、セバスチャンはすごく私を気に掛《か》けて可愛がってくれて、奥様とご子息を病気で亡《な》くしてしまい独り身になってしまったことから、私を本当の孫のように思ってくれている、お父様とお母様とエマの次に大好きな人だ。

「あのね、おとうさまとおかあさまが……」

「お食事の件ですか」

「うん……」

さすが有能執事、すぐに察してくれた。

両手を伸ばして抱っこをねだると、嬉しそうに抱き上げてくれる。

「ふふっ」

私が抱っこをねだったのがよほど嬉しかったのか、満足げなセバスチャンの低くて渋《しぶ》い声が耳をくすぐって、私も大満足だ。

……じゃなくて。

「せばすちゃん、どうしたらいいとおもう？」

「そうですなぁ……わたくしめも、それとなく旦那様と奥様にお嬢様のお気持ちをお伝えしてみましたが、貴族社会はなかなかに難しく、一筋縄《ひとすじなわ》ではいかないようでして」

遠回しに言っているけど、要はプライドを懸けているから引き下がるつもりはない、と言うことよね？

「ぷらいどはだいじ。みえもときにはだいじ。ちょっとならいいの。おいしかったらいいの。でも、すぎたるはおよばざるがごとし、でしょ」

「お嬢様は難しい言葉をご存じですな。ですがお嬢様の仰る通りでしょう」

あ、もしかしてセバスチャン、私の味方になってくれる？

だとしたら、なんとか出来るかも？

「せばすちゃん、てつだってくれる？」

こてんと首を傾《かし》げる。

セバスチャン、もうそれだけでデレデレだ。

「もちろんでございますとも」

うん、私にだけチョロいセバスチャンも大好きよ。

「それで、何をどうなさいますか？」

「え〜っと……」

しまった、どうにかしたいってだけで、具体的には何も考えてなかったわ。

「う〜んと……」

言っても駄目なら、強硬《きようこう》手段に訴《うつた》える、かな？

「あ、おもいついた！」

夕食の時間になって、給仕《きゅうじ》のメイド達がワゴンを運んで来て、私達の前に料理を並べていく。

私の前には、私が監修《かんしゅう》して適切な味付になった料理。

お父様とお母様の前には、いつものスパイスにまみれにまみれた、スパイスの味しかしない料理。

セバスチャンの協力を取り付けてから一週間が過ぎた。

今日が私の作戦の決行日だ。

「さあ、頂こうか」

家長のお父様の合図で食前の祈《いの》りを捧《ささ》げて、それから食事になるんだけど……。

「まってくださいおとうさま、おかあさま。おしょくじのまえに、だいじなおはなしがあります」

「マリー、また例の話かい？」

お父様が困ったように微笑む。

お母様はどう説明して私を諭そうか、そんな顔をしている。

「そうだけど、そうじゃありません」

今日の私はこれまでとはひと味違う。

「せばすちゃん」

振り返って声をかけると、セバスチャンが恭《うやうや》しく頭を下げた。

「なるほど、セバスチャンを味方に付けたのか。それで？」

お父様がセバスチャンを見ると、セバスチャンは食事とは別に運び込まれていたワゴンから、クローシュ――レストランとかで見る料理のお皿に被《かぶ》せる銀製の大きな蓋《ふた》――で中身を隠したお皿を一つ、お父様とお母様の間に置いた。

お父様がセバスチャンに目で問うと、セバスチャンがクローシュを外す。

お皿に載っていたのは、一万リデラ金貨が二十一枚。

リデラはオルレアーナ王国の通貨の単位で、物価の違いがよく分からないから、私は取りあえず一リデラは一円くらい、と勝手に思っている。

「二十一万リデラ？　これがなんだ？」

お父様はセバスチャンに訝《いぶか》しげな目を向けるけど、ここは私が説明する。

「おとうさま、おかあさま、わたしのおしょくじだけ、あじつけをかえてもらっていますよね？」

「ええ、そうね。スパイスが強すぎてマリーは食べられなかったものね」

「はい。そのにじゅういちまんりでらは、このいっしゅうかん、もしわたしがおとうさま、おかあさまとおなじあじつけをしてもらったばあいにつかったはずの、すぱいすのだいきんです」

お父様とお母様が難しい顔になる。

特にお父様は眉間《みけん》に皺を寄せて渋い顔だ。

「さんにんなら、いっしゅうかんで、ろくじゅうさんまんりでら。いっかげつで、にひゃくごじゅうにまんりでら。しょうにんとこさん《古参》のきぞくをよろこばせるだけで、たりょう《他領》、たこく《他国》へ、これだけのきんかがながれでてしまっています」

お父様も分かっているはずだ。

オルレアーナ王国の玄関口《げんかんぐち》になる東の領地では、胡椒が同じ重さのリデラ金貨で取引されていることを。

そして、中継地《ちゅうけいち》の貴族の領地でかけられた関税や港湾《こうわん》使用料が上乗せされていき、極西と呼ばれるゼンボルグ公爵領に届くとき、三倍の値に跳《は》ね上がっていることを。

胡椒が三倍の重さのリデラ金貨になる。

どれだけ暴利を貪《むさぼ》られているのか。

私もセバスチャンに頼んで調べて貰って、実際にリデラ金貨を目の前に積み上げてビックリしたわ。

「……しかし、貴族として美食をやめるわけには」

「……ええ、そうね、そうよね」

現物を目の前にして、さすがのお父様もお母様も揺れているみたいね。

でも、まだプライドが邪魔《じゃま》をしている。

「えま」

「はい、お嬢様」

私は自分のお肉をナイフで切り分けると、椅子から降りてお父様の側まで行く。

エマはお肉のお皿を持って付いてきてくれた。

「おとうさま、あ〜ん」

切り分けたお肉をフォークで刺《さ》して、背伸《せの》びをしてお父様に『あーん』する。

今どんな話をしているのか、すっぽり抜け落ちてしまったみたいなデレデレの顔になって、お父様が『あーん』と大きく口を開けて食べてくれた。

「……!?」

デレデレだったお父様の顔が強ばる。

「セバスチャン、これはどういうことだ?」

厳しい視線でセバスチャンを咎めるお父様。

そんなお父様にも、澄まし顔のセバスチャン。

そんな二人に戸惑《とまど》うお母様に、私は側に行って『あーん』をして食べさせてあげた。

「……まあ!」

お母様もセバスチャンを怖い顔で睨《にら》む。

「何故《なぜ》マリーにこんな安物の肉を食べさせている」

「そうよ、セバスチャン。誰がこんな真似《まね》を?」

犯人を解雇《かいこ》せんばかりの、厳しい物言いだ。

だけどセバスチャンは顔色一つ変えず、しれっと答えた。

「恐《おそ》れながら、お嬢様でございます」

「「えっ!?」」

二人とも驚いて私を振り返る。

「マリー、何故そんなことを?」

「そうよ。ちゃんと美味しいお肉を食べないと、貴族として本物の味が分からなくなってしまうわ」

戸惑いながらたしなめてくる二人に、私はこてんと首を傾げた。

「おとうさまとおかあさまがきのうたべたおにくもおなじですよ？」

二人の顔が凍り付く。

自分の前に並べられたお肉を見て、セバスチャンを振り返った。

「お嬢様の仰る通りです。お嬢様に頼まれまして、昨日と今日お出しした料理の食材は全て、契約《けいやく》した農場の物ではなく、町で庶民《しょみん》が買い付けている店より買い求めた物でお出ししました」

「……マリー、何故そんなことを？」

同じ台詞《せりふ》でもう一度聞いてくるお父様に、今度は反対側にこてんと首を傾げた。

「すぱいすのあじしかしないなら、しょくざいのしつとあじなんて、なんでもいいのでは？」

言葉に詰《つ》まるお父様と、なんと言っていいか分からないでいるお母様に、私は心底疑問に思っているって顔を作った。

「これがきぞくのびしょくですか？」

二人とも目を伏《ふ》せて黙《だま》り込んでしまう。

生意気……だったかも知れない、たかが四歳の娘が親にこんな真似をするなんて。

でも、二人には気付いて欲しかった。

とんでもなく無駄な散財をしているってことを。

田舎者と、貧しいと馬鹿にされて、悔しいから流行《はや》りの美食に乗って、結果散財して貧しさから抜け出せなくなっているってことを。

でも……。

じわっと涙が滲《にじ》んできて、お父様の足にしがみつく。

お父様は、そんな私を抱き上げて抱き締めてくれた。

「おとうさま、ごめんなさい……こんなことして……」

涙声になってしまって、ポロポロこぼれ落ちる涙が止められない。

私は悪い子だ。

もっといい方法があったかも知れないのに。

でも、お父様とお母様が意固地になってしがみついている行き過ぎた貴族のプライドを、どうしても一度へし折る必要があるって思ったから。

そうでないと、きっといつまでも私の言葉に耳を傾《かたむ》けてくれないと思ったから。

早くしないと、手遅《ておく》れになってしまうと思ったから。

「こんなからくて、にがくて、しょっぱいのばっかりたべてたら、おとうさまもおかあさまも、いつかびょうきになっちゃう……おとうさまとおかあさまがしんじゃったら、わたし……わたしい…………うわあぁぁぁぁ～～～～～ん‼」

なんかもう自分で言っていてこみ上げてくる感情が制御《せいぎょ》できなくて、大泣きしてしまう。

「そうか……私達のことをこんなにも心配してくれていたんだな……それなのに、ちゃんと話を聞かなくて済まなかった」

大泣きしながら、お父様にギュッと強く抱き付いて、首をブンブン横に振る。

「ごめんなさいマリー……娘にこんな心配をかけるだなんて……親として失格ね」

私はもっと強く首をブンブン横に振る。

背中から私を抱き締めてくれたお母様を振り返って、お母様に抱き付く。

「ままぁ、ぱぱぁ、だいすきぃ！」

私はいつまでも泣きながら、しがみついて、大好きを繰《く》り返した。

……本当に、悪い子でごめんなさい。


泣き疲れて、そのまま寝ちゃって、目が覚めたら翌朝だった。

いい年して子供全開で大泣きしちゃって、ちょっと気恥《きは》ずかしい思いをしながら食堂へ行く。

「おはようマリー」

「おはよう。今日もマリーは可愛いな」

食堂へ入るとお母様が真っ先に気付いて微笑んでくれて、お父様もいつも通り笑いかけてくれた。

昨日あんなことをしたのに、二人は何も変わらない。

それが嬉しくて、満面の笑みで二人のところに走って行って抱き付く。

「ぱぱ、まま、おはようございます！」

二人が抱き締めてくれる腕も、いつも通りですごく安心した。

すっきりした気分で席に着いて、やがて運ばれてきた朝食に目を丸くする。

お父様とお母様の分も私と同じ、適量の味付けがされた普通の料理だった。

思わず二人を振り返った私に、お父様がちょっと恥ずかしげに微笑みながら教えてくれる。

「言われてみれば、スパイスブームが始まってから体調が優《すぐ》れない貴族が増えたように思う。特に高齢《こうれい》の貴族は持病を悪化させた者達が多かったはずだ」

「病気になってマリーを心配させるわけにはいかないものね」

分かってくれたんだ……！

「ぱぱ、まま、だいすきっ！」

私は、本当に家族に恵《めぐ》まれたと思う。


後日、お父様は派閥の貴族達にも、無理にスパイスブームに乗らないよう通達を出してくれた。

派閥以外の貴族が客人としてやってきたときは、見栄やプライドもあるし、仕方ないと思う。

私だってそのくらいの融通《ゆうずう》は利《き》く。

でも、普段からそんな真似をする必要なんてない。

随分《ずいぶん》後になって聞いた話だけど、あまり裕福《ゆうふく》じゃない騎士爵家や男爵家は、その通達はすごく助かったそうだ。

ともかく、これだけの浮いたお金を投資に回せば、領地は必ず活性化する。

後は、何にどれだけ投資するかよね。


「う〜ん……」

たまたまだけど、投資に回せるお金が出来た。

だから、出来ればすぐに投資先を決めてしまいたい。

でないと、せっかく浮いたお金を他の贅沢品に使われたり、効果がすぐに出ない投資先に投資されたりしてしまったら、陰謀阻止《そし》が間に合わなくなるかも知れないもの。

「う～ん……」

とはいえ、一体何に投資するのが一番なのか……。

各地に色々と特産品はあっても、バラバラに投資したところで、期待するほど大きく豊かにはなれないと思う。

ましてや、ちょっとやそっと儲《もう》けが増えたところで、古参の貴族達を見返してやれる程にはならないだろうし。

だから、ど～んと投資の相乗効果が見込める、何か画期的なアイデアや、テーマやコンセプトが必要よね。

それこそ、田舎者なんて呼べなくなるくらい、脚光《きやっこう》を浴びて、注目を集めるような。

「う～ん……」

もっとも、それを捻《ひね》り出すのが一番難しいんだけど。

「まあ、マリーったら難しい顔をして。せっかくの可愛い顔が台無しよ」

「まま？」

リビングのソファーに座って、腕組みして一人唸《うな》っていたら、お母様がリビングに入ってきて、私の隣に腰《こし》を下ろす。

「何を悩んでいたのか知らないけど、考えるのは後にして、おやつにしない？」

「おやつ！」

くぅ……と小さくお腹の虫が鳴く。

うん、身体は正直だ。

「あらあら、マリーったら。今日はね、アップルパイを焼いたのよ」

「あっぷるぱい！　ままのあっぷるぱいだいすき！」

一人でうんうん唸っていても、すぐに名案なんて浮かばないし、こういうときは気分を変えておやつを楽しむべきよね！

エマが紅茶を淹《い》れてくれて、お母様と一緒にお母様の手作りアップルパイを頂く。

砂糖で煮詰《につ》めたリンゴの甘みとふわりと香《かお》るシナモンが、とっても上品だ。

「あむ、あむ……こくん。まま、おいしい！」

「ふふ。ほら、口元に付いているわよ」

口の端に付いていたパイ生地《きじ》の欠片《かけら》を取ってくれるお母様。

照れる。

でも嬉しい。

「えへへぇ」

ああ、今日もお母様は綺麗で優しくていい匂いで大好き。

ただ……一つ残念なのは、お母様の手作りお菓子のレパートリーが少ないこと。

と言っても、これはお母様は悪くない。

セバスチャンに頼んで町で売っている有名店のお菓子を買ってきて貰っても、お父様主催《しゅさい》の夜会でお客様に出すお菓子を他領や他国から取り寄せても、お母様主催のお茶会でご夫人やご令嬢がお菓子を持ち寄っても、ラインナップそれ自体が少ないのよ。

ここは乙女ゲーム『海と大地のオルレアーナ』の世界。

乙女ゲームの世界と言えば、何故かスイーツは充実《じゅうじつ》していて、甘いお菓子が食べ放題食べられるのが定番でしょう?

ネット小説でも、多くの作品がそんな感じだったし。

それなのに、よりにもよってこの『とのアナ』の世界は違うのよ!

チョコがない。

アイスもない。

団子もない。

あんこもない。

ショートケーキもない。

そもそも生クリームがない。

カスタードクリームすらなくて、シュークリームもプリンもない。

とにかくスイーツはないないづくしなの!

お砂糖は高価な贅沢品で、蜂蜜《はちみつ》がその代わり。

だけど、それだって決して安い物じゃない。

私は公爵令嬢だから、望めば贅沢なくらい食べられるからまだマシだけど。

一般的《いっぱんてき》に甘味《かんみ》と言えば果物のこと。

でも、それすら品種改良されていないから、大して甘くもないのよ。

たっぷりのお砂糖と煮込んでジャムにして、丁度いい感じ。

だから私は色んな甘いお菓子に飢《う》えている。

とはいえ、仮に自作するにしても、生クリームはなんとかなっても、チョコやカスタードクリームはどうしようもないのよね。

カカオとバニラはアメリカが原産で、まだどこにも……。

んんっ？

アメリカが原産……!?

「そうだ！」

「きゃっ!?　どうしたのマリー、突然大きな声を出して」

「いいことおもいついたの！」

急いでソファーから……の前に、残ったアップルパイを、あむあむと急いで食べる。

「まま、ごちそうさまでした」

「お嬢様、先にお口の周りを拭きましょうね」

「うん」

エマに口元を拭いて貰ったら、急いでソファーから降りて走り出す。

「マリー、どこに行くの？」

「ぱぱのところ！」

閃《ひらめ》いちゃったわよ！

大胆不敵《だいたんふてき》な一石二鳥の計画を！

ぴょんと跳《と》び上がってドアノブを回して開けて、執務室へ飛び込む。

「おお、マリーどうしたんだい？」

お仕事中だったのに、お父様は私の顔を見ただけで笑顔になって、おいでと手招きしてくれた。

たたっと駆け寄るとそのまま抱き付いて、抱き上げられてお膝に座る。

そのまま仰《の》け反るようにしてお父様を見上げた。

「おとうさま、おっきなおふねをつくりましょう！」

「大きな船？　いきなりだね。それと、パパと呼びなさい」

「ぱぱ、さとうきびと、てんさいをさいばいしましょう！」

「サトウキビとテンサイを？　お砂糖が欲しいのかい？」

「にゅ～ぎゅうふやしましょう！」

「乳牛も？　牛乳が欲しいのかい？」

「かじゅえんもおおきくしましょう！」

「果樹園まで？」

「まど～ぐもつくりましょう！」

「魔道具を作るって……マリー、大きな船や果樹園の話はどこに行ったんだい？」

「おおきなみなとと、かいどうをせいびしましょう！」

「えっ？　港と街道《かいどう》の整備……まさかそれで大きな船を？」

「すぱいすをかわなくなってういたおかねで、とうしましょう！」

「ちょっと待ちなさいマリー。いきなり投資だなんて、どうしたんだい？」

「りょうちをかいはつして、ゆたかにしましょう！」

「だから待ちなさいマリー。どうしてそんなに色々投資なんて話になったのか、最初から順番に説明してくれないか？」

あ、ついつい、あれもこれもっていきなりまくしたて過ぎたかも。

子供って本当に、これって決めたらそれしか見えなくなるから、たまにこういうことになっちゃうのよね。

「えっと〜」

改めて頭の中の情報を整理して、順序立ててお父様に説明する。

要は先日のスパイスブームの強制終了《しゅうりょう》で浮いた食費を投資に回して、領内を挙げて領地開発をしましょうってこと。

最優先は、大型船の開発、港湾施設《しせつ》の拡充《かくじゅう》、街道整備の三つ。

何故最優先なのかと言えば、完成までに最も時間が掛かるし、インフラ投資は基本中の基本だから。

大型船を開発して交易に利用すれば、一度に運べる量が増えるんだから、輸送コストが下がる。

大型船が出来れば、停泊《ていはく》できるだけの大きな港だって必要だ。

それに港が大きくなれば、他領、他国の交易船も呼び込みやすくなって物流が盛《さか》んになる。

その時、陸揚《りくあ》げした交易品を領内各地へ輸送する街道が整備されていれば、陸路の輸送コストだって下がって、同時に領内各地の特産品をその港へ輸送しやすくもなる。

結果、ゼンボルグ公爵領は活性化して、豊かになると言う寸法よ。

「あ～……」

お父様が急に片手で目を覆《おお》うようにして、天を仰《あお》ぐ。

もう片方の手は、お膝の上の私を抱いたままだけど。

「マリー……」

「はい、ぱぱ？」

「マリーは何歳だったかな？」

「よんさいです」

「うん、そうだ。マリーはまだ四歳だ」

それがどうしたんだろう？

「天才だ天才だとは思っていたが……四歳児がまさか、交易のために大型船の開発を提案してくるとは……」

あ……ちょっとまずかったかな？

「しかも、船を大きくすればたくさん運べる、ここまではいい。そのくらいの発想なら、子供でも出てきてもおかしくはないだろう。だが……港湾施設の拡充と、街道整備による輸送とコスト削減《さくげん》、さらに特産品の輸出までセットとは……」

言われてみれば、そこまで考えられるのは四歳児の発想じゃないかも……。

時々言動が四歳児に引っ張られていても、本来中身は三十代半ばだし……。

お父様は目を覆っていた手を外すと、顔を下ろして私を見つめてくる。

「マリー、やっぱりお前は天才だ。とても四歳児が出せる発想じゃない」

すごく感心して褒めてくれているけど……どこか困ったような微笑みね？

「だけどね、マリー。残念だけど、たとえ船を大きくしても、あまり効果は見込めないんだ」

「どうしてですか？」

こてんと首を傾げると、お父様はちょっと考える顔をして、でも丁寧《ていねい》に説明してくれる。

「すでに交易船は多数就航している。他領、他国からも交易船は来ているんだ。そこでうちの交易船を多少大きくしても、交易品全体の流通量からすると、ほんのわずかしか影響《えいきよう》がない。残念ながら、我がゼンボルグ公爵領は大陸の端で、西の終着点だ。交易路が東側にしかない以上、効率は半分に落ちてしまう。そして他領、他国の港湾使用料も船の大きさに合わせ高くなるだろう。だから、大型船の開発費、港湾施設の整備費、街道の整備費、それらの莫大《ばくだい》な投資額に見合わない程度の効果しか得られないんだ」

お父様の言うことは分かる。

ゼンボルグ公爵領に出入りする交易船の総数を考えたら、そのうち数パーセントになるかどうかの交易船の積載量《せきさいりよう》を、仮に倍にまで増やしたとしても、輸送コストの削減に劇的な効果は見込めない。

大型船と港湾施設の拡充、街道整備が全く無駄になるとは思わないけど、劇的な効果が見込めない以上、投資を回収して黒字にまで持って行けるのは、果たして何十年先になるか分からないものね。

お父様も領主として、そんな投資に莫大なお金を注ぎ込む決断は、そう簡単に出来ないと思う。

でも、お父様は一つ大きな勘違いをしている。

「ぱぱ、おっきなおふねのつかいかたがちがいます」

「大型船の使い方が違う？」

コクンと頷いて、横向きに座って見上げていたのを、お父様の脚《あし》の間に立ち上がって振り返った。

落ちないようにちゃんと手で支えてくれたお父様の顔を、直接見る。

「もくてきちがちがいます」

「目的地？」

「もくてきちはふたつ」

チョキを作ってお父様の顔に突きつける。

全く予想が付かないって顔のお父様の前で、人差し指一本に変えた。

「ひとつめは、あぐりかたいりくです」

「!?」

お父様が目を見開いて息を呑《の》む。

「まさか……大型船で大西海を真っ直ぐ南下して、直接アグリカ大陸と交易しようと言うのか!?」

「はい」

大西海は、前世の世界で言うところの地中海とアフリカ大陸北部一帯に広がる、大海原の名前だ。

現在の交易路は、ヨーラシア大陸沿岸部を東へ向かい、中東のアラビオ半島沿岸部を南下して、さらに大西海の東側をそのまま南下する最短距離《きより》で、アグリカ大陸へと至るしかない。

なぜなら、現状、大西海の荒波《あらなみ》のど真ん中を直接南下して乗り越えて行ける船舶が、ほぼ皆無だから。

しかも、大西海の東側を南下する最短距離でも、難破や沈没《ちんぼつ》事故は珍しくない。

何しろその最短航路は別名スパイス海とも呼ばれ、海はスパイスの味がすると揶揄《やゆ》されているくらいだ。

だからもしそのアグリカ大陸への直通航路を開拓《かいたく》できれば、様々なスパイスや珍しい品々が、圧倒《あっとう》的に安価で直輸入出来る。

どのくらい安価になるかと言えば、まず、航路がおよそ四分の一から五分の一の距離に短縮されるから、単純にそれだけ人件費や食費等の経費が削減できる。

同時に、幾つもの他領、他国を経由しないで済むから、関税と港湾使用料が全てゼロになる。

その上、積載量が増えることで、一度に大量に買い付けて仕入れ値も下げられる。

加えて、帆《ほ》の数が増えればその分船の速度は増すから、さらに航海日数が減って、諸々《もろもろ》の経費が削減できる。

それこそ、今、一万リデラ金貨三枚で買っている胡椒が、概算《がいさん》で三十分の一の一千リデラ銀貨一枚にまで下がるくらいに。

それだけ安価にアグリカ大陸の品々を手に入れられれば、むしろオルレアーナ王国の各領地へ、一万リデラ金貨一枚より安く輸出したとしても大きな黒字が見込める。

こんなことは、私が説明するまでもなく、ゼンボルグ公爵であるお父様ならすぐに理解したはずよ。

その証拠《しょうこ》に、脚の間に立っている私を支える手が微《かす》かに震《ふる》えていて、ゴクリと生唾《なまつば》を飲み込んでいるから。

まるで乱れた気持ちを落ち着けるように、お父様が深呼吸する。

「……それで、もう一つの目的地は？」

私は指を二本にする。

「ふたつめは、ずっとにし、しんたいりくです」

「⁉」

さっき以上に目を見開いて、お父様はもう言葉が出てこないって顔だ。

お父様が何か言おうとして、言葉にならなくて、でもなんとか言葉にしようとしてを、果たして何度繰り返したか。

ようやく声を絞《しぼ》り出す。

「マリーは……ここより西に……極西と……世界の果てと言われているゼンボルグ公爵領より海を越えた遥《はる》か西に……まだ見ぬ大陸があると……そう言うんだね？」

「はい」

この世界の地図は、例えばユーラシア大陸を少し横長にしたみたいな形をしているだとか、アフリカ大陸の北半分がないとか、他にも色々、前世の世界との違いはあるけど、前世の世界ととてもよく似ている。

しかも現在の世界地図だけだと、とても世界が狭い。

前世の世界の半分か、いいとこ三分の二ないくらいの大きさにしか見えないのよ。

それならあるはず。

アメリカ大陸に相当する、未発見の新大陸が。

「それは……何か確証があっての話かい？」

私は首を横に振るしかない。

でも、必ずあると確信している。

「あぐりかたいりくは、いつ、だれが、みつけたんですか？」

お父様が息を呑む。

まるで、目から鱗《うろこ》が落ちたみたいな目で。

「っ……そう、だな……アグリカ大陸も、最初はそこに大陸があるなんて、誰も思っていなかった。だけど、そこには大陸があった」

私が読んだ歴史書によると、アグリカ大陸が発見されたのはおよそ四十年前。

それまで世界はヨーラシア大陸しか存在しないと思われていた。

難破して偶然《ぐうぜん》アグリカ大陸に漂着《ひょうちゃく》した船乗り達が、数年を経て奇跡《きせき》の生還《せいかん》を果たしたことで、初めて世界中にヨーラシア大陸以外の陸地があることを広く知らしめた。

しかも、その船乗り達が持ち帰ったのが、ヨーラシア大陸では手に入らない各種スパイスだ。

各国はそのスパイスに熱狂《ねっきょう》した。

だけど、アグリカ大陸には当然現地の人達の国家がある。

だからスパイス欲しさに植民地化しようとした各国と戦争になったのは、必然とも言える流れだった。

オルレアーナ王国だってそんな国の一つだ。

その戦争は二十年以上にわたって続き、各国の戦費の負担が大きくなり過ぎて厭戦《えんせん》気分が広がっていったことで、次第に下火になって終結していった。

　こうしてアグリカ大陸の国家の多くが植民地にされ、また独立を守り抜いた国家と和平条約が締《てい》結《けつ》され、スパイスの輸入が本格化したのは、ほんの十年ほど前の話になる。

　それ以来、みんなアグリカ大陸に夢中だ。

　こぞってアグリカ大陸と交易しようと躍起《やっき》になっている。

　東方の国家からも、それこそ年単位の時間をかけて交易船がやってくるくらいに。

　だから、植民地の奪い合い、利権の奪い合いで戦争になるのも珍しい話じゃない。

　もちろん、無法者の海賊行為《かいぞくこうい》だって横行。

　それら海賊達から略奪品《りゃくだつひん》を仕入れて儲ける交易商人がいるのもよく聞く話だ。

　そんな現状を受けて、自国の通商路《シーレーン》の保護および他国の通商路の破壊《はかい》や妨害《ぼうがい》のため、国が私掠《しりゃく》を認める私掠免許状《めんきょじょう》——戦時限定の私掠免許状と平時でも許可される復仇《ふっきゅう》免許状——を発行して、個人が合法的に他国の船を攻撃《こうげき》、拿捕《だほ》、略奪する行為を認めている国もある——その場合、私掠船が上げた利益の一部は国庫に納める決まりがある——くらいだ。

　それほどまでに、多くの国と人がアグリカ大陸に投資し、戦費を注ぎ込み、奪い合いと報復に明け暮れている。

　まるでアグリカ大陸が最後のフロンティアであるかのように。

　だけど、他にも同様の未発見の大陸がないなんて、誰が言ったの？

　一つあったんだから、二つや三つあってもおかしくないでしょう？

「だから海を越えた遥か西にも、大陸がある可能性がある……そう言いたいんだね？」

「はい」

私は、力強く頷く。

みんながアグリカ大陸しか見えていなくて、大金を注ぎ込んでいる今だからこそ、そこに付け入る隙《すき》がある。

だって、アグリカ大陸に利権を持つ者達はそれを守り続けなくてはならないし、利権を得られなかった者達はここで手を引けば莫大な赤字だ。

だからどこの国も領地も、すぐに投資先を新大陸に切り替《か》えることなんて出来ない。

そう、他領、他国を出し抜いて新大陸との交易を独占《どくせん》するチャンスが、今まさに目の前に転がっているといっても過言じゃないのよ。

「ぜんぼるぐこうしゃくりょうは、にしのはてっていわれていますけど、しんたいりくがみつかったら、しんたいりくからのこうえきひんをかいもとめて、みんなぜんぼるぐこうしゃくりょうに、さっとうしてくるとおもいます」

それだけじゃない。

「たこくがしんたいりくとこうえきしようとおもったら、みんなぜんぼるぐこうしゃくりょうをとおって、しんたいりくにいくことになります。ぜんぼるぐこうしゃくりょうが、にしのはてから、せかいのちゅうしんになるんです」

「ああ……マリー！」

お父様が感極まったように私を抱き締めてきて、私もお父様を強く抱き締める。

「考えたこともなかった……ここより西に、まだ見ぬ大陸があるなんて！　このゼンボルグ公爵領が世界の中心になるだなんて！」

もしこのプランが実現したら、もう誰もゼンボルグ公爵領を田舎だ、貧乏だ、世界の果てだと馬鹿に出来なくなる。

古参の貴族達に一泡吹《ひとあわふ》かせられること間違いなしよ。

これなら、王国を乗っ取る陰謀を企てなくても、見返して誇りを守れるはず。

断罪も処刑も遠のくに違いないわ！

そして新大陸が発見された暁《あかつき》には……カカオ！　バニラ！　トマト！　ゴム！

特にカカオとバニラ！

もう絶対にお腹いっぱいチョコとプリンを堪能《たんのう》してあげるんだから！

「しかし、喜ぶのはまだ早いな」

ひとしきり私を抱き締めて感動していたお父様なのに、急に我に返ったように私から身体を離《はな》した。

「大型船を開発すると言っても容易《ようい》なことじゃない。ましてや大西海の荒波を越えていける大型船ともなると、王族はおろかどの国も保有していない船だ。一筋縄ではいかないだろう」

普通に考えれば、相当な難題のはず。

でも、私にはアイデアがある。

「それならこういうのはどうでしょう？」

お父様の脚の間でまた反対側を向いて、執務机に向き直る。

そして羽根ペンを握って……。

「えっと……」

「何か書きたいんだね？　これに書くといい」

お父様がまっさらな羊皮紙を机の上に置いてくれる。

私はそれに向かって羽根ペンを一心不乱に走らせた。

「ふぅ……できました」

そこに描かれているのは一隻《せき》の帆船《はんせん》。

帆船……のつもり。

「これは……帆船だね？」

さすがお父様、ちゃんと分かってくれた！

「ぱぱ、だいすき！」

抱き付いてほっぺにチューしちゃう！

お父様、デレデレだ。

「おおきくて、ほそくて、ながいおふねにします」

前世の現代風のすらりと細長い帆船……のつもり。

この世界の帆船は、まだ絵でしか知らないけど、全て木造で、やや太めのずんぐりとした感じの船ばかり。

すらりとスタイリッシュな帆船はない。

もっと言うと、小型船がほとんどで、前世の世界で言うところの、三角帆で風上へ向かうのが得意なキャラベル船や、大海を越える輸送量が増えたキャラック船に相当する帆船がまだ存在しない。

おかげで、どの帆船も沿岸付近を航路にして、大西海の荒波を越えられないでいると言うわけね。

ちなみに、コロンブスのサンタ・マリア号がそのキャラック船で、その僚艦《りょうかん》二隻がキャラベル船。

だから、まだそれらに相当する帆船がないと言うことは、先んじて開発すれば新大陸へ一番乗りできる可能性が高いと言うこと。

私が描いたのはさらに後の時代に開発された帆船で、軍艦のガレオン船どころじゃない、さらにうんと後、クリッパーと呼ばれる快速帆船だ。

どのくらい快速かと言うと、現在の帆船が平均三から五ノットくらいとすると、快速帆船は平均十五から十七ノットくらい。さらに最速で二十ノット以上出せるから、その速度は段違い。

実際に、クリッパー登場前の帆船で輸送するのに一年半から二年近くかかる航海が、四カ月程度に短縮されるくらいの速度が出せたそうだから、勝負にもならないわよね。

デザインは私の好きなカティサークをそのまま描いてみた。

今の時代の帆船がずんぐりとしていて、マストが一本や二本が主流なのに対して、カティサークのような快速帆船は、速度を出すために細長い船体と、三本マストでシップと呼ばれる種類の帆装が特徴《とくちょう》だ。

三本マストに四角形の横帆《おうはん》がいっぱい張られていて、船首に三角形の縦帆《じゅうはん》があって、帆船って言われて真っ先にイメージするだろう、代表的な形をしている。

ちなみに、カッター、ブリガンティン、スクーナー、ジーベックも、シップと同じ、何本マストで、どの位置にマストが立っていて、どんな形の帆をどのマストに張っているかと言う、帆装の呼び名ね。

帆船の抱える問題は、マストと帆が増えるとそれを操作する船員が大勢必要になるから、人件費が高くなること。

だけどカティサークの時代の帆船は、帆を張るロープの編み方や索具《さくぐ》が工夫《くふう》されていたり、マストが木製じゃなくて鉄製で木製より軽くて丈夫《じょうぶ》だったり、さらにウインチを搭載《とうさい》したりと、操船が楽になるように工夫されている。

そういう色々な発達した技術が使われているから、完成したらオーパーツの塊《かたまり》みたいな快速帆船になるでしょうね。

だって十九世紀の船なんだから、五百年は時代を先取りよ。

そんな快速帆船だけど、それでも蒸気船には勝てなかった。

そこで、魔道具を推進器にして搭載すれば——機帆船とも言えそうだけど——さらに速度が出せるようになる。

帆船の弱点である無風状態でも航行出来るようになるのも強みね。

だからカティサークのような大型の快速帆船を建造出来れば、他領、他国の追随《ついずい》を許さないのは確実よ。

ちなみに、なんで私がそんなに帆船に詳《くわ》しいかと言うと……前世の父と兄の影響ね。

父の趣味はボトルシップを作ること。

兄はそんな父に影響されて、帆船のプラモデルを作るのが趣味だった。

それで、当時大学生だった兄と父が晩酌《ばんしゃく》で酔《よ》っ払《ぱら》うと必ず、当時高校生だった私を間に挟んで、帆船の魅力について語り出すのが我が家のいつもの風景だった。

帆船に全く興味がない女子高生相手に延々《えんえん》と、帆船の種類、構造、歴史、羅針盤《らしんばん》と六分儀《ろくぶんぎ》の発明の素晴らしさ、索具の構造、丈夫なロープの編み方、操船方法などなど、熱く、それはもう熱く語ってくれたのよ。

もうね、当時は二人が鬱陶《うっとう》しくて鬱陶しくて。

いい加減にしてって、私がキレるところまでがワンセットだったわ。

こんなことになるなら、もっと真剣に聞いておけば良かったな……。

今更《いまさら》言っても仕方がないけど。

そんな前世については語れないけど、快速帆船の構造、利点についてお父様に語る。

さらに鉄の肋材《ろくざい》に木の外板を貼《は》り付けた木鉄船体にすることで、巨木《きょぼく》が手に入らなくても、大型船を建造できるようになる。

しかも頑丈《がんじょう》になって、荒波の外洋での運用も安心だ。

「……」

あ……お父様、付いてこられてない……。

「マリー……」

「は、はい……」

「どこでこんな知識を得たんだい？」

「え～……あ～……」

どう答えていいか分からなくて、目が泳ぐ。

「ご、ごほんでよみました？」

自分で言ってて突っ込みたくなるけど、何故疑問形⁉

言い切ってしまえばいいのに！

いやでも、後でその本を参考にして建造したいって言われても困るわね……。

「船舶の本を読んで、色々と思い付いたんだね？」

「そ、そう！　そんなかんじです！」

ナイスお父様！

そういうことにして！

これ以上突っ込まないで！

「ああ……私の娘が天才過ぎる……」

また天を仰いで……これはどういう感情？

「……私には分からないことが多すぎるが、マリーには完成形が見えていると言うことなんだね？

せっかくのマリーの発案なんだ、形に出来るか検討してみよう」

「はい！　ありがとうございます、おとうさま！」

「パパと呼びなさい」

「はい、ぱぱ！」

やった！

これで大きく一歩前進ね！

# 第二章　船員育成学校の開校

◆

「聞いたわよマリー！　ゼンボルグ公爵《こうしやく》領世界の中心計画！」

熱く語って、図解して、さすがにちょっと疲《つか》れたから、お父様の執務室《しつむしつ》から自室に戻《もど》って休憩《きゆうけい》していたら、お母様が周囲に花を撒《ま》き散らすほどの光り輝《かがや》く笑顔《えがお》で私の部屋に飛び込《こ》んできた。

で、その勢いのまま抱《だ》き付いてきて、これでもかってくらい頬擦《ほおず》りしてくる。

「マリーは本当に天才ね！　ああ、こんなに可愛《かわい》くて、愛らしくて、まるで天使みたいなのに、こんなにも賢《かしこ》いだなんて。いいえ、きっとマリーは天使なんだわ。神様がわたし達《たち》の下へ遣《つか》わして下さった天使に違《ちが》いないわ！」

お母様のすべすべほっぺが柔《やわ》らかくて気持ちいい。

さらに、おでこやほっぺにいっぱいキスまで。

くすぐったくて照れる。

でも嬉《うれ》しい。

「わたしも、ままとぱぱのむすめにうまれて、しあわせです」

「ああ、マリー！」

お母様が大感激して、苦しいくらいに抱き締《し》めてくれる。

本当に、私は今、幸せだ。

最初、悪役令嬢《れいじよう》マリエットローズ・ジエンドに転生したって知ったときは、焦《あせ》りに焦って、気絶するくらい目の前が真っ暗になったけど。

断罪されて処刑《しよけい》される未来を回避《かいひ》する光明が差したし、ついでにチョコが手に入るかも知れないし、お父様とお母様の娘《むすめ》に生まれて本当に幸せだ。

でも、油断は禁物。

引き続き、お父様の執務の手伝いを続ける。

お父様は、古参の貴族達の横槍《よこやり》をとても警戒《けいかい》しているみたい。

だから、具体的な計画や目的は派閥《はばつ》の貴族達にも秘密。

そうして信頼《しんらい》出来て、立地条件が合う派閥の貴族に大型船を開発するための準備や、港湾《こうわん》施設《しせつ》の拡充《かくじゆう》指示を秘密《ひみつ》裏に出しているみたい。

それ以外の派閥の貴族達には、街道《かいどう》整備や特産品の生産に力を入れるようにとだけ言っているみたいね。

そんなお父様のお手伝いに忙《いそが》しい私だけど、忙しいのはお手伝いのせいばかりじゃない。

まず、家庭教師のお勉強がある。

『とのアナ』の舞台《ぶたい》になる国立オルレアス貴族学院。

その高等部相当の勉強が佳境《かきよう》に入ってきて、近々、高等部卒業試験の問題でテストを受ける予定になっている。

これに合格したら、筆記試験に関しては卒業資格を取得したことになるわけね。

同時に、礼儀《れいぎ》作法《さほう》、ダンスのレッスンも受けている。

それも、極上《ごくじょう》の先生に。

多くの乙女《おとめ》ゲームだと、悪役令嬢である公爵令嬢の私は、王太子の婚約者《こんやくしゃ》に相応《ふさわ》しいだけの礼儀作法を身に付けるようにって、厳しいレッスンを受けることになると思う。

でも、うちの事情だとそれがちょっと違う。

だって、悪役令嬢マリエットローズ・ジエンドは、ゲーム本編開始時に、王太子の婚約者どころか、婚約者候補ですらないから。

理由は田舎者《いなかもの》で外様《とざま》のゼンボルグ公爵に力を付けさせたくない、ってところでしょうね。

じゃあ、それなのに何故《なぜ》、極上の先生から厳しいレッスンを受けているのか。

それは私がゼンボルグ公爵令嬢だから。

かつてここはゼンボルグ王国だった。

もしオルレアーナ王国の侵略《しんりゃく》がなかったら、私は王女様だったわけだ。

派閥の貴族の中には、お父様のことをまるで王様のように崇《あが》めて敬意を払《はら》って、私のこともまるで王女様のように扱《あつか》ってくれる人がいる。

だから、お父様もお母様も口には出さないけど、ゼンボルグ王家の娘として恥《は》じない立ち居振《ふ》る舞《ま》いを身に付けて欲《ほ》しいと思っているんじゃないかしら。

だったら私は、その期待に応《こた》えるのみ。

もし本当にゼンボルグ王家の娘として恥じない立ち居振る舞いとダンスの技術を身に付けられれば、貴族学院の実技の卒業資格も余裕《よゆう》で取得できるでしょうね。

だから後は、剣術《けんじゅつ》と馬術ね。

オルレアーナ王国は軍事大国だから、貴族も前線で戦えるだけの技術が必要、それが貴族の嗜《たしな》みって言われているのよ。

私ももうすぐ五歳《さい》になる。

遠からず、剣術の稽古《けいこ》もって話になるんじゃないかしら？

ただし、馬術はまだまだ先だろうけど。

だって、鐙《あぶみ》に足が届かないもの。

さらに、令嬢の嗜みとして、お母様から刺繍《ししゅう》を教えて貰《もら》ったり。

詩集を読んで、詩の朗読や自作の詩を作れるように学んだり。

絵画、彫刻《ちょうこく》、陶芸《とうげい》、宝石、などの本物の美術品に触《ふ》れて、本物を見極《みきわ》める鑑定眼《かんていがん》を養う練習をしたり。

お母様とエマの着せ替《か》え人形にされて、ファッションセンスを磨《みが》いたり。

それに加えて私は、魔道具《まどうぐ》についての勉強も始めた。

蒸気機関の代わりにしたいから、そのための魔道具を作れないと、大型船を建造できても最大効率が得られないもの。

だからお父様はその道の権威《けんい》に依頼《いらい》して、私の家庭教師にしてくれた。

気付いたら、毎日が激務よ。

私、一応まだ四歳なのに、これは四歳児の忙しさじゃないと思う。

「お嬢様、お疲れですね……大丈夫《だいじょうぶ》ですか？」

「ん……がんばる……」

エマに抱っこされて、抱き付きながらコクリコクリと船を漕《こ》ぐ。

「お嬢様はもう十分頑張《がんば》っていらっしゃると思います。もっとゆっくりなさっては？」

ベッドに寝《ね》かされて、布団《ふとん》を掛《か》けられる。

「ん……がんばる……」

あんなにも私を愛してくれる素敵《すてき》なお父様とお母様が断罪されて処刑される未来なんて、まっぴらごめんだから。

「お嬢様は頑張り屋さんでいい子ですね。でも寝るときは、全部忘れてゆっくり休んで下さいね」

「ん……」

エマがランプの明かりを消すと部屋の中が真っ暗になって、今日も私はあっという間に眠《ねむ》りに落ちていた。


それはまだ私が前世の記憶《きおく》を取り戻して間もなくの、二歳だった頃《ころ》。

この世界の情報収集をするために、またお父様に本を読んで欲しくて執務室に押《お》しかけ、お父様のお膝《ひざ》の上に座《すわ》っていた時のこと。

「ふおおぉ⁉」

私は執務机の上に置いてあったランプを見て、思わず大興奮の声を上げてしまった。

だってランプにボタンが付いていて、お父様がそれを押したらランプが明るく点灯したから。

「おと～しゃま、こりぇ！」

「私のことは、パパと呼びなさい」

「あい。ぱ〜ぱ、こりぇ！」

「ん？　ああ、魔道ランプか。珍《めずら》しいだろう？」

「あい！」

これまで私が見たことがあるランプは普通《ふつう》に油で火を灯《とも》す物ばかりで、魔道ランプなんて私の部屋はもちろん、食堂にもリビングにも廊下《ろうか》にもなかったから。

明るさは普通のランプよりちょっと明るい程度だけど、明らかに文明の利器だ。

「近年売り出されたばかりの魔道具でね。とても高価な品で、まだ持っている者は少ないんだ。中央ならともかく、ゼンボルグ公爵領にまでなかなか回ってこなくてね。うちもようやくこれ一つを手に入れられたくらい、稀少《きしょう》な物なんだよ」

「ほおぉ……！」

「はは、さすがにマリーにはまだこんな説明、難しかったたな」

もちろん、ちゃんと理解しましたとも。

つまり、魔道具って言うのは、原理は知らないけど、名前からしても魔法みたいな不思議なことが出来る道具なんでしょう？

ある意味で、機械や家電製品だよね？

それが近年売り出されたばかりって、ここは乙女ゲームの世界なのに、道理で水洗トイレもシャワーも、冷蔵庫も冷暖房《れいだんぼう》もないわけだ。

高価で稀少と言うことは、需要《じゅよう》に供給が追い付いてないってこと。

つまり、種類もバリエーションも少なくて、市場に参入する余地がまだあるってことだよね？

これ、作って売り出したら、領地が豊かになるんじゃない？

「わたしも、こりぇつくるぅ！」

ビシッと手を挙げて、お父様に宣言する。

「ははは。マリーは魔道具が気に入ったみたいだな。魔道具を作るにはいっぱい勉強しないと難しいぞ」

「おべんきょぉ、する！」

「よしよし、そうかそうか」

その時のお父様は真面目《まじめ》に取り合ってくれなかったけど、楽しそうに私の頭を撫《な》でてくれて、私もお父様に撫でられるのが気持ち良くてご機嫌《きげん》だった。


その後、私は出来る範囲《はんい》で魔道具について調べて、四歳にして遂《つい》に、魔道具について勉強するための家庭教師を付けて貰えるようになった。

「マリエットローズ君」

「はい、おーばんせんせい」

「今日から、魔道具の詳細《しょうさい》な構造についての講義に入るが、まずはこれまでの授業の復習じゃ。君がどこまで理解しておるのか、確認《かくにん》させて貰おう」

「はい、おーばんせんせい」

オーバン・バロー先生は、白髪《はくはつ》で顔中皺《しわ》だらけで手も骨と皮だけみたいに細く節くれ立っている五十歳手前のかなりのご高齢《こうれい》の先生だ。

だけど、喋《しゃべ》り方はしっかりしているし、背筋もピンと伸《の》びているし、薄紫《うすむらさき》の瞳《ひとみ》は力強い光を放っているし、まだまだ元気なお爺《じい》さんって感じね。

国立魔道具研究所で長年研究者として働いていたそうで、十年ほど前に退職した後は、個人で趣味《しゅみ》と実益を兼《か》ねて魔道具の研究を続けていたらしい。

ただ、個人だと研究費の捻出《ねんしゅつ》が大変だから上級貴族達にパトロンになって貰っていたそうなんだけど、その上級貴族達が作らせたい魔道具と、オーバン先生が作りたい魔道具の方向性が一致《いっち》しなくて、喧嘩《けんか》別れを繰《く》り返していたそうなの。

いかにも偏屈《へんくつ》って顔をしているしね。

それを知ったお父様が、私の家庭教師として招聘《しょうへい》してくれたと言うわけ。

ただ、最初は断られたらしいの。

だって、四歳に家電の作り方を教えても理解出来るわけがないし、時間の無駄《むだ》って思うじゃない？

そこをお父様が、一度でいいから私と会って話をして欲しいと頼《たの》み込んで、なんとか屋敷《やしき》にご招待するところまでこぎ着けたのね。

それで、私がオーバン先生から色々と基礎《きそ》的な質問をされて、答えて、最後に将来どんな魔道具を作りたいかって聞かれたから、例として前世の家電を色々上げたのよ。

帆船《はんせん》に載《の》せる蒸気機関の代わりの魔道具については、外に漏《も》れたら大変だから秘密にしておいたけど。

それでも、前世の家電なんて、この世界にとってはオーパーツだもんね。

オーバン先生は衝撃《しょうげき》を受けて、是非《ぜひ》とも一緒《いっしょ》にそれを研究して作りたくなったって言って、私の家庭教師になってくれたの。

「では、魔道具を動かすための魔石とは、一体どのような物じゃ？」

「はい、ませきは――」

魔石は、未知のエネルギーを秘めた鉱物のこと。

何故魔石がそんなエネルギーを秘めているのかは不明。

そして、魔石は特定の鉱山からしか産出されない。

現在、採掘《さいくつ》された魔石は宝石のように研磨《けんま》され、カットされ、魔道具のエネルギー源として利用されている。

そのエネルギーには属性があって、土水火風光闇《やみ》の六属性がある。

魔石が大きければそれだけ出力が大きくなるし、小さくても複数使用すれば出力を大きく出来る。

さらに、属性が異なる複数の魔石を使えば爆発的《ばくはつてき》に応用範囲が広がると言われているけど、制御《せいぎょ》が難しく、未《いま》だ成功例は少ない。

エネルギーを失った魔石では魔道具を動かすことが出来ないから、基本は使い捨て。

再びエネルギーを充填《じゅうてん》できないか、現在様々な研究が行われているけど、未だこれといった成果はなし。

つまり有限の資源だから、どこの国でも魔石の利用は管理されていて、なかなか個人が好き勝手は出来ない貴重な資源とされている。

「うむ。では次。魔道具は構造的に幾《いく》つかのパーツに分けられる。そのパーツとは？」

「はい、ぱーつはぜんぶでみっつ――」

まず、最も重要なエネルギー源の魔石。

乾電池《かんでんち》やバッテリーを嵌《は》め込むみたいに、魔石を設置する台座やくぼみが魔道具側に付けられていて、魔石がエネルギーを失ったら、同じ規格の魔石と交換《こうかん》することで魔道具は再利用可能になる。

次は、魔石からエネルギーを引き出し、魔法みたいな現象を起こすための魔法陣《まほうじん》。

基本的にこの魔法陣の中央に魔石を嵌め込むようになっている。

描《えが》かれた魔法陣の意味によって、魔石から引き出されたエネルギーが、例えば光る、爆発する、水が出る、などの物理現象に変換《へんかん》される。

最後が魔道具本体。

お父様が持っていたランプのように、用途《ようと》に合わせた構造と外観が必要。

スイッチで光をオンオフ出来ていたのは、スイッチで魔石を魔法陣のくぼみに接触《せっしょく》させたり外したりしていたから。

そういう利便性を考慮《こうりょ》した道具として、構造と外観を作る必要がある。

「うむ、さすがじゃマリエットローズ君。君なら儂《わし》を超《こ》える魔道具師になれるじゃろう。あと四十年早く、君と出会いたかった。老い先短いことが悔《く》やまれるのう」

「おーばんせんせいは、まだまだおわかいですよ。これからもげんきで、ながいきしてください」

「はっはっは。賢いだけではなく、口も上手《うま》い。将来が楽しみだ」

オーバン先生はこうして笑うときは好々爺《こうこうや》みたい。

でも実際は、とっても指導が厳しく、要求水準も高い、怖《こわ》い先生なのよね。

「さて」

ひとしきり笑った後は、また偏屈そうな厳しい顔に一瞬《いっしゅん》で変わるから、私も気を引き締める。

「それでは、詳細な構造について話をするとしよう。魔道具は、ぶっちゃけて言ってしまえば、構造と外観は用途に合わせて千差万別《せんさばんべつ》になる。使いやすさと必要な機能さえ備えておれば、誰《だれ》が作ろうが構わん。儂もガワは職人に外注に出して作らせておったからな。もちろん、本当に用途に合った構造と外観になるかはセンスが必要になるが」

オーバン先生が、サンプルとして用意した魔道具のランプの取っ手を摘《つ》まんでブラブラさせる。

オーバン先生の言う通り、外観なんてデザインの領域だから、趣味趣向によって変わってくるだろうし、インテリアに合わせるとなると、一点物の製作を依頼する貴族だっているかも知れない。

必要なのは、オンオフのボタンと、周囲をちゃんと明るく照らせるかどうかだけだ。

「魔石は、ケースバイケースじゃな。どのようなデザインでカットするかは、魔道具の用途による。このランプのように量産品で広く世に売り出そうとしておる物であれば、魔石を嵌め込むくぼみと魔石のデザインは、規格として統一されておるべきじゃ。しかし、軍の兵器、個人の一点物で他に使われたくない物、などは、一般《いっぱん》の規格とは異なるデザインでカットしておく必要がある」

万が一、軍の武装の魔道具が盗《ぬす》まれて、そこらの魔道具の魔石を外して使うなんてことをされたら大変だもんね。

そういう意味では、私が作ろうとしている帆船に載せる魔道具は全部、特別なカットにすべきね。

「つまり、魔道具を作るに当たり、最も魔道具師に知識とセンスを求められるパーツは魔法陣と言うことになる。この魔法陣が正しく描かれておらんと、目的の機能を持たせることが出来ないばかりか、魔道具の暴走や、魔石の爆発事故に繋《つな》がる可能性がある」

一際《ひときわ》怖い顔をして、脅《おど》すように身を乗り出してくるオーバン先生に、思わず生唾《なまつば》を飲み込む。

事故の危険性は言われるまでもなく分かっているわ。

それより、オーバン先生の顔の方が怖い。

「うむ。魔道具の暴走と魔石の爆発事故の恐《おそ》ろしさを理解してくれたようで何より」

いえいえ、オーバン先生の顔の方が怖かったです。

普通の四歳児だったら泣いているから。

「では、その魔法陣の構成じゃが、これは四つに分けられる」

一つ目が、魔石から魔法陣にエネルギーを供給するための回路の役目を果たす供給文様と呼ばれる文様。

二つ目が、魔法陣本体で魔石のエネルギーを循環《じゅんかん》させる二重の魔法円、および、魔法陣の中をエリアごとに分ける直線で描かれた五芒星《ごぼうせい》や八芒星。

三つ目が、五芒星や八芒星で区切られたエリアに記されている、魔石のエネルギーを物理現象に変換する回路の役目を果たす魔法文字の命令文。

この魔法文字は、太古から存在する神秘の文字と言われている。

四つ目が、複数の命令文で発生した複数の物理現象を一つに統合して必要な機能を持たせるための、五芒星や八芒星で区切られたエリア同士を結びつける接続文様と呼ばれる文様。

「魔道具師には独特のセンスが必要じゃ。知識があるのは大前提。魔法陣を描くには、やはりセンスがなければ話にならん。五芒星や八芒星で区切られた、どのエリアにどの命令文を記述し、どう接続文様で結びつけるのか。シンプルでスッキリと分かりやすく、機能的に配置する必要があるからじゃ」

オーバン先生がランプを分解して、魔法陣を取り出し見せてくれた。

魔道具は高価で貴重品だから、これまで分解させて貰えなかったのよね。

だから、中身の魔法陣を手に取って見るのは初めて。

このランプの魔法陣は、五芒星や八芒星じゃなく、シンプルに三角形一つだけで区切られていた。

一つのエリアには、魔石を光らせる命令文。

一つのエリアには、どんな方向に明かりを向けるかの命令文。

一つのエリアには、どんな色の明かりにするかの命令文。

その三つのエリアが全《すべ》て、三本の接続文様で繋がっている。

明かりを灯すだけの魔道具だから、魔法陣はこれだけシンプルなのね。

「このセンスがない奴《やつ》は、接続文様が無関係のエリアを跨《また》いで、そのエリアの命令文と統合させないための接続文様をさらに描くことになり、ゴチャゴチャと分かりにくく、暴走や爆発事故の最たる原因になる。よって、既存《きぞん》の命令文や魔法文字の意味を頭に叩《たた》き込むと同時に、この記述と配置のセンスも同時に鍛《きた》えていくからそのつもりでおるように」

またしても怖い顔で脅すように身を乗り出してくるオーバン先生に、思わず仰《の》け反ってしまう。

「は、はい、おーばんせんせい」

「うむ」

このいちいち怖い顔で脅してくることがなければ、いい先生なんだけど……。

こうして私は本格的に魔道具を作るための勉強に入ることになった。

「では、儂のお下がりで申し訳ないが、マリエットローズ君にはこの書物を授《さず》ける。最初から最後まで全て読み込み、魔法文字をマスターするように」

魔道具の歴史や概要《がいよう》、既存の魔道具の解説に続き、詳細な構造についての講義に入った私がまず学ぶように言われたのは、魔法文字について。

魔法文字を理解して命令文を記述出来ないと魔法陣を描けないんだから、当然と言えば当然ね。

そこでオーバン先生から渡《わた》されたのが、魔法文字について記されている一冊の書物。

古くからある書物で、表紙も背表紙も傷《いた》んでボロボロだけど、国立魔道具研究所でも教科書として使われていたらしい。

「そんなきちょうなしょもつを、わたしがいただいてもいいのですか？」

「構わん。退職金代わりに戴《いただ》いてきた物じゃ。儂にはもはや必要ないしな。何より、次代の魔道具師、しかもこの幼さで儂を超える可能性を秘めた前途ある若者の役に立つのなら、その書物も本望《ほんもう》じゃろう」

偏屈なお爺さんの顔から、一瞬、とても優《やさ》しい顔になった。

薄紫の瞳に眩《まぶ》しい物を見るような、輝かしい未来を見つめているような、そんな色が宿っていて、ちょっと照れる。

「それでは、ありがたくちょうだいいたします」

「うむ。その書物で学んできた先達達に恥じぬよう、精進《しょうじん》するように」

「はい」

その想《おも》いを胸に刻んで、力強く頷《うなず》く。

早速《さっそく》その書物、『魔法文字体系解説書』を開く。

そこには魔法文字の一文字一文字の意味、文字の組み合わせによる単語とその意味、文法、文法に従い記された熟語や慣用句の意味、などが、大学の教授が使う専門用語だらけの専門書の様相で書き記されていた。

「うわぁ……」

一瞬、遠くを見る目になってしまったのは許して欲しい。

こういうとき、魔法文字は実は日本語だった、と言うオチが、異世界転生物の定番の一つだから、内心ちょっとだけ期待していたんだけど……そんな都合のいい展開にはならなかった。

どの既存の文字とも違っていて、一から学ぶ必要がある。

強《し》いて近い文字の形を上げるなら、ルーン文字？

飽《あ》くまで形だけの話だし、残念ながら私にルーン文字の知識はないから、見ただけではさっぱり分からない。

「はっはっは。さすがの天才幼女も、これにはお手上げかな？」

わざわざ『天才幼女』なんて恥ずかしい二つ名を持ち出して、楽しそうに意地悪げな笑みを浮《う》かべて挑発《ちょうはつ》してくるなんて。

いいわよ、その挑発に乗ってあげようじゃない。

「ちゃんとよんでべんきょうします！」

「うむ。その心意気やよし」

満足げに頷くオーバン先生は益々《ますます》楽しそうだ。

「おーばんせんせい、しつもんいいですか?」

「うむ。何かな」

「もじのいみはかいてありますけど、はつおんについてはしるされていません。どうしてですか?」

「ほほう、さすがじゃなマリエットローズ君、真っ先にそこに気付くとは。やはり他の者達とは着眼点が違う」

どうやらこの質問は、オーバン先生のツボだったらしい。

「当然、その昔はちゃんと発音されており、一つ一つの文字に発音記号もあった。しかし今は、完全に失われてしまっておる」

「かんぜんにですか?」

「うむ。もしかしたら、世界のどこかにはまだ受け継《つ》ぎ伝える者達がおるのかも知れんが、少なくとも儂は聞いたことがない。望み薄《うす》じゃろう」

「もし、はつおんできたら……まほうがつかえたりしますか?」

「うむ。遥《はる》か昔、この魔法文字を使い伝承していた民族は、呪文《じゅもん》を唱えて魔法を使っていたそうじゃ。つまり、魔法は失われた技術じゃな」

「ああぁぁ……」

そんなもったいない!

せっかく異世界転生したんだから、ちょっとくらい魔法を使ってみたかった!

でも、仕方ないか……。

この『海と大地のオルレアーナ』の世界では、ゲーム本編でも魔法は出てこなかったから。

代わりに出ていたのが、魔道具兵器の拳銃《けんじゅう》や大砲《たいほう》だった。

イベントスチルで、王太子レオナードがノエルの肩《かた》を抱き寄せて守りながら、敵に向かって拳銃を構えるシーンがあって、その美しさと格好良さに、キュンキュンときめいたのよね。

ちなみに、その拳銃を突《つ》きつけられて撃《う》たれる敵が、悪役令嬢マリエットローズなんだけど……。

さらにバッドエンドの中には、ゼンボルグ公爵領軍が大砲を馬で牽《ひ》かせて進軍してきて、都市を砲撃して内戦が勃発《ぼっぱつ》し、その戦いの最中、攻略対象が戦死してしまうと言う展開もあった。

どれも御免《ごめんこうむ》被りたい展開ね。

「他に何か質問はあるかな？　なければ講義を続けるぞ」

「はい。またなにかぎもんてんがでてきたら、あらためてしつもんさせてください」

「うむ。では、まず一文字ずつ解説していこう」


オーバン先生の授業は密度が高い。

おかげで、いつも終わった後は疲れてヘロヘロよ。

「まま！」

だから私は一直線にお母様の所へ駆《か》けていく。

「あらマリー、もうお勉強は終わったの？」

「うん！」

「じゃあおやつにしましょうね」

「やった！」

やっぱり頭を使った後は甘《あま》い物よね！

「今日はパンケーキよ。蜂蜜《はちみつ》をいっぱい付けて食べましょうね」

「ぱんけーき！　ままのぱんけーきだいすき！」

お母様の手作りパンケーキはふわふわで、あまあまで、ほっぺたが落ちるくらい幸せの味がした。

◆

私は五歳になった。

「パパ、わたしもしさつに行きたいです！」

ビシッと手を挙げた私に、お父様が弱ったような、デレそうな、それを無理して引き締めようとするような、複雑でおかしな顔になる。

普段なら私がお仕事がらみで畏《かしこ》まって『お父様』って言うと、お父様は『パパと呼びなさい』って言うけど、私が最初から『パパ』って呼ぶときは、あからさまにおねだりするときだって、お父様も分かっている。

だから普段ならデレデレになって、大抵《たいてい》のおねだりを聞いてくれるんだけど、今回はその大抵からは外れていたらしい。

それも仕方ないかも知れないわね。

だってお父様が他領へ視察に出かけるのに、同行したいって言い出したわけだから。

「れいの計画のしんちょくじょうきょうをかくにんするためのしさつなんですよね？」

「ああ、その通りだ」

「わたしもかくにんしたいです！」

「ううむ……」

家庭教師のお勉強は、国立オルレアス貴族学院の高等部卒業試験の問題でテストを受けて、見事に合格。

筆記試験に関してはすでに卒業資格を得て、貴族社会で一般的に言う家庭教師に付いて貰ってのお勉強は終わらせた。

今は、別の家庭教師や講師を招く形で、ゼンボルグ公爵領を始め、古参の貴族の各領地の歴史、地理、経済を、また周辺諸国やアグリカ大陸の国交があって交易をしている主立った国々について、その国の言葉、歴史、地理、政治、経済、文化その他、さらに踏《ふ》み込んだことを勉強している。

だってお母様が名付けた『ゼンボルグ公爵領世界の中心計画』――お母様のネーミングセンスに関してはノーコメントで――に、どんな形で役に立つか分からないから、知識は得られるだけ得ておきたいもの。

特に言葉は、頭が柔らかくて吸収力がある子供のうちにするのがいいじゃない？

しかも砂漠《さばく》の砂が水を吸うみたいな超《ちょう》吸収力は、さすが悪役令嬢のゼンボルグ公爵令嬢マリエットローズ・ジエンドと言わんばかりで、そのハイスペックぶりに自分でもビックリよ。

おかげで勉強が楽しいったらないわ。

前世の私のままだったら、こうはいかなかったわね。

魔道具製作も、一通りの魔法文字は覚えて、今はランプみたいな安全で既存にある魔道具を自分の手で作ってみる練習を始めたところだ。

礼儀作法やダンスは勉強に比べると多少難航しているけど……。

やっぱり繰り返し身体《からだ》に覚え込ませるには、どうしても時間が掛かるから。

それに、先生達の要求レベルも高いし……。

だって、こう言うのって、細かいことを言い出したらきりがないじゃない？

でも、国立オルレアス貴族学院の初等部に入学するまでには、実技試験で卒業資格を得るのに十分間に合うだろうと先生達には言われているから、多分大丈夫。

さらに、お父様が古参の貴族の横槍を警戒していたことから、貴族社会における立ち居振る舞いや貴族の流儀《りゅうぎ》などの、貴族のやり口やよからぬ真似《まね》を仕掛けられた時の対処法も学び始めた。

元日本人の私としては、受け入れがたいやり口や常識もあるけど、知らなかったら身を守ることすら出来ないもの。

つまり私自身に関しては、計画遂行《すいこう》は順調に進んでいると言える。

ただ、裏を返せば、それ以外については、私一人でどうこう出来る問題じゃないのよね。

主な港湾施設を大型船が多数停泊《ていはく》できるように拡充しようと思えば、それこそ何年もかかる大工事になるでしょう？

大型船だって、既存のドックでは建造出来ないから、それ専用の大型ドックの建設から始めないといけない。

しかもこの時代は、商船や漁師の小さな漁船だって、海戦が行われるとなると徴発《ちょうはつ》されて海軍に組み込まれるくらいなのよ？

飽くまでも交易船として使いたいけど、予定されている性能を持つ大型船ともなれば、既存の軍艦《ぐんかん》を凌《しの》ぐ性能になるのは間違いないわ。

もしこれを軍備増強と勘違《かんちが》いされたら、古参の貴族達どころか王家からも横槍を入れられて、計画そのものを潰《つぶ》されかねないのよ。

つまり、大型ドックは人目に付かない秘密基地のようにして、人の出入りはもちろん、物資の搬入《はんにゅう》にすら気を遣って情報を隠蔽《いんぺい》しないといけないから、どうしても大型船の建造には時間が掛かってしまう。

だからこそ、どこまで計画が進んでいるのか、この目で確かめておきたいの。

だって私はもう五歳なのよ？

初等部に入学するのは十二歳になってからだから、まだ七年ある。

だけど、ヒロインのノエルがアテンド男爵の養女になるのが、それより早い十歳の時の話なの。

それだって、計画を思い付いた翌日すぐにノエルが見つかって、即《そく》実行とはいかないわよね。

つまり、私とノエルは同い年だから、アテンド男爵が計画を立てて動き出すまで、実質五年もないことになる。

だからそれまでに、ある程度目に見える成果を出さなくてはならないの。

それも、もし派閥の貴族達がそんな計画を持ち出してきても、お父様が宥《なだ》めて思いとどまらせる気になるだけの、説得力のある成果が。

ハッキリ言って、気が気じゃないのよ。

「マリーが賢く、私達の天使で、この計画の立案者なのだから、進捗状況《しんちょくじょうきょう》が気になる気持ちは分かるつもりだ」

いえいえお父様、私達の天使って……さりげなく交ぜているけど、それは今関係ないわよね？

「だけどマリー、お前は何を焦っているんだい？」

「えっ⁉」

ギクリとした。

そんなに態度に出ていたのかな？

……うん、多分出ているわよね。

そもそも、まだたった五歳なのにここまで勉強を詰《つ》め込んで、こんな計画を立てているなんて、生き急いでいるとしか思えない。

我ながらどうかと思う。

でも、いくらお父様でも、私が転生者だってことや『海と大地のオルレアーナ』のことは言えないし、言いたくない。

もしそんなことを知られたら、お父様、お母様、エマ、セバスチャン……大好きで大切な人達に、どんな目で見られるか……。

だって私はもう、前世の日本人の私じゃなくて、お父様とお母様の娘、ゼンボルグ公爵令嬢マリエットローズ・ジエンドとして生きていきたいって思っているから。

「え～……あ～……あせってない、ですよ？」

だから……どう答えていいか分からなくて、目が泳ぐ。

「……ふぅ、まあいい」

ほっ……良かった、上手く誤魔化《ごまか》せたみたいね。

「視察同行の話だが、今回は駄目《だめ》だ」

「えぇ～……パパぁ、本当にだめなのぉ？」

「うっ……く……ああ、駄目だ」

ちっ、上目遣《うわめづか》いで小首を傾《かし》げて瞳をうるうるさせる、必殺のおねだりまで効かないなんて。

今回はどうやら本当に駄目みたいね。

ここで伝家の宝刀、『おねがいを聞いてくれないお父様なんて大きらいです！』は、まだ抜《ぬ》かない。

これは最後の切り札だから、濫用《らんよう》したらすぐに効果がなくなっちゃう。

だって、私がお父様のことを大嫌《だいきら》いになるなんて、絶対にないんだから。

「私も連れて行ってやりたいのは山々だが、今回はお前の準備が整っていないからな」

私の準備？

「じゅんびって、なんのじゅんびですか？」

「マリー、お前の身を守るための準備だよ」

ああ、そういうことね。

「視察は少人数で行う。同行者は私の護衛達だ。しかしマリーを同行させるとなると、身の回りの世話のためにエマの同行が必要になるだろう。そうなれば当然、マリーとエマを護衛する者もだ」

そこで急遽《きゅうきょ》人を増やしたら、移動、宿泊、先方も対応で大変になるものね。

「マリーがとても分別のある子なのは分かっているが、それでもまだ五歳だ。お前はたまに、好奇《こうき》心《しん》のまま突っ走る時があるからな。目を離《はな》せない」

「あぅ……」

自覚あります。

ごめんなさい。

だってまだ五歳児なんですもの。

まだまだ、これって思ったらそれしか見えなくなって、周囲に気が回らなくなっちゃうのよ。

頭では分かっていても、心の動きだけはどうしても年齢《ねんれい》相応の子供に引っ張られちゃうから。

「マリーの護衛として相応しい者を見付けてくるから、視察の同行はそれまで我慢《がまん》して、ママと一緒にいい子でお留守番していてくれ」

「はい、パパ。今回はおるすばんします。だから、ごえいの人、見付けてくださいね？」

「ああ、いい子だ。約束だ」

お父様が微笑《ほほえ》んで頭を撫でてくれる。

思わず笑みが零《こぼ》れちゃう。

だってお父様の手はいつも優しくて、愛されているって幸せな気持ちになれるから。

十六歳になって成人しても、二十歳《はたち》になっても、私はこうしてお父様にずっと頭を撫でて欲しい。

……さすがに二十歳はアウト……かな？

ううん、アウトでもいいや、だって幸せだし。

こうして私は、馬車で出かけるお父様を見送って、今回はお留守番をすることに。

「あらあら、マリーったら」

一緒に見送ったお母様の手を、つい握《にぎ》ってしまう。

「うふふ、今日のおやつは何にしようかしら？　マリーは何が食べたい？」

「おやつ⁉　アップルパイ！」

「じゃあアップルパイを焼きましょうね。マリーも手伝ってくれる？」

「うん！」

……だって五歳だもん。


お父様が視察から戻ってしばらく過ぎたある日、私はお父様の執務室に呼ばれた。

「お父様、マリエットローズです」

「ああ、マリー、入りなさい」

「はい、失礼します」

執務室に入って、思わず足を止めてしまう。

お父様が珍しく執務机じゃなくて応接用のソファーに座っているのはいいとして、その対面に知らない女の子が座っていたから。

毛先がちょっとウェーブがかっているダークブラウンのショートヘアで、瞳も同じダークブラウン。

目つきはやや吊《つ》り目っぽいけど、気が強そうって程《ほど》じゃない。

年の頃は十代半ばから十代後半にはならないくらいかな。

可愛いより凛々《りり》しい美人タイプね。

着ているのはシンプルな紺色《こんいろ》のジャケットとトラウザーズ。

その袖《そで》と裾《すそ》にオレンジのラインが一本。

ブラウスじゃなくて白のワイシャツで、男性的な服装をしている。

でも胸元《むなもと》は、そこそこ大きく盛り上がっていて、しっかり女性であることを主張していた。

これは確か、ゼンボルグ公爵領の見習い騎士《きし》が着用してる正装だったはず。

つまりこの女の子は、見習い騎士なのね。

お父様に手招きされて、今の状況を思い出す。

知らない女の子がいたことにちょっと驚《おどろ》いただけで、私は別に人見知りってわけじゃないから、素《す》直《なお》にお父様の隣《となり》に座った。

お父様が『パパと呼びなさい』と言わなかったのも、この女の子がいたから、公爵としての体面と節度としてね。

「マリー、彼女《かのじょ》はレセルブ伯爵《はくしゃく》家の令嬢で、アラベル・ブロー。今年、国立オルレアス貴族学院高等部を卒業して領地に帰ってきた、うちの派閥のお嬢さんだ」

「は、初めまして、お嬢様！　レセルブ伯爵家三女、アラベル・ブローと申します！」

緊張《きんちょう》しているみたいで、動きがガチガチで声も大きい。

ちょっとビックリしちゃったけど、多分悪い子じゃないと思う。

「彼女は卒業試験で学年九位だった才女だ。勉強は元より、剣術と馬術の成績が優《すぐ》れていてね。今年から我《わ》がゼンボルグ公爵領軍の見習い騎士として働いて貰うことになった」

「学年九位なんて、すごいんですね」

「きょ、恐縮《きようしゆく》です！」

でもお父様の目は、『マリーはもっとすごいからな』って言っている。

私、筆記試験だけなら、学年三位相当だったらしいのよね。

それを聞いた時は、『知識チートもあるのに学年一位じゃないの⁉』なんて思っちゃったけど、よく考えれば私、前世ではいつも学年平均程度の成績だったから、学年三位なんてかなりの快挙よね。

それに多分、前世で縁《えん》がなかった馬術や剣術の実技試験があったら、もっと順位は下がると思う。

「あ、ごあいさつがおくれました。わたし、ゼンボルグ公爵家長女、マリエットローズ・ジエンドです」

いくら五歳でも、立場上、私の方が上だから、頭は下げずに、にっこりと微笑む。

途端《とたん》に、アラベルさんが目元を赤らめてぽうっと私を見つめた。

「……はっ⁉　申し訳ありません！　よろしくお願いします！」

「ははは、マリーは可愛いからな。見とれるのも無理はない」

お父様、他の人がいる前で、親バカ全開はさすがに恥ずかしいです。

それはそれとして、この方は？

「ブローにはマリーの護衛をして貰おうと思ってね」

「お父様、それじゃあ……！」

「ああ、これでいつでも視察に同行して構わない」

「ありがとうお父様！」

もう思い切りお父様に抱き付く。

抱き締められて頭を撫でられて、十分満足してからお父様から離れて、改めてアラベルさんと向き直った。

「アラベル様、これからどうぞよろしくおねがいします」

微笑むと、アラベルさんが恐縮したように、背筋をピンと伸ばした。

「これよりわたしはお嬢様の剣《けん》であり盾《たて》です。アラベルと呼び捨てて下さい。敬語も不要です」

「そう、わかったわアラベル。これからよろしくね」

「はっ！」

生真面目《きまじめ》そうだけど、いい子みたいだし、仲良く出来るといいな。


お父様の執務室から退室した後、アラベルを連れてテラスに場所を移す。

エマに紅茶とクッキーを用意して貰って、アラベルには対面に座って貰った。

エマは給仕《きゅうじ》としてテラスの隅《すみ》に控《ひか》えて、今は三人だけだ。

「アラベル、楽にしてて。お茶とお菓子《かし》をどうぞ」

「はっ！　ですが、よろしいのでしょうか？　護衛のわたしがお嬢様と一緒のテーブルに着いてしまって」

ソワソワして落ち着かないみたい。

「いいのよ。わたし、アラベルとお話がしたいの。いっぱいお話をして、アラベルのことをよく知って、わたしのことを知ってもらって、仲良くなりたいから」

アラベルは一度エマの方を気にするけど、エマはニコニコしていて、私の気持ちを汲《く》んでくれている。

だから問題なし。

「そういうことでしたら……」

リラックスとは程遠いけど、納得《なっとく》してくれたみたいね。

まず、主人の私が先にカップに口を付ける。

そうしないと、立場が下のアラベルは何も口に出来ないから。

「はぁ……まだ五歳なのに、さすが……」

思わず漏れた独り言って感じの呟《つぶや》きに顔を上げると、アラベルが目を丸くして私を見ていた。

礼儀作法の勉強の成果が出ていたみたいね。

「アラベルもどうぞ？」

「はっ⁉　し、失礼しました！　い、頂きます！」

慌《あわ》ててしまったのかグイと呷《あお》るように飲んで、焦ったように所作を改める。

改めてからは、さすが伯爵令嬢だけあって、しっかりマナーは出来ていた。

「アラベルはけんじゅつとばじゅつが得意なのね？」

「はっ！　お嬢様もご存じかと思いますが、王国では貴族の令息令嬢も前線に立って戦えることが嗜みですから、貴族学院では剣術に馬術、他にも槍術《そうじゅつ》や弓術、射撃なども習います。同じ学年の者達と小隊を組んで模擬《もぎ》戦を行うこともありました。幸いなことに、実家のレセルブ伯爵領は牧畜《ぼくちく》が盛《さか》んでして、子供の頃から馬に乗る機会が多かったので、良い成績を収めることが出来ました」

まだ緊張して硬《かた》いけど、キビキビハキハキ答えてくれる。

典型的な新兵さんって感じね。

「そうすると、アラベルがわたしにけんじゅつとばじゅつを教えてくれる先生になるの？」

「まだまだ未熟なわたしがお嬢様にお教えするなど畏《おそ》れ多いです！　稽古のお相手などする機会はあるかも知れませんが、指南役は恐らく他に腕《うで》の立つ騎士が担当するのではないかと思います」

「そうなの？　じゃあ、そのけいこの時は、お相手よろしくおねがいね？」

「はっ！」

緊張した態度は変わらないけど、尋《たず》ねたことには全部キビキビハキハキ答えてくれて、アラベルのことをたくさん教えて貰えた。

それから色々と話題が変わっていって、情報収集も兼ねた王都の現在の様子や貴族学院の話になって、さらにどんな学生生活を送っていたのかって話題になった時、気になる話が出てきた。

「このようなお話をお嬢様にお聞かせするのはどうかと思うのですが、やはり中央を始めとした古参の貴族達は、わたし達ゼンボルグ公爵領の貴族を下に見ている節がありまして、不愉快《ふゆかい》な思いをすることも多かったです」

やっぱりそんな感じなのね。

でも、私が気になったのは、その続きの内容だった。

「特に辺境のワッケ子爵令嬢は、わたしの方が爵位が上であるのに、ことさら下の者であるかのように振る舞うのです。しかも、大した産業がある領地ではないのに、初等部から高等部に上がった後は、急に王都の有名店で高級なお菓子やアクセサリーを買い求めるようになり、頻繁《ひんぱん》にお茶会をしては有名店のお菓子を振る舞って羽振りの良さをアピールし、さらに見下す態度が酷《ひど》くなったのです。同じ中央から遠い領地であるので、ことさらライバル視をしているとしか思えません」

「まってアラベル、今のお話」

「あっ、申し訳ありません！　やっぱりお嬢様にこのようなこと、お耳に入れるべきではありませんでした！」

「ちがうわ、そうじゃなくて。今、ワッケ子爵令嬢のはぶりが急に良くなったと言ったわね？」

「は、はい、言いましたが……それが何か？」

これは……ちょっと気になるわね。

大した産業があるわけでもない辺境の領地なのに、急に羽振りが良くなった？

しかも、それをアピールするお茶会も頻繁に開いていた？

確かワッケ子爵領は、ゼンボルグ公爵領とは反対の王国東側、お隣のヴァンブルグ帝国《ていこく》と国境を接している領地のはず。

「嫌《いや》なよかんがする……」

貴族のやり方を勉強し始めたおかげか、その状況、すごく引っかかるわ。

椅子《いす》から下りると、早足で歩き出す。

「アラベルも付いてきて」

「は⁉　は、はい！」

アラベルを引き連れてお父様の執務室へ逆戻りして、ノックする。

「お父様、マリエットローズです。今、よろしいですか？」

「マリー？　ああ、構わないよ」

「失礼します」

許可を貰って、すぐに執務室に入る。

「ふむ、どうしたんだいマリー？」

私の後ろに、事態が飲み込めていない、ちょっと狼狽《うろた》え気味のアラベルが付いてきていることに、不思議そうな顔をする。

「お父様、アラベルから聞いたんですけど、じつはワッケ子爵令嬢が――」

聞いた話を伝えて、改めてアラベルからもお父様に話して貰う。

「ふむ……それを聞いてマリーはどう思ったんだい？」

私が何を思ったから、こんな話をしに来たのか。

「かくしょうがある話ではないので、ここだけのお話にとどめておきたいのですが……ワッケ子爵がヴァンブルグ帝国と内通しているかのうせいがあります」

「えっ⁉」

アラベルがビックリして私を見るけど、私は真っ直《ます》ぐにお父様の顔を見る。

「ふむ……」

このお父様の顔、お父様も同じことを考えたみたいね。

「しかし可能性の話だ」

「はい、ですから、おもてざたにならないよう、うらから調べられませんか？」

「そうか……マリーがそう言うなら調べてみよう。しかし、あまり深く探《さぐ》るのは危険だ。探ったことが露見《ろけん》すれば、私達の立場が危《あや》うくなる。仮に事実であればもっと危険だ」

多分、私が言わなくても、お父様なら調べたと思う。

これは私を試《ため》しているってことね。

「はい、それでもおねがいします」

「分かった。そこまで言うならやってみよう」

「ありがとうございます」

何故、私がこの件にこだわったのか。

これは完全に私の想像……いや、妄想《もうそう》の類いでしかない。

でも、もし本当にワッケ子爵がヴァンブルグ帝国と内通していて、同志を集めていて、王国に反旗を翻《ひるがえ》すつもりだとしたら？

そして、王国に不満を持つお父様達に接触してきたら？

もしその時、王国を乗っ取る陰謀《いんぼう》を進めていたら、お父様達はその話に乗るかも知れない。

もし陰謀を企《くわだ》てていなくても、それを切っ掛けに王国の乗っ取りを思いつき画策するようになるかも知れない。

その状況は、いくらでも政治的に利用できると思うから。

だから、お父様達に接触してくる前に、そんな危険な芽は早々に潰してしまった方がいい。

だってそんな真似をしなくてもいいように、『ゼンボルグ公爵領世界の中心計画』を立てたんだから。

「失礼しました」

後のことはお父様に任せて、アラベルと一緒に退室する。

それからもう一度テラスに戻った。

「お茶、さめちゃったわね。エマ、いれ直してくれる？」

「はい、お嬢様」

「ごめんなさいねアラベル、お話のとちゅうで。つづきを聞かせてくれるかしら？」

「は、はい！」

後日、お父様からワッケ子爵が黒だったことを聞いた。

ただ、その後、ワッケ子爵をどうしたかまでは聞いていない。

多分、五歳児には聞かせられない話だろうから、私からも尋ねなかった。

私がもっと大きくなってこの世界にも貴族としての生活にも慣れて、色々受け止められるようになってから、改めて話を聞くか、自分で調べればいいからね。

◆◆◆

「あの、エマさん」

「エマで構いません、アラベル様。あたしは平民なので」

「じゃあエマ。お嬢様って……本当に五歳なのか？　あれだけの話から、あんなことに気付くなんて……」

「はい。すごいですよね。お嬢様は天才なんです」

「て、天才……なるほど？」

「はい♪」

◆

「まあまあ！　マリー、とっても愛らしいわ！」

「はい！　とっても可愛らしいです、お嬢様！」

「そ、そう？　えへへ……♪」

姿見の前でクルッと回ってみる。

レースでふんだんに飾《かざ》られたいつもより豪華でふわふわキュートなドレスの裾がふわりと舞って、まるでお姫様《ひめさま》のドレスみたいでテンションが跳《は》ね上がっちゃう。

真紅《しんく》の髪《かみ》はサイドで編み込んで、ワンポイントに宝石が飾られたシンプルなバレッタで、後ろでまとめている。

鏡に映った美幼女は、ちょっぴり頬を染めてはにかんだ笑みを浮かべていた。

いやもう、あまりの可愛らしさに思わず見とれちゃったわ。

これ、私なのよ?

もうビックリ!

前世は地味子さんだったから、未だにマリエットローズ《自分》の可愛さに見慣れなくて、こんな風におめかしした日には、鏡に映った自分に『あなたどこのお姫様?』って聞きたくなっちゃうくらいよ。

世が世なら、本当に王女様だったはずだから、あながち間違ってはいないんだけど。

「お母様、エマ、ごきげんよう」

ドレスの裾を摘まんでカーテシーをして、にっこり微笑んでポーズを取る。

「「きゃー♪　可愛い♪」」

お母様とエマが手を取り合ってピョンピョン跳ねて大喜びだ。

我ながら、素晴らしいサービスだわ。

でもちょっと照れるわね。

「支度《したく》は済んだかい?」

ドアがノックされたから、どうぞと返事をすると、凛々しく格好《かっこう》いいお父様が部屋に入ってきた。

「おお!　素晴らしい!　マリー、とっても可愛いよ」

「パパも、とってもりりしくて、格好いいです」

お父様が感極まったように両手を広げて歩いてきたから、私も駆け寄って抱き付く。

お父様は、これぞ公爵閣下と言わんばかりの、貴族の礼服に身を包んでいた。

生地は最高級、仕立ても最高。

金糸銀糸の刺繍で飾られた、黒の三つ揃《ぞろ》いのようなデザインの貴族服で、前世の貴族服より乙女ゲーム補正が入って、よりスタイリッシュなデザインとシルエットになっている。

しかもお父様はイケメンだから、我が父ながら、見つめ合ったら照れてしまいそう。

「お嬢様、あまりそのように動かれますと、ドレスが乱れてしまいますよ」

「ああ、それはいけないいな」

エマに注意されて、お父様は名残惜《なごりお》しそうに私を放す。

私も残念だけど、ちゃんと離れて、エマに整え直して貰った。

これで完璧《かんぺき》。

どこに出しても恥ずかしくない公爵令嬢の出来上がりだ。

「それではお嬢様、お手をどうぞ」

「ありがとうございます♪」

お父様が微笑みながら手を差し出したから、手を繋ぐ。

身長差があるから、まだ腕を組んだり、手に手を重ねたりするエスコートは無理だから、普通に手を繋ぐだけなんだけどね。

私としてはそれでもお父様と手を繋げて、エスコートして貰えてご機嫌だ。

「あなた、マリー、気を付けて行ってらっしゃい」

「旦那様《だんなさま》、お嬢様、お気を付けて」

玄関《げんかん》ホールでお母様とセバスチャンに見送られて、私とお父様、そして私のお世話係としてエマが外に出る。

玄関前には三台の馬車が停《と》まっていて、それぞれの御者《ぎょしゃ》と護衛の騎士達が、私達にお辞儀《じぎ》をした。

「ふおぉぉ……！」

だけど私は馬車の方に釘付《くぎづ》けだった。

だって、すごい豪華《ごうか》なんだもん！

金ピカで、装飾《そうしょく》もいっぱいで、ゼンボルグ公爵家の家紋《かもん》が入った旗が飾られていて、いかにもお金が掛かっていています、と言うのが一目で分かるくらいなんだから。

しかも、四頭立て。

それも白馬よ、白馬！

おとぎの国から私を迎えに来てくれたのかしら、なんて乙女な妄想をしてしまいそうよ。

同時に、現実的にも観察してみる。

ぱっと見、やっぱりサスペンションは付いていていない。

それどころか板バネも付いてなさそう。

代わりに上から吊《つる》してあるみたいで、それで揺《ゆ》れを抑《おさ》えるタイプの馬車みたいね。

護衛の騎士とお父様が軽く打ち合わせをしていて、その横で馬車に釘付けになっていた私に、アラベルが緊張した面持《おもも》ちでキビキビと話しかけてきた。

「お嬢様、わたしも護衛で同行しますので、道中の安全はお任せを」

声をかけられて初めて護衛の騎士達の中にアラベルがいたことに気付いたんだけど、初めから気付いていましたよと言う顔で、微笑みながら頷く。

「アラベルがいっしょなら安心ね。たよりにしているわ。ごえい、よろしくね」

「はっ、お任せを」

今日、私はようやくお父様の視察に同行させて貰えることになった。

視察デビューで馬車デビュー、そしてなんと、初めて屋敷の敷地《しきち》から外に出るお出かけデビューだ。

これまでは、小さな子供が、しかも公爵令嬢が、一人で勝手に敷地の外に出るなんてとんでもないってことで、一切《いっさい》許可は下りていなかった。

当然門番もいたから、通して貰えなかったし。

でもそれ以上に、勉強、礼儀作法、ダンスの練習があって、さらに自分からお父様の執務の手伝いと魔道具の勉強まで始めちゃったから、もう毎日が忙しいのなんの。

おかげで敷地の外に出たいって発想が出てこなかったくらいよ。

そもそも、屋敷も庭もその敷地はこれでもかってくらい広いから、子供の行動範囲を考えるとそれで十分で、未だに行ったことがない区画があちこちにあるくらいだもの。

そして必要な物は、お父様とお母様はもちろん、エマやセバスチャンに頼めば揃う。

さらに貴族はわざわざ町に買い物に出ることなんて滅多《めった》になくて、商人を呼びつけて商品を持ってこさせるのが当然だったから、余計に外に出る用事がなかったの。

だから、勉強するにしろ遊ぶにしろ、敷地の外に出る必要性を感じなかったのよ。

まさに箱入り娘ね。

そういうわけで、マリエットローズとしての人生初めてのお出かけに、実は期待でかなりテンションが高かったりする。

何しろ、乙女ゲームのこの世界の自然や町並み、人々の営みを、直《じか》に目にするチャンスだものね。

「ではマリー、行こう」

打ち合わせが済んだのか、お父様に手を引かれて馬車へ向かい、ステップが子供には少し高いから抱っこされて、先頭の馬車に乗り込む。

向かい合わせの椅子、敷《し》き詰められたクッション。

内装も豪華で、なんとなくこう、遊園地のアトラクションに乗ったようなワクワクが止まらない。

窓から外を覗《のぞ》けば、エマとお父様の侍従《じじゅう》は二台目の馬車に乗るみたい。

三台目は、私達の着替え、水や食料、その他の荷物を積んであるらしい。

そして護衛の騎士達はそれぞれ馬に乗って、馬車の周囲を固めた。

「では、出してくれ」

「畏まりました旦那様。それでは、出発！」

御者さんが答えて、大きな声で出発の合図をする。

門が軋《きし》むような重たい音を立てて開かれて、いよいよ馬車が動き出した。

気分は、ジェットコースターが動き出したときみたいなワクワク感でいっぱいで、椅子にも座らずに窓にしがみつくようにして、行く手を眺《なが》める。

「わあ！　うごいてる！」

ガラガラ、ガタガタ、ゴトゴトと音を立てて、馬車が進んで行く。

まるで観光地で名所巡《めぐ》りを馬車でするような、そんな期待で胸がいっぱいだ。

電車やバスで子供が座席の上で反対向きになって外を見ているような、そんなはしたない真似をしているんだろうけど、お父様は初めての馬車にテンションが高い私を微笑ましそうに眺めているだけで注意をしない。

だからそれに甘えて、飽きるまで外を眺めるつもりで周囲を見渡《みわた》した。

初めて門を出た先は、よく手入れをされた芝生《しばふ》のような景色で、何百メートルか離れた場所に木々が植えられていて、その間から何かの建物が見えたり、季節の花々が植えられたお花畑のようになったりしていた。

てっきりすぐに町の中に出たり、人の手が入っていない森の中に入ったり、そんな景色が広がるものだと思っていたら、やけにだだっ広く、しかも人の手が入ったなんらかの意図で配置されているような景色が広がっていて、予想外にちょっと驚いた。

そんな景色が五分ほど続くと……。

「ふおおぉぉ⁉」

巨大《きょだい》な建物が見えてきた。

しかも豪華絢爛《ごうかけんらん》。

喩《たと》えるなら、ヴェルサイユ宮殿《きゅうでん》だ。

「パパ、あのたてものはなに⁉」

思わずお父様を振り返って尋ねてしまうくらいビックリした。

「ん？　ああ、あれは宮殿だよ」

「きゅうでん！」

やっぱり宮殿だったんだ。

「あそこで、派閥の貴族達が集まって、会議をしたり、舞踏会《ぶとうかい》を開いたり、謁見《えつけん》を行ったり、様々な宮中行事が行われるんだ」

「ほおぉぉ……！」

まさか、我が家のご近所にそんな宮殿があったなんて驚きだ。

段々と近づいてくる宮殿の大きさに圧倒《あっとう》されながら、ふと疑問が湧《わ》く。

その宮殿の周りには、鉄の柵《さく》や石壁《いしかべ》などなくて、門すらもない。

これでは勝手に宮殿の中に入れてしまう。

不用心じゃないのかな？

だから、そこのところをお父様に聞いてみた。

「大丈夫、ちゃんとあるよ」

何を当然のことを聞くのかって、逆に不思議そうな顔をされてしまった。

「でも、ないですよ？」

周りを見回しても、壁なんてどこにもない。

「もうすぐ見えてくるよ」

ちょっと悪戯《いたずら》っぽく笑うお父様に疑問を覚えつつも、周りの風景を見ながら馬車に揺られること十分ほど。

「……え？」

大きな鉄柵の門と、高く大きな石壁が見えてきた。

それも、右から左へ、まるで地平の彼方《かなた》まで続いていそうな程に長く、長く、長く続く壁が。

「かべ……」

あったけど……何か変じゃない？

だって、宮殿からこんな馬車で十分も離れた所に壁と門なんて。

「あっただろう？」

あったけど、絶対に変だよね？

しかも、この門の前付近は、木々や草花が植えられていて、噴水《ふんすい》があって、まるで庭園のようだ。

「あの壁は、宮殿も、それから屋敷も、全部をぐるっと囲っているんだ」

んん⁉

宮殿も、屋敷も⁉

どういうこと？

疑問符《ぎもんふ》を浮かべている間に、馬車は門に近づいていって、門が開かれていく。

「さあ、外に出るぞ。マリーの初めての外出だな」

んんんっ⁉

馬車が門を通過すると、景色が一変した。

道がつづら折りになりながら、なだらかに下っていた。

見渡せば、ここは大きな丘《おか》の頂上付近で、振り返ると、長く、長く、長く続く壁がぐるっとその頂上を取り囲んでいる。

もう一度進行方向を見ると、丘の麓《ふもと》には大きな大きな、いかにも中世って感じの町並み――領都ゼンバールの広く大きな町が広がっていて、さらにその町とこの丘を石造りの大きな壁がぐるりと長く取り囲んでいた。

「まさか……⁉」

慌ててもう一度振り返る。

丘を下りながら、段々と丘の頂上の全景が見えてきて……。

もしかしてあの壁の中全部……お屋敷とその敷地から、宮殿から、合わせて馬車で十五分も移動したその距離《きょり》の分の広大な敷地まで全部……私の家⁉

「パパ……あれ、全部……もしかして……わたしの家、ですか？」

「ん？　ああ、なるほど、道理で様子がおかしいと思った。これまで屋敷と庭だけしか見たことがなかったから勘違いしたんだな。そうだよマリー、あの壁に囲まれた敷地と建物全部が、我が家だ」

やっぱりいいいいぃぃぃぃぃぃぃ！！！

よくよく考えてみれば、当然だよね。

だって、うちは元々、ゼンボルグ王国の王家だったんだから。

今でこそ公爵領の領都だけど、ここは本来王都で、王国の政治の中心だったんだから、宮殿だってあって当然だ。

私が自分の家だと思っていた屋敷とその敷地は、単に離宮《りきゅう》みたいなもので、王族のプライベートな空間でしかなかったんだ。

改めて窓から丘の頂上を眺める。

丘と言うより、ほとんど山か台地。

その頂上にある、ただひたすらに続く壁。

私……世が世なら、本当に王女様だったんだなぁ……。


「う～み～！　お～ふ～ね～！」

馬車から降りた私は、目の前に広がる景色にテンションマックスで全力疾走《しっそう》する。

道中、中世の古臭《ふるくさ》い雑然とした雰囲気《ふんいき》の町並みを堪能《たんのう》して、吊してあってもやっぱりアスファルトの上を車が走るみたいにはいかなくて、クッションに座っていても振動《しんどう》でお尻《しり》が痛い思いをしながら、五日かけてようやく目的の港町、シャット伯爵領の貿易都市シャルリードへと到着《とうちゃく》した。

港に馬車を停めてくれたおかげで、すぐ目の前にはエメラルドグリーンの美しく輝く眩しい海。

燦々《さんさん》と輝く太陽と青い空、白い雲。

木製の桟橋《さんばし》には、ちょっと大きめのボートみたいな漁船。

さらに前世の父や兄に資料写真で見せられたような、古臭い木造の小型帆船。

そして、潮の匂《にお》いをふんだんに含《ふく》んだ風が吹《ふ》いていて、すぐさま海を感じられた。

前世でも海に行ったのなんて学生時代が最後だったから、前世と今世で通算二十年ぶりくらいの海だ。

これでテンションが上がらないなんて嘘《うそ》でしょう。

だから間近で見てみたくて、帆船へ向かって一直線に猛《もう》ダッシュよ。

「お嬢様‼」

いきなり悲鳴のような声を上げて、アラベルが私を背後から力一杯《ちからいっぱい》抱き竦《すく》めた。

おかげで、つんのめりそうになってしまう。

「アラベル、なんで？」

もっと間近で帆船を見たかったのに、かなりの力でガッシリと抱き竦められているから、一歩だって歩けない。

「なんでも何も、海に落ちるところだったんですよ？」

心底疲れたような、そして心底安堵《あんど》したようなアラベルの口ぶりに、私は足下《あしもと》を見てみた。

あと五十センチ……ううん、三十センチで桟橋から足を踏み外して、海だった。

アラベルが間に合わなかったら……勢いよくドボンとダイブしていたわね。

「……」

「……」

私が現状を正しく認識《にんしき》して、お互《たが》いに、わずかな沈黙《ちんもく》の時間が過ぎる。

「アラベルがごえいになってくれて、初めて本当に良かったと思ったわ。ありがとう」

「ええ……それは、どうも恐縮です」

疲れたような呆《あき》れたような、こんなことで初めて感謝されても……ってすごく複雑そうな顔ね。

「お嬢様とは話のレベルが合うと言いますか、まるで高等部時代の友人と話していると錯覚《さっかく》しそうになる時がありますから、つい忘れがちになってしまいますが……お嬢様もまだ五歳なんですよね。

年相応に子供らしい面を見られて、安心したような、危なっかしくて心配が増したような……」

そんな風に言われると、相も変わらず五歳児の視野の狭《せま》さと言動に引っ張られてしまっていることに、顔が熱くなってしまう。

中身は三十代半ばなのに、さすがにこれは恥ずかしい。

「ありがとうアラベル。もう大丈夫」

ガッシリ抱き竦めたままの腕を、軽くポンポンと叩く。

私が大丈夫って言っても、アラベルはまだ不安そうな顔で私を解放してくれない。

「はぁ、はぁ、お嬢様！　海に落ちずに済んで本当に良かったです！」

少し遅れて、青い顔でエマが駆け寄ってきた。

そして、これまで見たことがないくらい怖い顔になって腰《こし》に手を当てると、腰を折るようにしてグッと顔を近づけてきて、私の顔の前でピッと人差し指を立てた。

「いきなり走り出したら、メッ！　ですよ」

「はい……」

「呼び止めても止まって戴けませんし、胸が張り裂《さ》けるかと思うくらい、心配したんですからね」

エマに呼び止められていたの？

海と帆船しか目に入っていなくて、全然気付かなかった……。

「心配かけてごめんなさい……」

「はい。以後、お気をつけ下さいね」

エマはまだ少し息が乱れたまま、大きく胸を撫で下ろした後、にっこりと微笑む。

そして、問答無用で私の手を取るとしっかりと握り締めた。

「お嬢様とはあたしが手を繋いでおきますから大丈夫ですよ、アラベル様」

「ああ、助かる。わたしは護衛として手が塞《ふさ》がるわけにはいかないからな。エマ、くれぐれもお嬢様の手を放さないように頼む」

「はい」

なんだか私……問題児扱い？

エマにキュッと強く手を握られたところで、アラベルはようやく安心したのか解放してくれた。

そのままエマに手を引かれて、馬車の所に……腕組みして仁王立《におうだ》ちのお父様の所に戻る。

「お父様、心配かけてごめんなさい……」

私の方から素直に謝《あやま》る。

だって、私が全面的に悪いもんね。

「反省しているようだね。なら、私からクドクドとは言うまい。とにかく、今後は気を付けるように」

「はい……」

本当に反省だ。

「それにしても、マリーは普段から大人びていて賢く分別があるから、つい油断してしまったが、年相応に子供らしい一面があって安心したような、心配事が増えて不安なような、複雑な気分だな」

アラベルと同じことを言われてしまった。

「私は打ち合わせなどもあって、ずっと側《そば》に付いていてあげられないから、エマの手を放さずに、エマとアラベルの言うことはしっかり聞くんだよ」

「はい……」

こんな風にお父様に叱《しか》られることなんて滅多にないから、ちょっと悲しくて、ちょっと恥ずかしい。

お父様は一度私の頭を軽く撫でると、エマとアラベルにくれぐれも注意するように言って、侍従や護衛の半分を引き連れて、この場を離れていった。

「ではお嬢様、もう一度お船を見に行きましょうか。今度は走ったりせず、ゆっくり歩いて」

「うん！」

エマは優しいから大好き！

改めて、エマと手を繋いで帆船を見に桟橋へと向かった。

桟橋に停泊しているのは、当然だけど木造船ばかりだ。

それも、ずんぐりとした形の船ばかり。

どれも一本マストで大きな横帆が一枚の、形はコグ船に近いかも。

この時代の船だと、全幅《ぜんぷく》に対して全長が二倍から二・五倍くらいが一般的だから、そんな風にずんぐりして見えちゃうのね。

さて、そんなずんぐりとした船ばかりが停泊している港だけど……。

さすがにこの世界の他の港町の規模を知らないから比較《ひかく》は出来ないけど、ここは小さな漁村みたいなレベルじゃない。

道中、馬車の中でお父様に聞いた話によると、ここシャルリードは、ゼンボルグ公爵領の南にあるシャット伯爵領は元より、ゼンボルグ公爵領でも有数の港町だそうだ。

だから、町は大きく、港には倉庫が幾つも建ち並び、他国、他領からやってきた何隻《せき》もの船が停泊していて、中には荷物の積み卸《おろ》しをしている船もあって、水夫や労働者の、よく日焼けしたごつい男の人達が大勢働いていて活気がある。

水夫達の中には明らかに顔立ち、それから髪や肌《はだ》の色が違う人達が交じっているから、格好良く言えば、国際的な貿易港といったところね。

そう思うと、眺めているだけでワクワクしてくるわ。

そんな交易船の大きさは、遠目だから概算《がいさん》になるけど、大きいものでざっと全長十五メートルあるかないかくらいかな？

十五世紀末にコロンブスが新大陸発見のために乗ったキャラック船の一種のナオ船のサンタ・マリア号と、その僚艦《りょうかん》のキャラベル船のピンタ号がおよそ二十三メートルくらい、同じく僚艦のキャラベル船のニーニャ号が十九メートルくらい……だったと思うから、それよりうんと小さい。

だから目の前の帆船の形状や大きさだけで考えるなら、今はざっと十三世紀末から十四世紀初頭くらいになりそう。

コグ船っぽい船がまだ主流なのも納得ね。

そんな二十メートル前後のキャラベル船でさえ、前世の現代で考えれば小型船の範疇《はんちゅう》だから、今停泊しているのは本当に小さな船ばかりで、荒波《あらなみ》が激しい外洋を航海するには不安が残るサイズの船ばかりになる。

多分、強引《ごういん》に大西海を突っ切ってアグリカ大陸まで縦断出来ないこともないと思うけど、高波で転覆《てんぷく》したり、潮に流されて遭難《そうなん》したり、嵐《あらし》に遭《あ》ってマストが折れて漂流《ひょうりゅう》したり、命が幾つあっても足りないんじゃないかな。

船が小さいから一度に運べる積み荷の量もたかが知れているし、命を賭《か》けるには割に合わないと思う。

だからこそ、私が計画した大型船が生きてくると言うわけね。

何しろカティサークは、三本マストで全長八十六メートル、全幅十一メートル。

現在主流の帆船のおよそ五倍の全長で、全幅に対して全長が八倍近くになる、非常にスリムな快速帆船だ。

一足飛びに何世代も先の大型船の建造になるけど、すでに完成形があってゴールが見えている開発だから、船大工や技術者達には是非頑張って欲しい。

ちなみに、ギネスブックにも載っている世界最大の帆船ロイヤル・クリッパーは、五本マストで全長百三十四メートル、全幅十六メートル。

海上自衛隊のイージス艦は、全長百六十から百七十メートル、全幅二十メートル程。

それに比べたら、大型船のカティサークでさえ小さい部類だから、大丈夫、きっと造れる。

「お船、大きいですね」

「ね～♪」

私がじっと帆船を見ていたからか、エマが微笑ましそうな顔をする。

なんだかそれが嬉しくて、私もエマを見上げてにっこり笑った。

前世では本当に、父も兄も鬱陶《うっとう》しいばかりで、帆船なんて欠片《かけら》も興味がないのに無駄知識ばかり増えていく、なんて思っていたけど……。

　こうして実際に自分が大型船を造ろうってなったら、にわかに興味が湧いてきたんだから、現金なものよね。

　もし父や兄がこの世界に転生していたら、この光景にきっと大はしゃぎだったに違いないわ。

「……ん？」

　港の様子を見回していたら、倉庫にほど近い建物の陰《かげ》に、小さな子供ばかりが数人、お互い寄り添《そ》うように地面に座り込んでいた。

「どうかなさいましたかお嬢様？」

「ああ、あれは……」

　エマの表情が曇《くも》って、アラベルが眉間《みけん》に皺を寄せて渋《しぶ》い顔をする。

　なんとなく、事情が分かった。

「行こう」

　エマの手を引っ張って、その子供達の方へと走る。

「いけませんお嬢様！」

「いけないことなんてないよ！」

　アラベルが制止するけど、振り返らずに走りながら、ちょっとむっとして言い返す。

　二人から戸惑《とまど》う気配を感じるけど、それを無視してその子供達の前に駆け寄った。

「こんにちは」

　年の頃は私と同じかちょっと上の六歳？　七歳？　それから下は三歳くらいかな。

全部で五人、男の子も女の子もいて、みんな薄汚《うすよご》れたボロ切れみたいな服とも呼べない服を着ている。

薄汚れて、髪もボサボサで、臭《にお》いもきつい。

でも私は構わず、怖くないよ、怪《あや》しくないよ、って、にっこり微笑む。

俯《うつむ》いていたその子達は、まさか声をかけられると思っていなかったのか、顔を上げると驚きに目を見開いて私を見た。

「ねえ、あなたたち、ここで何をしているの？」

男の子が三人、女の子が二人。

痩《や》せ細っていて、顔にも瞳にも生気がなく、今日までどうやって生きてきたのか想像も付かない。

そんな子供達は、いつまでも驚きに目を見開いたままだ。

「お嬢様が質問されているのだぞ、さっさと答えないか！」

「アラベル、だめ、どなったら」

「しかしこの者達は――」

「だめ」

「……はっ、分かりました」

「ありがとう。じゃあアラベル、少し下がって」

「はっ」

「しゃがんで」

「は？」

「しゃがんで」

「はっ」

「エマも、しゃがんで？」

「はい、お嬢様」

大声で怒鳴《どな》って威圧《いあつ》したアラベルには少し下がって貰って、大人が二人も側で立っていたら怖いだろうから、二人にはしゃがんで貰う。

そして私も、目線を合わせるようにしゃがんだ。

「ごめんなさい、大きな声を出して」

私が謝ったからか、アラベルがすごく何か言いたそうな気配がしたから、視線で黙《だま》っているように頼んで、また子供達に向き直る。

子供達は怯《おび》えて落ち着かずにソワソワしながら、私とアラベル、そしてエマを交互《こうご》に見比べる。

「ねえ、あなたたち、ここで何をしているの？」

もう一度同じ質問を繰り返すと、みんなアラベルを怯えた目で見て、それから一番年上の男の子に視線が集まった。

その一番年上の男の子は、アラベルに対して顔をやや背《そむ》けて、でもチラチラと私を見ながら答えてくれる。

「今日はオレ達、仕事がもらえなかったから」

「もうみんなお仕事をしているの？」

「そうだよ。かせがなきゃ、パンの一つも買えないだろ」

まだ三歳くらいの子供もいるのに、もう働いているなんて……。

私も似たような感じだったけど、それは私が転生者で、中身は三十代半ばの大人だったからだ。

私が穏《おだ》やかな口調で話して、アラベルが声を荒《あら》げないし、エマも黙って話を聞いているから、少しは警戒心が薄れたのか、他の子供達も口々に話してくれる。

「あたしたち、たまにしかおしごともらえないの」

「リーダーたちがかせいできてくれるんだ」

「それで、ぱんをかってくれるの」

「あら、みんなだけじゃないのね？」

なるほど、この子達の保護者役がいて、その子達が食い扶《ぶ》持《ち》を稼《かせ》いでいるのね。

「当たり前だろ。オレたちだけならとっくに死んじまってるよ」

きっとその子達だって、自分達の食い扶持を稼ぐので精一杯《せいいっぱい》だろうに、こんな子供達の分まで稼いでいるなんて、すごいのね。

「あなたたちのご家族は？」

「いない」

「おふねでおしごとにでて、しんじゃった」

「いたらオレ達、もっとまともな生活してるに決まってるだろ」

みんな孤児《こじ》なのね。

「こじ院には入らないの？」

「孤児院だって似たようなもんさ」

そうなんだ……。

ふと、お父様が私の名前を呼ぶ声が聞こえた。

「お嬢様、そろそろ」

「うん、分かった」

立ち上がって、ふと気付く。

私、お金を持っていない。

「エマ、お金持ってる？」

「いいえ、今は手持ちがありません。馬車に戻ればありますが」

「アラベルは？」

「ありますが……」

すごく気が進まないみたいね。

「かしてくれる？　あとで返すわ」

「いいえ、それでしたらわたしが出しておきます」

「いいえ、わたしが出すわ。だからかして」

他の子供達は期待に目を輝かせているけど、一番年上の男の子だけは、ひねた笑みを口元に浮かべた。

「お貴族様が、気まぐれにお恵《めぐ》み下さるってわけだ」

いいご身分だな、って言いたそうな顔ね。

「ちがうわよ。めぐむんじゃなくて、お話を聞かせてくれたお礼よ」

何が違うんだよって顔で私を見るけど……確かに、私の一方的な言い訳と言えばそうかも知れないから、それ以上の言い訳は重ねない。

結局は一時しのぎの、私の自己満足でしかないんだから。

「お嬢様からのお慈悲《じひ》だ。感謝するんだな」

アラベルが五百リデラ銅貨を一枚取り出すと、子供達の前に放《ほう》り投げる。

石畳《いしだたみ》の地面に落ちた銅貨が、小さく跳ねた。

一番年上の男の子以外の子供達が、跳ねて転がる銅貨を競《きそ》うように拾おうとする。

「まって！」

そんな子供達を止める。

拾おうとして動きを止めた子供達は、恵んでくれるんじゃなかったのって言いたげに、悲しそうな顔で私を見てきた。

そして一番年上の男の子は、私を睨《にら》んでくる。

「そうじゃないから」

「お、お嬢様⁉」

「いけませんお嬢様！」

エマが驚いて、アラベルが焦って私を止めようとするけど、私は二人を無視して地面に転がった銅貨を拾った。

「お礼と言ったでしょう。そう言えば、ちゃんと名のっていなかったわね。わたしはマリエットローズ・ジエンド。あなた、お名前は？」

「オレ？　……ジャンだ」

「そう、ジャンね。他のみんなは？」

「あたしアデラ」

「ぼくはユーグ」

「ジゼルよ」

「ロラン」

みんな元気に答えてくれて、こんな境遇《きょうぐう》にもめげずに、なんだか逞《たくま》しいわね。

「そう、ジャン、アデラ、ユーグ、ジゼル、ロラン、みんなお話を聞かせてくれてありがとう」

ジャンの手を取って、その手に銅貨を握らせる。

ジャンがこぼれ落ちそうなほど目を見開いて、茫然《ぼうぜん》と私を見た。

「みんな、それじゃあね」

微笑んで手を振った後、来た道を引き返すと、エマとアラベルが慌てて追ってきた。

エマはすぐに隣に並ぶと、私の手を握る。

そして、チラッと子供達の方を振り返り、私に視線を戻すと眉《まゆ》を八の字にして困ったような苦笑《くしょう》を浮かべた。

「お嬢様ったら……この場合、なんと言えばいいのでしょうね？」

「別に何も言わなくていいわ。わたしはまちがったことをしたとは思っていないもの」

「いえ、そうではなく」

そうではなく？

「申し訳ありませんお嬢様。わたしが投げた銅貨を拾う真似をさせてしまうなど騎士として――」

「アラベル、そうじゃないわ。気持ちは分からないじゃないけど、あの子たちがあのきょうぐうにあるのは、あの子たちのせきにんじゃなくて、むしろいせいしゃ《為政者》である、わたしたちのせきにんよ」

「はっ、お嬢様のお考えは大変立派だと思います。ですが、何もお嬢様があそこまでしなくてもよかったと思いますが」

「言ったでしょう、わたしはまちがったことはしていないわ」

でも、多分アラベルの反応の方が普通なんだろう。

貴族と貧民《ひんみん》。

身分の差、貧富の差があまりにも大きすぎて、まるで違う世界の住人のように、お互いがお互いを理解出来ず、認め合えなくなってしまっている。

こんな時代だから、それも仕方ないのかも知れないけど。

もし私が前世の記憶を取り戻さず、悪役令嬢マリエットローズのままだったなら、お金を恵むどころか、話しかけもしないし近づきもしない、それ以前に視界にすら入れなかったかも知れない。

今回私があの子達を見て見ぬ振りを出来なかったのは、思ってしまったから。

もし運命の歯車が一つでも違えば、あの子達の中の誰かが私だったかも知れない、って。

「わたしはたまたま公爵家に生まれただけ。あの子たちもたまたま貧民に生まれただけ。わたしとあの子たちのちがいなんて、たかがそのていどのことなのよ」

「お嬢様それはあまりにも――」

「アラベルには、弱い者の味方になれる騎士になってほしいわ。あの子たちが悪い子なら別よ？　でも、あんなに小さいころからはたらいて、自分の食いぶちは自分でかせごうなんて、りっぱじゃない」

「はっ……」

だから、気まぐれでも偽善《ぎぜん》でもいい。

やらない善よりやる偽善。

幸いなことに、今の私には、地位も、権力も、財力もあるんだから。

チラッと振り返ると、何故かジャンはまだ銅貨を握り締めたまま、身じろぎ一つせず赤い顔で茫然と私を見ていた。


すぐに馬車の所まで戻ると、そこにはお父様達と、四十半ば過ぎくらいの貴族とその護衛の騎士達がいた。

「お父様」

エマと手を繋いだまま声をかけて手を振ると、お父様があからさまに安心したように微笑む。

さっきのドボン未遂《みすい》があるから、そんな顔をされてしまうのも甘んじて受け入れるしかないけど。

「どうだいマリー、港と船は楽しめたかな？」

「はい！」

元気よく答えると、お父様が満足そうに頷く。

それからエマの手を放して、お父様の隣に立つ貴族にカーテシーをした。

「ごきげんよう、シャット伯爵。ごぶさたしております」

「これはこれはマリエットローズ様、ご無沙汰《ぶさた》しております。ご丁寧《ていねい》なご挨拶《あいさつ》痛み入ります」

軽い返礼じゃない、心の底から敬意を払っているのが伝わってくるくらい恭《うやうや》しく貴族の礼をしたシャット伯爵は、ふっくら小太り体型で、笑顔に愛嬌《あいきょう》がある気のいいおじさんだ。

紅茶色の髪は艶《つや》やかで、ヘイゼルの瞳は穏やかで理知的な色を湛《たた》えている。

「いやはや、以前にも増して気品が感じられるようになりましたな。とてもまだ五歳とは思えない。実に将来が楽しみだ。ゼンボルグ公爵領は安泰《あんたい》ですな」

ドボン、しそうになっちゃったけどね。

謙遜《けんそん》するのも子供らしくないし、そんなの可愛げもないと思うから、嬉しそうににっこりと微笑んでおく。

私にはいつもそんな愛嬌のある顔と穏やかな眼差《まなざ》しを向けてくれるけど、お父様と政治向きの話をするときは眼光が鋭《するど》くなって、ガラッとイメージが変わるやり手貴族だ。

六十年前、ゼンボルグ王国がオルレアーナ王国に敗北を喫《きっ》したとき、まだ先々代のシャット伯爵がこの地を治めていた。

だから、現シャット伯爵は当時を知らないわけだけど、先々代、先代から色々と聞かされてきたのか、言葉の端々《はしばし》や表情から、お父様に対する態度は王族に対する態度よりも丁寧で恭しく、尊崇《そんすう》の念を抱《いだ》いているんじゃないかって思うくらい、家臣としての振る舞いが洗練されている。

それは当然のように私に対しても同じで、まるで本当に王女に対する態度みたいだ。

こういうところを見るといつも、ゼンボルグ公爵領の大多数の貴族が同じように、未だにゼンボルグ公爵家を王族として頂いているんだろうなって思う。

そして王国の中央は、そんなゼンボルグ公爵派の貴族達の未だ衰《おとろ》えないゼンボルグ王家への忠誠心と結束力を内心では恐れていて、力を持たせたくない、削《そ》いでいきたいと考えているんだと思う。

でなければ、公爵令嬢マリエットローズを王室に取り込んで、ゼンボルグ公爵派の貴族達を臣従させる方が得策のはずだし。

でもそうしたら、ゼンボルグ公爵派の貴族達の忠誠心は王妃《おうひ》マリエットローズ個人に向いて、国王にも他の王族にも向かず、政治が乱れる原因になる。

だから、王室はマリエットローズを王太子レオナードの婚約者候補にすら挙げたくないんでしょうね。

きっと、ゼンボルグ公爵派の貴族達もそれを肌で感じているんだと思う。

だから、王国を乗っ取る陰謀を企てて、マリエットローズを婚約者に仕立て上げようとしたんじゃないかな。

そんな風に色々と想像してしまうくらい、シャット伯爵の態度は、徹底《てってい》的に臣下のそれだった。

そんなシャット伯爵だからこそ、お父様は『ゼンボルグ公爵領世界の中心計画』の全貌《ぜんぼう》と狙《ねら》いを伝えて、私がその発案者だと言うことまで明かしている。

おかげで、私に対する態度が一層恭しくなっているのよね。

もう、五歳に対する態度じゃないから、本当に。

「これより港湾施設を拡張している工事現場と建設中の大型ドックの視察に、公爵閣下をご案内する予定ですが、マリエットローズ様もご同道されますか？」

ほら、丁寧に私にもどうするかを聞いてくる。

子供なんだから一緒に付いてくるだろうとか、途中で飽きて大人しくしていないだろうから、視察の間、町でも港でも船でも好きなだけ見て回っていてどうぞとか、私を軽く見る向きがない。

「はい、ごいっしょさせていただきます」

もちろん計画の進捗状況は気になるから、見たいに決まっている。

だからそう答えた私に、シャット伯爵はさすがとばかりに頷いた。

「ですが、その前に」

一拍《ぱく》溜《た》めてから、さっきの孤児の子供達の方へ目線を向けた。

「さきほど、こじの子供たちと出会いました。まだ幼いせいで、仕事がもらえずに、こんきゅうしていたようです」

「それは……」

シャット伯爵が焦ったように難しい顔になる。

「マリー」

お父様が、お前が口を出すべきではない、と言わんばかりに私の言葉を遮《さえぎ》る。

統治に問題あり。

だから孤児が困窮《こんきゅう》している。

そう私が指摘《してき》したことになるから。

「シャット伯爵も、お父様も、ごかいなさらないで下さい」

シャット伯爵には申し訳ないけど、それでも話を続けさせて貰う。

別にシャット伯爵を糾弾《きゅうだん》する意図は欠片もないから。

「あのような子供たちを、じぎょうとして教育し、やとえませんか？」

「マリー？」

「マリエットローズ様、それはどういうことでしょうか？」

私の後ろでエマが戸惑って、アラベルが狼狽えている気配がするけど、今は気にせず話を続ける。

「計画では、船員のぞういんがふかけつです。それも、これまでの比ではないくらいおおぜいです。例の物がかんせいしてから船員をぼしゅうしているようではおそいですし、どんな者が集まってくるかも分かりません。下手な者をやとい、きみつがろうえいしては目も当てられませんから」

「ふむ、つまりマリーは今からゼンボルグ公爵家に忠誠を誓《ちか》うよう教育し、信頼が置ける者達を選別して、優秀《ゆうしゅう》な船員を確保しておこうと言うわけだね？」

「そのとおりです。船上でのはくへいせん《白兵戦》もできるようになれば、なおいいです」

貴族はただでは動かない。

高貴なる者には義務がある《ノブレス・オブリージュ》。

たとえそれで慈悲をかけるにしても、慈善事業をするにしても、必ずなんらかの形で利があることしかしない。

世が世なら国王だったはずの公爵であるお父様が、私の父親としてどれだけ優しくても、それが他者にまで同様に優しいと思うのは大きな間違いだ。

だから、相応の利を示さないと、きっとお父様は動いてくれない。

これは良い悪いの話じゃない、それが貴族の生き方だから。

「なるほど、そういうことでしたか」

「ごかいをまねく言い方をしてしまい、もうしわけありません」

「いえ、とんでもございません。頭をお上げ下さい」

シャット伯爵が慌てて止めるから、素直に頭を上げる。

上の者が臣下に軽々しく頭を下げるのは良くない、と言う理屈は分かるけど。

妙《みょう》な勘ぐりや遺恨《いこん》を残すのは、計画の遂行上、良くないからね。

「いやはや、周到な方だ。五歳とは思えないその発想力。本当に感服致《いた》します」

心底感心したって顔のシャット伯爵に、お父様がこれでもかって自慢《じまん》げに微笑む。

本当に親バカよね、お父様は。

「ではマリー、その件については後ほど改めて検討するとしよう。今は視察がある。それでいいね？」

「はい、お父様」

忙しいお父様のスケジュールを変更《へんこう》するわけにはいかないしね。

この位置からは見えないけど、ジャン達に頑張れって心の中で声援《せいえん》を送って、お父様に抱っこされて馬車に乗せて貰った。


港湾施設拡張の工事現場では、千人では済まない大勢の労働者が働いていた。

何しろこれまでの全長五倍もある大型船を複数停泊させられるだけの規模の港湾施設にしないと

いけないわけだから、それはもう大工事だ。

その労働者達の中には、大柄《おおがら》な大人の人に交じって子供達も働いている。

子供と言っても、私やジャン達みたいな幼い子供じゃなくて、十歳くらいより年上の子供だけど。

他にも炊《た》き出しや雑用で女の人達も大勢働いていて、私の発案でこれだけの人達を動員する大事になっているんだって思うと、内心ビビってしまったけど……。

でも、インフラ整備だし、公共事業として考えれば、これだけ大勢の人達に賃金が支払われて生活を支えることになったわけだから、悪いことじゃない。

ここからゼンボルグ公爵領が豊かになっていく。

その第一歩だと思うと、高揚感《こうようかん》すら覚える光景だ。

シャット伯爵は、工事の進捗状況、今後の予定について、丁寧に説明してくれた。

お父様と私はそれを聞きながら、主にお父様が色々と質問をして確認する。

私にも確認や意見を求められると、前世の港湾施設のイメージを伝えて、目的とする港湾施設のイメージの共有と摺《す》り合わせをした。

お偉《えら》いさんの私達がいると、みんなこっちを気にして働きにくそうだったから、ある程度で切り上げて、次はここから少し離れた場所にある造船所へと馬車で向かう。

造船所は、大きくても十数メートルの船が造れればいいから、それほど大きな施設じゃなかった。

でも、目的地はこの普通の造船所じゃなく、その造船所からさらに少し離れた場所にある岬《みさき》の、そのまたさらに向こう側。

地元の人もろくに近づかないと言う海辺にひっそり隠《かく》れるようにして、領兵達が物々しく警備をしている一画があった。

「まだ建設途中ですが、こちらが例の物の建造を行う大型ドックとなります」

「これは……なんという大きさだ……しかも造りからして全く違う」

その敷地の広さと建物の大きさに、お父様だけじゃなく、エマもアラベルも、護衛の騎士達も、みんな驚いて周囲を見回し、見上げる。

私もワクワクしながら、建設中の大型ドックを眺めた。

敷地内は大きく頑丈な石材が敷き詰められ、いかにも港の倉庫や工場のような、小さな三角形を多数組み合わせたトラス構造の鉄骨の柱や梁《はり》が組まれている。

その大きさはと言えば、全長八十六メートル、全幅十一メートル、さらにマストの高さが五十メートル近くにまで届き、積載時《せきさい》の喫水《きっすい》七メートルにもなる大型船を建造するための建物だから、既存の造船所に比べて圧倒的に巨大だ。

しかも、ある設備を敷設《ふせつ》できるように、とても頑丈に造られている。

もちろん、前世の現代の造船所に比べたら、ちゃちなものだろうけど。

それでも、この中でカティサークのような大型の快速帆船が建造されるんだって思うと、テンションが上がってくる。

今なら私、父と兄の晩酌《ばんしゃく》に付き合って、色々語れちゃいそう。

「建設中で危険ですので、近くでご覧戴くことは出来ませんが、どうぞこちらへ」

シャット伯爵の案内で大型ドックを見て回る。

そうして、シャット伯爵の説明を聞きながら歩いていたら、どこからか何やら言い争う大きな声が聞こえてくる。

そちらを見れば、文官らしい若い男の人と、荒くれ者みたいな船大工らしい人達とが、険悪な空気で対峙《たいじ》していた。

「何事だ」

シャット伯爵の顔が一瞬で険しくなって、咎《とが》めるように声のトーンが低くなる。

よりにもよって、お父様と私が視察するタイミングで揉《も》め事を起こすなんてね。

シャット伯爵としては、顔に泥《どろ》を塗《ぬ》られた気分だろう。

「あっ、閣下……‼」

文官がほっとしたように振り返って、シャット伯爵だけじゃない、お父様と私も一緒なのに気付いて、途端に顔を強《こわ》ばらせてピンと背筋を伸ばすと、ガバッと頭を下げる。

「お見苦しいところをお見せしてしまい大変申し訳ございません！」

そんな文官の態度に、船大工らしい人達も誰が来たんだってこっちを振り返って、お父様と私を見て、どよめきが上がった。

文官は慌ててこちらに駆け寄ってくると、事情を説明してくれる。

「この者達は、今回の大型船建造のために集めた腕利《うでき》きの船大工達なのですが、船を造れないと言い出しまして」

汗《あせ》を拭《ふ》き拭き説明する文官は、シャット伯爵は当然、特にお父様、ついでに私を気にして緊張しまくりだ。

この文官は、発案者が私だってところまでは知らないらしい。

「船を造れないとはどういうことだ？」

シャット伯爵が船大工達を咎める。

私も詳《くわ》しい事情を聞きたいわ。

だって船大工が建造してくれないと、計画が全て水の泡《あわ》よ。

海の藻屑《もくず》になると言ってもいい。

船大工の棟梁《とうりょう》らしい筋骨隆々《きんこつりゅうりゅう》の四十歳前後に見えるはげ頭のおじさんが、代表でこっちに近づいてきた。

「契約《けいやく》では大型船の建造を請《う》け負ったと聞いているが」

シャット伯爵の先制攻撃《こうげき》に棟梁は渋い顔をするけど、怯《ひる》むことなく頑とした態度を取った。

「旦那方、確かにあっしらは大型船の建造って聞いて請け負った。だけどよ、それがあんなふざけた馬鹿《ばか》でかい船だとは聞いてねぇ」

棟梁はもしかしたら、大型船と聞いて、二本マストで二十から三十メートルくらいのキャラベル船みたいな船を想像したのかも知れない。

現状、それでも十分に大型船に見えるだろうし。

そしてそのくらいなら、今ある技術でも造れるって思ったんだろう。

それがいきなり、三本マストで全長八十六メートルだもんね。

マスト一本で今の帆船の全長の三倍くらいの高さがあるから、突然《とつぜん》スケールが違いすぎる。

慎重《しんちょう》になるのも無理はない。

「すでに概要は説明し、技術的には不可能ではないと説明を受けているはずだが？」

「不可能じゃなさそうだってのと、造れるってのとは違う。聞いたこともねぇ技術や構造がてんこ盛りで、誰も造ったことがねぇ。造れるかも分からねぇ。そんな船を、造れる確証もねぇのに造らされるのはごめんだ」

「お前達なら造れると思ったからこそ雇《やと》ったのだが？」

「腕を買ってくれるのはありがてぇが、それで失敗したときの責任や負債《ふさい》を負わされ、貴族に目の敵《かたき》にされたらたまったもんじゃねぇ」

なるほど……貴族って、敵に回すと厄介《やっかい》だもんね。

怒《おこ》らせて船大工として仕事を干されたら、生きていけなくなるし。

そこからは、シャット伯爵と棟梁との押し問答だった。

シャット伯爵が集めた人達だから、多分、この人達以上の船大工は集められないんだと思う。

シャット伯爵は、お父様と私の手前、駄目でしたで終わるわけにはいかない。

棟梁は、後が怖いから貴族相手に博打みたいな仕事をしたくない。

だから話し合いは平行線のままだ。

でも、棟梁の主張を聞いていて気付いた。

棟梁は、自分達には手に負えないから勘弁《かんべん》してくれと、音を上げて泣き言を言っているわけじゃないって。

当時、父や兄から聞きたくもないのに聞かされた帆船の構造や建造時における工夫《くふう》について、私が思い出せる限り思い出して、建造時の参考になるようにって資料にまとめておいた。

口ぶりから、棟梁はちゃんとそれを見ている。

そして、自分達には造れないと断言はしていない。

ただ、貴族相手の仕事、それも前代未聞《ぜんだいみもん》の全長五倍にもなる大型船って言う厄介な仕事だから、慎重になっているだけ。

だったら、それでも挑戦したいって思わせればいい。

お父様は、自分が前に出るとシャット伯爵の顔を潰してしまうし、棟梁を始めとした船大工達を萎縮《いしゅく》させてしまい、余計に仕事を引き受けない流れになってしまうと思っているのか、動かない。

私なら計画の発案者として、ギリギリ、シャット伯爵の面目《めんぼく》を保ったまま話が出来ないかな？

すすっと、言い争う二人の間に立つように、側に行く。

真っ先に私に気付いたシャット伯爵が、恐縮してすぐさま頭を下げた。

「マリエットローズ様、お見苦しいところをお見せしてしまい、申し訳ございません」

「いいえ」

私は全然気にしていませんよって、微笑みながら小さく首を横に振る。

「お嬢ちゃんは？」

棟梁はそんなシャット伯爵と見比べて、困惑《こんわく》した顔を私に向けた。

そこに、ガキはすっこんでろ、みたいな態度は欠片もない。

やっぱり、全然悪い人じゃないみたい。

「お初にお目にかかります、ゼンボルグ公爵令嬢マリエットローズ・ジエンドです」

「あ〜、そいつはまた……」

棟梁は私を見て、助けを求めるようにお父様を見て、弱った顔をする。

でもお父様は私を止めない。

私のお手並み拝見、と言うつもりかも知れないわね。

好都合だから、そのまま私が話の主導権を握らせて貰おう。

「お話を聞かせていただきましたが、とうりょうは、自分達ではあの大型船を絶対に造れないとは言っていませんね?」

「そいつは、なあ……」

子供になんて説明したもんか。

そんな風に困った顔をする。

やっぱり否定しないから、絶対に造れないとは思っていないと思う。

だったら後は、挑戦したいって思わせればいい。

「では、とうりょうも他のみなさんも目を閉じてそうぞうしてみて下さい。全長八十メートルを超える大きな帆船が、大西海の荒波を越えて疾走《こそう》していく姿を」

目を閉じると、その姿が浮かんでくる。

父や兄に見せられた写真のおかげで、その美しい姿が容易《ようい》に想像出来る。

「三本のマストと十六枚にもなる横帆が風をはらみ、スリムな船体で颯爽《さっそう》と波をけたてていく。

そして、他領、他国のけんぞうした船に追い付き、追い越し、置き去りにして、海を走って行くんです。ムキになって追いすがろうとしても、引きはなされる一方で勝負にすらならない。あっという間に置き去りにされた者たちは、その優美なフォルムの船体と、大きく美しくふくらむたくさんの帆に、あぜんとし、せんぼうと、しっとのまなざしを向けながらも、なすすべもなく見送ることしかできないんです。そんな者たちをしりめに、船をあやつる船員たちはみな、きっとほこらしげな笑顔でいっぱいでしょう」

目を開けて、棟梁を見上げる。

「そんな船を、とうりょうが、みなさんが造るんです」

そして、にっこりと微笑んだ。

「引き受けて、いただけませんか？」

棟梁は目を丸くして私を見て……。

「がっはっはっはっは‼」

突然天を仰《あお》いで大笑いした。

思うさま笑った後、私を見下ろしてくる。

「いやはや参った。こんなちっこいお嬢ちゃんに焚《た》き付けられちまうとはなぁ」

「では？」

思わず期待の眼差しを向けた私に、棟梁が大きく頷いた。

「いいだろう、引き受けよう。そんなすごい船をお嬢ちゃんに見せてやりたくなったし、オレも見てみたくなった」

「ありがとうございます」

「なに、礼を言うのはこっちの方だ」

棟梁は厳《いか》ついけど、ニカッと人好きする笑顔を見せて、他の船大工達の方を振り返った。

「そういうわけで手前《てめ》ぇら！　この仕事引き受けるぞ！　このお嬢ちゃんの期待に応えてみせやが

れ！」

「「「「おうよっ‼」」」」

他の船大工達も、私の話を聞いて乗り気になってくれたのか、拳《こぶし》を突き上げて応えてくれた。

ふぅ、これで一安心だ。

「さすがのお手並み、感服致しました」

「ありがとうございます。ですが、出しゃばってしまい、ごめんなさい」

「いえいえ、私めこそ力が足りず、お手を煩《わずら》わせてしまい申し訳ありませんでした。ですがこれできっと、素晴らしい船が完成することでしょう」

「はい」

シャット伯爵の微笑みに、私も微笑む。

それからお父様の所に戻って、同じように出しゃばったことを謝った。

「対外的には私が取り仕切っているが、この計画の事実上の責任者はマリーだ。マリーはその責務を果たしたに過ぎない。渋る者達を納得させるどころか、あれほどやる気にさせた手腕《しゅわん》は見事だったよ」

「ありがとうございます、お父様」

よかった、怒られなくて。

そして決める。

棟梁達を焚き付けたのは私なんだから、今後はお任せにしておくんじゃなくて、出来ることをやって、フォローしていかないとね。

そのアイデアも、今浮かんだから。

無事視察を終えた帰りの馬車の中。

お父様に、そのアイデアについて説明する。

話を聞いたお父様は、隣に座っていた私をわざわざ抱《かか》え上げて自分の膝に座らせると、感極まったようにギュッと強く抱き締めてきた。

「マリーは本当に天才だ……！」

「そ、そんなこと、ないですよ？」

お父様の力が強くて、ちょっと苦しいくらい。

「私の娘が天才で天使で素晴らしすぎて、私は世界一幸せな父親だ」

うん、感極まりすぎて、私の声も耳に入っていないみたい。

こんなに喜ばれると、二十歳を過ぎてただの人になった時、がっかりさせないか心配になってくるレベルよ。

「至急手配しておこう。マリーも準備を頼む」

ようやく満足したらしいお父様が、そう確約してくれる。

「はい、お父様」

私も、気合いを入れて頑張ろう！


視察を終えて領地へ戻って、私はすぐにお父様と話し合った。

急いで船員育成学校を開校するためだ。

それも開校する場所は、視察に行ったシャット伯爵領の港町シャルリードだけじゃない。

他の領地でも、拡張工事をしている港町には全て開校することにした。

それから各地の状況を調べて、物件の情報を取り寄せて、予想される必要な船員の数の算出、各地の状況に合わせた生徒の定員の決定、教師の確保、予算案の作成、などなど、とにかくひたすら忙しかった。

「やっとどこの領主も、さんどうしてくれましたね」

「シャット伯爵が随分《ずいぶん》と骨を折ってくれたようだ。マリーにいいところを見せたかったんだろう」

詳しく聞けば、最初、他の領主達はいまいち乗り気じゃなかったけど、シャット伯爵が熱心に説得してくれたらしい。

ちゃんと謝ったし、シャット伯爵も理解してくれたけど、やっぱり私が孤児のジャン達のことで口出ししてしまったから。

それに船大工の棟梁を説得したのも私だったし。

だから名誉挽回《めいよばんかい》したかったのでしょうね。

「わたしが差し出口をはさんでしまっただけだから、気にしなくてもいいのに」

「そうはいかんさ。マリーはもう少し、自分の立場と発言の重さを学んで理解しないといけないな」

「はい」

こういうところが、貴族って厄介よね。

ともあれ、おかげで説得は成功して、全ての予定地に開校が決まった。

と言っても、前世の日本の高校や大学みたいな立派な校舎や設備はない。

倉庫街の端っこで不便だからとなかなか借り手が付かない倉庫や、同じく長年買い手が付かない家などの物件を借り上げて、中を簡単に改装した程度の、私塾《しじゅく》や寺子屋レベルでのスタートだ。

その程度の設備に留《とど》まってしまったのには、幾つかのちゃんとした理由がある。

まず、子供達が基礎の基礎から学び始めるから、最初から立派な設備を必要としない。

だから基礎を学んでいる間に必要な設備を作っても、十分間に合うと言うわけ。

次に、船大工の棟梁からシャット伯爵に、技術の検証や蓄積《ちくせき》のために、まずは半分の大きさの四十メートルサイズで試作したいと相談があったそうなの。

それで、造るならその船は練習船として活用しようって話が持ち上がったのよ。

だから、練習船の完成までには、せめてその大型船で練習できるレベルにまで教育を間に合わせたいじゃない？

そうなると、すぐにでもスタートしないと全然間に合わないのよ。

最後に、シビアなことを言うけど、無駄な投資を避《さ》けるため、ね。

一期生と呼べる生徒達は、親が海難事故に遭って孤児になってしまった子供達や、貧民の子供達のグループで、年長の子供達が働いて年少の子供達の食い扶持まで稼いで真っ当に生きてきた子供達が中心なの。

だから、ちゃんとした校舎や設備を用意するなら、彼《かれ》らが使い物になるだけの実績を上げて、さらに投資する価値があると証明してからじゃないと、賛同してくれた領主達は多額の投資に首を縦に振ってくれないのよ。

もし彼らが使い物にならなかったら、この事業は失敗。

そうなれば、立派な校舎や設備が全て無駄。

どの領主達も、貧民達に投資した結果、そんな事態になるのは避けたいわけね。

ゼンボルグ公爵領は決して豊かとは言えないから、懐《ふところ》事情《じじょう》を考えればお金の使い道を厳選するのは当然のことだから、領主達を責めるわけにもお金を無理矢理出させるわけにもいかない。

シャット伯爵が説得してくれたとは言え、無理強いして手を引かれたら困るもの。

そういった諸々《もろもろ》の理由から、かなりお試し感や間に合わせ感が強いスタートになってしまったのは、私自身にまだ何も実績がないから。

どれだけ熱意があっても説得力に欠けることが原因ね。

歯がゆいけど、今はこれが精一杯。

スタートを切れるだけでもよしとするしかない。

とはいえ、必要なことに使うお金をケチっては意味がないわ。

「仲間いしきをじょうせいするためには、早くからの共同生活が必要です。じっさいに航海に出たら、何週間、何カ月と、同じ船で寝泊《ねと》まりするんですから」

と言う名目で、せめてもの設備投資で、適当なアパートを借り上げて学生寮《がくせいりょう》にすることを提案した。

路上生活をしていた子供達に、ちゃんと屋根のある建物で生活させてあげたかったから。

「加えて、かいなん事故で漁師のご主人を亡《な》くされた奥《おく》さん達を、その学生りょうで、りょう母さんや料理人、掃除《そうじ》や洗濯《せんたく》などの雑用係としてやとえば、こようそうしゅつにもつながります」

だって、身売りしないと生きていけない、なんてことになったら嫌じゃない？

五歳児が気にすることじゃないかも知れないけど……やっぱり気になるじゃない。

この辺りは……お父様に見透《みす》かされていたと思うけど、何も言われなかったから、私も素知らぬ顔で書類を出した。

「教師陣《きょうしじん》は……ごうかな顔触《かおぶ》れですね」

「彼らに話したら、とても乗り気だったよ。後進の育成が出来ること、何より、前代未聞の大型船に指導のためとは言え乗れることに、かなり魅力《みりょく》を感じていたようだからね」

お父様が教師として選んだのは、ゼンボルグ公爵領海軍の退役《たいえき》軍人だった。

それも船長や一等航海士の資格を持っている、船の指揮系統を掌握《しょうあく》していた人、そして船長を補佐《ほさ》しながら実際に命令を実行し、同時に新人教育を担《にな》っていた人だ。

お父様が信頼している人達ばかりで、全てを打ち明けた上で勧誘《かんゆう》したらしい。

「他にも必要に応じて、二等や三等航海士や、砲手をしていた者達など、講師として招く予定だ。きっとビシビシと教育してくれるだろう」

「それは……心強いですね」

軍隊教育されそう……。

でもお父様としては、そのくらい規律に厳しく、それに従える人達でないと信用に値《あたい》しないと考えていそう。

さすが公爵閣下は厳格ね。

でも考えてみれば、航海の最中に海賊船《かいぞくせん》や私掠船《しりゃくせん》に襲《おそ》われて戦闘《せんとう》になる可能性があるんだから、本職の軍人に厳しく鍛えられた方が、彼らにとっても強くなれるチャンスと言えるかも。

うん、どんな状況からでも生きて帰れるように、彼らには是非頑張って欲しいわ。

こうしてたった数カ月足らずで、船員育成学校は開校した。

電話もメールもない、移動手段もメインは馬車という時代で、一つの事業が立案から実施《じっし》までこの短期間で終わるのは、本当にすごいと思う。

これも貴族の、ゼンボルグ公爵家の力かしらね。


開校に合わせて、お父様と私は再びシャット伯爵領の港町シャルリードへとやってきた。

学校の場所は、倉庫街の端っこにある倉庫を改装した建物。

その中に、一期生になる孤児や貧民の子供達が三十人ほど並んでいた。

年の頃は、本当に下は三歳くらいから、上は十四歳か十六歳か、そのくらいまで。

普段はここで勉強したり、空き時間には補習を受けたり荷運びの仕事をしたりと、生活していくことになっている。

びながら、小舟《こぶね》で操船の練習をしたり、釣《つ》りや漁に出たりして、船乗りとして学
加えて、寮母さんや料理人、掃除や洗濯などの雑用係をしてくれる寡婦《かふ》の奥さん達。

さらに、その他力仕事などの下働きをしてくれる、年を取って漁に出なくなったお爺さん達や、怪《け》我《が》が原因で漁に出られなくなった男の人達。

そんな大人の人達も十人、子供達の後ろに並んでいた。

そして、教師役の退役軍人が四人。

総勢、四十人ちょっと。

これがこのシャルリードで開校する船員育成学校の船出を飾る初期メンバーだ。

ちなみに、コロンブスが新大陸へ向かう時に乗ったキャラック船のサンタ・マリア号、僚船であるキャラベル船のニーニャ号とピンタ号の乗員は、三隻合わせて九十人とも百二十人とも言われている。

つまり、二十メートル強の帆船の乗組員は、一隻につき三十から四十人くらい必要と言うことになるわ。

もっともこれは上陸して探検するための船員を含めての数だから、純粋《じゅんすい》に操船するのに必要な船員の数なら、恐らく二十人くらいだったと思う。

対して、全長がその三倍から四倍にもなるカティサークの乗員は、たった二十八人。

ウインチその他、様々に近代化されて操船に人員を割《さ》かなくて済むようになっているから、たったそれだけの人数でも操船出来たわけね。

だとしても、一期生全員を船員として雇ったところで、たった一隻しか運行できない。

新大陸を探検する上陸部隊のことも考えると、全然足りていないわ。

そもそも、アグリカ大陸と往復するにしても、新大陸を目指すにしても、船団を組む必要があるから、他の領地の生徒達を合わせても全然足りないのよ。

だから、彼らには是非頑張って、後に続く子供達の希望になって欲しい。

周りを見ながらそんなことを考えていると、シャット伯爵がキリリとした顔で演壇《えんだん》に上がる。

「ではこれより、船員育成学校の開校式を始める」

シャット伯爵の重々しく畏まった言葉で、いよいよ開校式が始まった。

まず、この港町の領主であるシャット伯爵の挨拶を兼ねた演説。

改めて船員育成学校の表向きの意義を説明されているんだけど、お父様や私を意識しているのか、貴族的に優雅《ゆうが》にかつ古式ゆかしく、言い回しが難しくてお堅《かた》い。

果たしてこの場の何人が理解しているのか、ちょっと分からないわね。

多分、大人も子供も、さっぱり分かっていないんじゃないかしら。

続けて、教師陣の紹介《しょうかい》と挨拶。

年齢を理由に退役したとは言え、元海軍の軍人だからビシッとしていて怖くて、小さい子達の中には泣きそうな子もいた。

ニコニコと愛想《あいそ》良くしてとは言わないけど、相手が子供だと言うのを忘れないで欲しい。

そして最後に、お父様の演説。

「――今後の我がゼンボルグ公爵領における海運の発展は、君達の頑張りに掛かっている。心して努力して欲しい」

さすがお父様、立派な演説だったわ。

でもやっぱり、お堅くて、ちょっと難しかったかな。

事前に私が、子供達相手だからお話は長くならないように分かりやすくとお願いしていたけど、シャット伯爵と教師陣のお話が難解で長くて、もうすでに飽きてちゃんと聞いていない子供達ばかりだった。

でもまあ、お偉いさんのお話なんて、こんなものかも知れないわね。

「では最後に、今回の船員育成学校を発案した我が娘より、一言君達に言葉を贈《おく》ろう」

「え？　わたし⁉」

聞いてないんだけど⁉

私が発案したってお父様の言葉で、大人も子供も、みんな驚きに目を丸くして、私に注目が集まってしまった。

お父様に手招きされたから、場の空気に逆らえず演壇に上がるけど……突然過ぎて、話すことなんて何も思い付かないわよ⁉

思わずみんなを見回して……あ、あの子達は、ジャン達だ。

ジャンが私を見て驚きに目を丸くしている。

他の子達は、意味が分かっているのかいないのか、知った顔の私を見て、笑顔を見せたり手を振ったりしてくれているけど。

側にいる、十歳以上の子供達が、ジャン達が言っていたリーダー達ね。

彼らも心底ビックリしたって顔をしている。

「えっと……その……」

ともかく、いつまでも壇上でわたわたしていられないし、気の利いた挨拶なんて何も思い付かないから、ぱっと真っ先に思い付いたことを口にする。

「いっぱいお勉強して、りっぱにはたらいて、お腹いっぱい食べられるよう、がんばってください」

……我ながら、もうちょっと気の利いたことを思い付けないものかしら。

でも、一瞬の静寂《せいじゃく》の後、驚いて思わずみんなを見回してしまった。

だって、拍手が沸《わ》き起こったから。

「さすがマリーだ」

横でお父様が苦笑している。

シャット伯爵やお父様の演説の後は、拍手なんてなかったものね。

彼らにとっては、今一番大事なのはそのことだっただろうし、私も最初の目的はそれだったから、彼らに受け入れられたのかな？

そう思っておこう。


開校式が終わって、生徒達と世話役の大人達は解散。

お父様とシャット伯爵と教師陣が集まって何やらお話を始めた。

開校式に先だって挨拶は済ませておいたから、私まで話に加わる必要はないし、話が終わるまで少し離れた場所で待つことにする。

すると、ジャン達が私に駆け寄ってきた。

あの時の五人と、その後ろに見知らぬ年上の子供四人が一緒だ。

「アラベル、平気よ」

私を守るように前に出て子供達を警戒するアラベルに、下がって貰う。

「ジャン、アデラ、ユーグ、ジゼル、ロラン、みんな久しぶりね。元気にしてた？」

私から声をかけると、アラベルに怯えて足を止めてしまったジャン達が、ぱあっと顔を輝かせる。

でも私の後ろに立つアラベルを怖がって警戒しているのか、走らず怖《お》ず怖ずと、話が出来る距離まで近づいてきた。

「あたし達のこと、覚えててくれたの？」

「ええ、もちろんよ」

胸を張って微笑むと、アデラが照れながら嬉しそうに笑う。

小さなジゼルとロランは跳《と》び上がって喜んでくれて、なんだか私も嬉しい。

「よ、よう。お前がこの学校のこと考えてくれたって本当なのか？」

「そうよ。あと、お前じゃなくて、マリエットローズ、ね」

「お、おう」

ジャンは相変わらずぶっきらぼうね。

しかも私と目が合うと慌てて目を逸《そ》らしたりして、なんだかソワソワと落ち着かないったら。

ああ、だって男の子だものね。

立派な船乗りになってお仕事を貰えるようになるかも知れないんだから、テンションが上がってじっとしていられなくても無理ないわね。

そんなジャン達の後ろに、ジャン達以上に怖ず怖ずしながら近づいてきた年上の子供達四人が並ぶと、ペコッと頭を下げてきた。

「え、えっと、マリエットローズ様、ジャン達が世話になったみてぇだな、です」

「俺達《おれたち》まで船員で雇ってもらえるなんて助かったぜ、ございま……です」

なるほど、この子達がジャン達の面倒《めんどう》を見ていたリーダー達なのね。

うん、言葉遣《ことばづか》いから勉強が必要なのは仕方ないか。

でも、いかにも下町の子供達って感じだけど、みんな素直でいい子そう。

ただ、十歳や十五、六歳くらいには見えるから、まだまだ小さいジャン達とは違って、ここで学ぶ意義をしっかり分かって貰わないと。

「お世話なんて大したことはしていないわ。でも、かんちがいしないでね？　まだ正式にやとったわけじゃないのよ。わたしがあげたのはチャンスだけ。チャンスをものにできるかどうかは、これからのあなた達のがんばり次第《しだい》。そしてあなた達ががんばれば、他の同じような子供達もチャンスがもらえるようになる。それを忘れないでね？」

「そっか、そうだな」

「気合い、入れねぇとだ」

「あたしがんばる！」

「ぼくも！」

リーダー達が顔を見合わせて、すぐに表情を引き締めて頷き合うと、それを真似するようにアデラやユーグも元気よく手を挙げて、なんだか微笑ましい。

「みんながんばってね」

「うん！」

「がんばる！」

ジゼルもロランも元気よく答えてくれて、みんなとっても可愛いわ。

本当に、チャンスをものにするために頑張って欲しい。

「オ、オレも！　マリエットローズがビックリするくらい立派な船員になってやるからな！　その時は、ちゃんとオレを雇えよ！」

一際大きな声で身を乗り出しながら意気込むジャンに、にっこり微笑む。

「うん、期待しているわ」

途端に目を見開いて固まるジャン。

なんだか前もこんな感じだったわね。

年上の子供達も、一緒になってぼうっとしているみたい。

大丈夫なのかしら？

「ねえアラベル、どうかしら？　伝わった？　彼らの決意が」

私の一歩後ろで控えているアラベルを振り返る。

アラベルはまだ、貧民である彼らが私の側に近づいたことを快く思っていないみたい。

だから少しだけ強い言葉で、私の気持ちを伝える。

「確かに彼らはまだ貧民よ。でもその志に生まれのきせん《貴賤》は関係ないわ。だって今日、彼らは、はい上がるチャンスをつかんだのだから」

「!?　這《は》い上がる……チャンス……」

「そう。彼らがそのチャンスをものにできれば、りっぱな船員《一般市民》になれるわ。それどころか、世界をまたにかけた一流の船乗りや船長にだってなれるかも知れない」

彼らがゼンボルグ公爵家に雇われて忠義を尽《つ》くしてくれるなら、なおさらよ。

その時には、彼らの中に貧民なんてもうどこを探してもいないわ。

私のその言外の言葉に、アラベルは気付いてくれたみたい。

ジャン達を見るアラベルの瞳が揺れている。

「世界を股《また》にかけた一流の船乗りや船長だってよ！」

「すげぇ！」

「あたしなりたい！」

「ぼくも！」

ジャン達もリーダー達も目を輝かせて、さらにやる気を漲《みなぎ》らせている。

そこにはすでに、うらぶれた貧民の子供達の姿はなかった。

「そうなるようにわたし達《為政者》がすくい上げるの。だって彼らが貧民になってしまう社会を作ったのがわたし達《為政者》なら、そこからすくい上げられるのもわたし達《為政者》よ」

「貧民にさせたのも掬《すく》い上げるのも、わたし達が……そんなこと、考えたこともありませんでした」

アラベル、すごく動揺《どうよう》しているみたい。

貴族は貴族。平民は平民。貧民は貧民。

その生まれは絶対で、落ちることはあっても上がることなんて出来ない。

もしかしたら、そう思っていたのかも知れないわね。

その価値観が、きっと今、揺らいでしまっているのだと思う。

「だからね、アラベル。あなたからも彼らに声をかけてあげて？　彼らの未来は、ゼンボルグ公爵領と共にあるの」

「彼らの未来は、ゼンボルグ公爵領と共に……」

ジャン達とリーダー達が、怖々と、だけどどこか期待したようにアラベルを見る。

アラベルは大いに戸惑って……やがて一度目を閉じて大きく深呼吸した。

「お嬢様に寄り添える――として……」

よく聞き取れなかったけど、何事かを小さく呟くと、閉じていた目を開く。

そして覚悟《かくご》を決めたように背筋を伸ばして改まると、ジャン達とリーダー達を見据《みす》えた。

「お嬢様のご期待に応えて這い上がってみせろ。その時は、お嬢様を支える同志として歓迎《かんげい》する」

「「「「はい！」」」」

みんな力一杯、答えてくれる。

「アラベル、ありがとう」

「い、いえ、この程度大したことではありません。わたしなどまだまだです」

謙遜している通り、多分アラベルもまだ私の言いたいことを十分理解出来たわけではないと思う。

何しろ、現行の身分制度と真っ向対立するような考えだものね。

でも、これを切っ掛けに、少しでも弱い者に手を差し伸べられる優しい騎士になってくれたらいいな。

「マリー」

お父様が私を呼ぶ。

どうやら大事なお話は終わったみたいね。

「わたし、行かなくちゃ。それじゃあ、みんなまたね」

にっこり笑って手を振ってお別れの挨拶をする。

途端にまた、ジャンやリーダー達が固まってしまった。

何故？

お父様の所へ向かう私に、アラベルが後ろを付いて歩きながら何か言いたそうな顔をする。

「何かしら？」

「差し出がましいと思いますが、お嬢様は誰であっても分け隔てなく愛想良く振る舞われるのを、少しお控えになった方がよろしいかと……」

「どうして？　むすっとしているより、笑顔の方がいいでしょう？」

「いえ、その……分かりました。わたしがこの身に代えても、お嬢様をお守りします」

「え？　ええ、よろしくね？」

アラベルは、何が言いたかったんだろう？

こうしてお父様と私は全部の船員育成学校を回って、開校を見届けた。

数年後、彼らが立派な船乗りになっていることに期待だ。


船員育成学校の事業が始動したから、後はみんなの頑張り次第。

そっちで私が手伝えることは何もないからね。

事実、父と兄から聞かされた知識があるだけで、帆船どころか公園のボートにすら乗ったことがないんだから。

だから、それ以外のところでフォローしていきたいと思う。

実は、最初にシャルリードへ視察に行って、停泊している帆船や小さなボートみたいな漁船を見たとき、すごく気になったことが一つあったから。

「エマ」

「はいお嬢様、今度はどうなさいました？」

今度はって……。

うん、五歳児らしくないことをいつも言い出している自覚はあるけど。

「エマのお父様の商会は、コルクもあつかっていたわよね」

「はい、品質の良いコルクを仕入れられるように、植林や栽培《さいばい》にも力を入れていると聞いたことがあります」

そう、実はエマって、大商会のお嬢様なのよ。

エマの実家の商会はゼンボルグ公爵家の御用《ごよう》商人の一つで、お父様が出資して後ろ盾《だて》に付いているの。

後ろ盾と言うのは、例えば、他の貴族が無茶な注文や言いがかりを付けてきたり代金を踏み倒《たお》そうとしたり、他の商会との利権争いで物理的な妨害行為《ぼうがいこうい》をされたり刃傷沙汰《にんじょうざた》になったり、それで相手の後ろ盾の貴族が出てきたりした時、保護してトラブルを解決してあげると言うわけね。

その代わり、商会は後ろ盾に付いてくれた貴族に毎年決まった額の上納金を支払って、さらに解決して貰ったトラブルの内容や解決のために使った経費に応じて謝礼を支払わないといけないけど。

これも貴族の利権の一つね。

上納金や謝礼と言うと、甘い汁《しる》を吸うヤクザな商売にも聞こえるけど、実際にやっていることは警備会社や用心棒だと思うわ。

バックに貴族の○○家が付いている、家人や使用人がよく店に立ち寄って買い物をしている、となれば、ゴロツキや生半可な相手では手を出せないもの。

なんなら『うちの商会に手を出すってことは、ゼンボルグ公爵家を敵に回すと言うことですよ？それでも事を構えますか？』って相手を牽制《けんせい》していいんだから。

だから上納金は、そういう看板を掲《かか》げていいよって名前の使用料みたいなものだと思えば、貴族が一方的に搾取《さくしゅ》しているわけじゃない、持ちつ持たれつの関係と言うのが見えてくる。

だって後ろ盾に付く貴族としては、優秀で信頼出来る商会を保護しておきたいのよ。

余所《よそ》の貴族や商会に潰されたら困るし、領地から逃《に》げ出されても困る。

そういったトラブルを防いで、領地経済を活性化する一助を担って貰うの。

もちろん、一方的に搾取するだけの貴族や、貴族の名前を利用して横暴で犯罪まがいの商売をする商会、両者が組んで汚《きたな》い商売で荒稼《あらかせ》ぎしているところもあるみたいだけど。

でも、お父様はそんなことはしない。

ちゃんと信頼出来る商会を選んで、健全な商売をして貰っているから。

だって世が世なら王家御用達《ごようたし》の商会なんだもの、ちゃんとした商売をしてくれないとゼンボルグ公爵家の名に傷が付いてしまうわ。

もっとも、何事にもグレーゾーンはあるわけで。

こんな時代のこんな世界だから、利権争いで口には出せない手段が必要になる場合もあるみたい。

非合法な商品を扱わない、非合法な手段で一般の人達に迷惑《めいわく》をかけない、くらいが健全のラインだって言うんだから、こういうところは前世との常識のギャップが大きくて、まだまだ慣れないわ。

でも、むしろそのくらいのやり手じゃないと、貴族とのお付き合いなんて無理なんじゃないかしら。

そういうわけで、お父様とエマのお父様は健全でいい関係を築いていて、その縁でエマが私のお付きメイドとして紹介された経緯《けいい》がある。

「お嬢様はコルクが欲しいのですか？」

「うん。ちょっと気になることと言うか、思い付いたことがあって」

「何に使うのか分かりませんが、父を呼びますか？」

「そうね……ちょくせつ話を聞いてもらった方が早いかも知れないわね」

「では、セバスチャンさんに伝えて、旦那様にご報告しておきます」

「うん、お願い」

そういうわけで日を改めて、エマのお父様、サンテール商会のガストン・サンテール会長がコルク素材の商品サンプル持参で屋敷まで来てくれた。

「ご無沙汰しております、マリエットローズ様。本日もご機嫌麗《うるわ》しく。少し見ない間にまた大きくなられて、立派なレディの品格が益々漂《ただよ》ってきておりますな」

言うだけならタダ。

本当にお上手よね。

「お久しぶりです、サンテール会長。おいそがしい中、とつぜん呼び出してしまってごめんなさい。来てくれてありがとう」

「いえいえとんでもありません。ゼンボルグ公爵家あっての私達でございますから」

さすが商人、VIPの顧客《こきゃく》には謙虚《けんきょ》よね。

でも、このサンテール会長も、ゼンボルグ公爵領の領民だけあって、まるで王家のように敬ってくれる。

対して本当の王家には、男爵家程の敬意を払う価値も感じていないみたい。

私がまだ子供だから誰も詳しくは教えてくれないけど、どうやら王都での商売で、ゼンボルグ公爵領の商会と言うだけで何度も煮《に》え湯を飲まされているみたいだから、それも無理ないかも知れないわね。

そんなサンテール会長は、エマのお父様だけあってまだ若い。

ようやく三十歳になったばかりといったところ。

先代、先々代の会長が早々に楽隠居《らくいんきょ》してしまって、まだ二十代のうちに会長のお鉢《はち》が回ってきたらしいの。

そのおかげで苦労が多いのか、エマそっくりのブルネットのふわふわのくせっ毛に、最近白髪《しらが》がチラホラ交じって見えるのは、見て見ぬ振りをすべきよね。

でも働き盛りの年齢で、すらりと背が高くガッシリした体付きで、表情も喋り方もエネルギッシュで、ゼンボルグ公爵領一番の大商会を切り盛りするだけの貫禄《かんろく》がある。

瞳の色もエマと同じ淡《あわ》く澄《す》んだ水色だけど、顔つきはあんまりエマとは似ていない。

エマはお母様似ね。

本日は応接室で、お父様も同席しての商談になる。

紅茶を淹《い》れてくれる給仕係は、久しぶりの父娘《おやこ》の対面だからエマにお願いした。

今は私主体の商談中だから、エマと特に何かを話したりしないけど、後で少し話をする時間を取ってあげようと思う。

「それで本日は、コルクをご所望と伺《うかが》いましたが」

「はい。サンテール商会がコルクの取りあつかいに力を入れていると、エマに聞いたので」

「ええ、我が商会はゼンボルグ公爵領の特産品であるコルクの取り扱いに関して、一番の商会だとの自負があります。どのような品質のコルクでも、ご入り用なだけ揃えてみせましょう」

「ありがとう、心強いわ」

サンテール会長がエマをチラリと見てよくやったとばかりに目で頷いて、エマが嬉しそうに微笑みを返す。

「それでマリエットローズ様、いかようなコルクを、いかほどご入り用でしょうか。ご用途をご説明戴ければ、適切な品をご紹介させて戴きます」

「量はまだぐたい的には分からないけど、できればたくさんほしいわ。ようとは、ある商品を開発したいの」

「商品の開発ですか？」

「マリー、それは私も初耳だ」

五歳の子供が商品の開発なんて言い出して、貴族相手に渡り合ってきたさすがのサンテール会長も面食らった顔をしている。

大型船の建造や大型ドックの建築資材、さらに船員育成学校の備品等、サンテール商会で取り扱って貰っているから、多少なりと私のことは耳にしているんじゃないかと思うけど、資材の発注はお父様の名義でしているから、詳細は知らないのかも知れないわね。

エマが、いくら父親相手とは言え、うちのことをペラペラ話したり手紙に書いて教えたりするわけがないから。

その辺り、私のお付きメイドに選ばれただけあって、しっかりしているもの。

お父様も、インフラ整備、大型船、魔道具、船員育成学校と、子供らしくない物の建造や勉強、事業を言い出して、今度は何を言い出すのかと、呆れたような苦笑を浮かべている。

驚かない辺り、私の子供らしからぬ言動に、すっかり慣れてしまったのかも。

こんな娘で苦労をかけてごめんなさい、お父様。

でも、いつまでもみんなで笑って楽しく暮らしていくためだから。

「その商品とは、マリエットローズ様がご考案された物でしょうか?」

「その通りよ。それにはコルクが一番だと思ったの」

前世では、ワインやウィスキーのコルク栓《せん》、後はコルクボードくらいしか利用方法を知らなかったけど、この世界に転生して、領地の特産品の一つがコルクだって知って調べてみたら、知らないことがたくさんあって驚いたわ。

まずコルクって、コルクガシって呼ばれる樹木の樹皮だったのよ。

しかも地中海性の気候に適した樹木だから、前世のイベリア半島に位置するゼンボルグ公爵領はまさに一大生産地だったのね。

そのコルクガシが二十五年近く育ってから、樹皮を剥《は》ぐの。

初めて剥いで収穫《しゅうかく》したそれをヴァージンコルクと言うらしいのだけど、表面がデコボコしていて使いにくいから、商品価値は低いんだって。

それから九年から十二年くらいかけて、再び樹皮が厚く再生したら、それを剥ぐの。

それをコルク材として使って、再び樹皮が厚く再生したらまたそれを剥いで……と言うのを繰り返して収穫するそうよ。

しかもコルクは疎水性《そすいせい》に優れていて、腐《くさ》りにくく、カビにくく、何よりも軽い。

今回の目的とは違うけど、さらに断熱性に優れていて、防音性も高くて、床《ゆか》や屋根など建築材にも使われるそうよ。

そんなコルクなんだけど、父と兄の話によると、前世のノルウェーの漁師がコルクを浮き輪代わりにしていたとか、コルクを身体にくくりつけていたとか、そういう話もあったらしいわ。

それから、ゴムが普及《ふきゅう》するまで、ゴムの代わりに工業製品に使われていたとかなんとか。

だとすれば、ゴムがない今、これ以上に適した素材はないと言うことになる。

その話を思い出したからこそ、作らないといけないと思ったの。

「それで、ご考案された商品とはどのような物でしょうか？」

「浮き輪とライフジャケットよ」

「浮き輪？　ライフジャケット？　ですか？」

「それはどのような物なんだい、マリー？」

二人とも見当が付かないみたいね。

それを具体的に説明する前に。

「お父様、かいなん事故が起きたとき、船にはどんなそなえがありますか？」

「船舶《せんぱく》の海難事故が起きたときのかい？　特にはないな」

そう、なんとなんにもないの！

「仮に沈没《ちんぼつ》した時などは、積み荷の樽《たる》や木箱が浮いているし、船体の木材などもある。それに掴《つか》まれば泳いで岸まで戻れるだろう？」

私がシャルリードで帆船や漁船を見て気付いたこと、それは、備え付けの浮き輪ないし、それに相当する物が何もなかったこと。

さらに、船員も漁師も、ライフジャケットらしい物を何も身に着けていなかったことなの。

確かに、こんな時代だから、その手の安全管理の意識がなくて、その手の物がなくても仕方ないと思う。

お父様が言う通り、浮かんだ何かに掴まって泳いで戻ればいいって。

だって船員や漁師が泳ぎに自信がないなんて言っているようじゃ務まらないもの。

しかも交易路は大西海の荒波を避けた沿岸付近だから、船乗り達なら十分に泳いで戻れるだろう、と言うわけね。

もっと言うなら、現在の交易船のほとんどが十数メートルサイズだから、別途救命ボートを載せる余地がないのもあるでしょうけど。

そんな物を載せるスペースがあるなら、その分、交易品を載せた方が儲《もう》かる、なんて考えそう。

「でも、これからは大西海の荒波に乗りだして、泳いで岸に戻れる距離じゃなくなります」

「それは確かに……」

「それでなくても、船がゆれれば落水するかのうせいは、外洋だろうと沿岸の浅瀬《あさせ》だろうとありますし、初心者でもベテランでもついてまわる問題です」

それに船員育成学校を始めて、多くの子供達を私の事業に巻き込んだ以上、少しでも身の安全を確保してあげないと。

「だから、かいなん事故にそなえて、大型船には救命ボートを載せることをぎむ付けて、浮き輪のじょうびと、ライフジャケットのちゃくようをぎむ付けたいんです」

単純な話だ。

まず、大型船に救命ボートを、乗員乗客の人数以上が乗れるだけ揃えること。

これは、前世のタイタニック号の事故で、救命ボートを軽視して、乗員乗客の半分の人数しか乗れない数の救命ボートしか載せていなかったから、大勢の犠牲者《ぎせいしゃ》が出た。

だからそれ以来、乗員乗客以上の人数が乗れる救命ボートを載せることが義務付けられるようになったのよ。

その知識がある私が、タイタニック号と同じ轍《てつ》を踏む必要はないもの。

それに加えて浮き輪とライフジャケットがあれば、落水者の救助が格段に迅速《じんそく》安全になって、救助率が高まる。

「浮き輪は大人がすっぽり入れる輪っかにして、海でも目立つように赤くぬって、白のラインを入れて、水に強くて浮くロープを結んで、こう――」

落水者の向こう側に投げて、落水者がロープに掴まったらロープを引いて、浮き輪を落水者の所までたぐり寄せて、浮き輪に掴まらせてから救助する。

そんなデモンストレーションを身振り手振りでやってみせる。

「さらに、コルクを身体の動きをそがいしないサイズの小さな板状か小さなかけらにして、じゅしをぬって防水加工した布袋《ぬのぶくろ》につめて口を閉じて、それをぬい合わせて、ベストのような服を作って着るんです。そうすれば、海に落ちてもプカプカ浮いておぼれないから、落ちた人も、助ける人も、あわてずかくじつに助けられます」

助けようと慌てて飛び込むと、一緒に波に呑《の》まれて溺《おぼ》れる可能性があるし、パニックになった落水者に抱き付かれて一緒に沈《しず》んでしまう、そういった被害《ひがい》の拡大も防げる。

沖合《おきあい》に出る漁師だって、小さなボートみたいな漁船が転覆してしまったとき、ライフジャケットを着ていれば、誰か気付いて救助に来てくれるまでの時間が稼げるはず。

「……」

「……」

「……」

説明が終わって、ふうと一仕事やり遂《と》げた気分で額の汗を手の甲《こう》で拭《ぬぐ》うと、お父様、サンテール会長、エマが唖然《あぜん》として私を見ていた。

……うん、五歳児の発想じゃないことは重々承知の上よ。

でも、事は人命に関わるんだから、遠慮《えんりょ》なんてしていられないでしょう。

サンテール会長が、口をパクパクさせながら、私の隣に座るお父様に目を向けた。

お父様は『マリーはこういう娘なんだよ』と言わんばかりに、どこか遠い目をして達観したような顔で頷く。

さらに説明を求めるように、サンテール会長が部屋の隅で控えているエマにも顔を向けた。

エマはにっこり微笑んで、まるで『さすがお嬢様ですよね』と言わんばかりで、なんの説明にもなっていなさそう。

このままでは話が進まないから、強引に続けさせて貰う。

「サンテール会長、どうかしら？　浮き輪とライフジャケットにコルクのひんしつはとわないわ。はざい《端材》の利用や、もし使い道が限られていてコストが安いようなら、ヴァージンコルクでもかまわないの。とにかく、安く、大量に、海軍、商船の船乗り達はもちろん、普通の漁師にだって手が届くかかくにおさえて、ふきゅうさせることをゆうせんさせたいわ。もちろん、べっと、貴族向けの高級モデルもあるとよりいいわね。数はほとんど出ないでしょうけど、平民をゆうせんして貴族をないがしろにしていると思われたら、商品のイメージが悪くなってしまうものね」

たっぷりの沈黙の後、サンテール会長がようやく口を開く。

「……失礼ながら、マリエットローズ様、今、おいくつでしたでしょう？」

「五歳よ」

「ええ、そう、五歳でしたよね……五歳…………五歳……」

五歳を口の中で何度も繰り返して、かなり動揺しているみたいね。

「それで、どうかしら？」

「え、ええ、それはもちろん、ご希望に添えるかと。本当に端材やヴァージンコルクを使ってよろしいのでしたら、かなり価格は抑えられるでしょう。お伺いする限り、品としてはどちらも単純な物ですから、難しい技術もいりません。さすがに貴族向けや海軍に納品する品を適当な物にするわけにはいきませんが、庶民《しょみん》の漁師に手が届く価格にするならば、安く請け負う下請け工房《こうぼう》に出しても十分でしょう」

「じゃあ、それでおねがいするわ。浮き輪とライフジャケットの仕様書は、ここに用意してあるから、うけおってくれる工房と相談して、りべんせいの向上と、こきゃく層に合わせての商品のかいはつをよろしくね」

まとめた仕様書を取り出して、サンテール会長に差し出す。

受け取ってざっと目を通したサンテール会長が、困惑顔でお父様を見た。

「構わない。マリーの考え通りに事を進めてくれ。ああ、マリーのことは、貴族学院高等部を卒業後の成人した貴族と同程度の知識と見識、理解力があると考えてくれ。なんなら私以上と言っていい」

「お父様ったら、さすがにそれは言い過ぎです」

「私は、マリーに足りないのは経験だけだと思っているがね」

「もう、お父様ったら大げさなんだから」

そりゃあ、前世の記憶と知識のおかげでこうして色々出来ているけど、この世界で生きてきた時間はたった五年。

しかも前世の記憶が甦《よみがえ》ってからまだ三年程しか経《た》っていないから、知らない、分からないことの方が圧倒的に多いんだから。

ましてや、他の貴族と貴族的なやり取りなんて、絶対に無理。いいように手玉に取られちゃうのが落ちよ。

「畏まりました。閣下がそのように仰《おつしや》るのでしたら、そのように心得ておきます」

「サンテール会長も、お父様の親バカ発言に、まともに取り合わなくていいですからね？」

「はっはっは」

「笑い事じゃないですよ、お父様ったら」

家族だけの時ならまだしも、他の人の前であんまり親バカされたら恥ずかしいじゃない。

「マリエットローズ様、今一度、お伺いしてもよろしいでしょうか？」

「はい、いいですよ」

「何故、ここまでされるのでしょう？」

「えっと……それはどういう意味かしら？」

サンテール会長、急に真剣な顔になって、何か不味《まず》い内容でもあったのかな？

「マリエットローズ様は、弱冠《じやつかん》五歳でありながら、とても優れた知識と発想をお持ちとお見受けしました。公爵令嬢としての実績に繋がる大変に素晴らしい発明と思われます」

そこで一度言葉を切ると、真意を見逃《みのが》すまいとするように、五歳児に向けるにはあまりにも真剣な商人の目で、真っ直ぐに私の目を見つめてきた。

「ですが、お話を聞く限り、貴族より平民を優先させた商品開発のようです。何故そこまで平民のために？」

何故って言われても……。

「救える命があるなら、救うでしょう？」

「……！」

え？　なんでそこで目を見開いて絶句するの？

私、何かおかしいこと言った？

だって貴族はそれこそ船旅でもしない限り、波が高い海になんてほぼ行かないもの。

そんな船旅だって、一生のうち、何度あることか。

ご夫人やご令嬢なら、一度もなくても不思議じゃない。

つまり海難事故に遭うのは、ほぼ平民だけ。

だから無事に生きて帰れるように、平民を主眼に置いた商品開発をするのは当然だと思うけど。

「大変失礼いたしました。マリエットローズ様のお言葉に、心底感服致しました」

「え？　え？　え？」

なんでそんな深々と頭を下げるの？

「どうだ、私の娘はすごいだろう？」

「いやはや、閣下の仰る通りです」

「ちょ、ちょっとお父様ったら」

なんでそんな得意満面な顔をするの、意味が分からなくて恥ずかしいじゃない。

「サンテール会長、頭を上げて下さい。当たり前のことしか言ってないんですから、そんな感心されるようなこと、何もないですよ？」

「心からそう仰ることが出来るからこそ、です」

あの……さっぱり意味が分からないんだけど……。

「いいじゃないかマリー。ガストンもやる気になってくれたようだ。きっと満足いく商品に仕上がるだろう」

「はい……」

サンテール会長がやる気になってくれたのはありがたいけどね。

しかも私をダシにして、お父様ったらさり気なくサンテール会長にプレッシャーをかけているし。

期待していいと思う。

ちょっと釈然《しやくぜん》としないけど、その後は、お父様とサンテール会長と話し合って、船の規模に応じた浮き輪の設置数の法令と、ライフジャケット着用に関する法令について話し合った。

それと、最初のうちは、平民は効果の程がよく分からない物にそうそうお金は出さないだろうから、発売開始から一定期間は取り扱う商会や店に補助金を出して、割引価格で販売《はんばい》し、お得感から購買《こうばい》意欲を刺激《しげき》するようにお願いした。

同時に、船乗りや漁師の命を守る商品なのだと、奥様方の噂話《うわさばなし》のネットワークに乗せて広め、旦那様に買うよう仕向けるための口コミ作戦についても。

「いい案です。さすがマリエットローズ様。勉強になります」

なんて、商売のプロのサンテール会長に頭を下げられちゃって、思わず狼狽えちゃったわよ。

でもこれで一人でも多くの命が助かるようになれば、大型船が完成して大西海の荒波に漕ぎ出すとき、少しでも安心して送り出せるようになる。

これからも、思い付いたことがあったら遠慮なくやっていこう。

# 閑話《かんわ》　ポセーニアの聖女

◆◆◆

——浮《う》き輪とライフジャケットが売り出されて間もなくの頃《ころ》。


「チッ、このライフジャケットってのは邪魔《じゃま》くせぇな」

「脱《ぬ》いだら駄目《だめ》だぜ船長。サンテール会長直々《じきじき》に、絶対に脱ぐなって、きつく言われてるだろう？　脱いだら次からサンテール商会の仕事を回して貰《もら》えなくなるぜ」

「チッ、わあってるよ」

副船長の釘《くぎ》を刺《さ》す言葉に、船長は舌打ちしながらも、胸の前で解きかけていた紐《ひも》を結び直した。

コルク片《へん》を入れた防水布を縫《ぬ》い合わせてベストのように着られる形に作られたライフジャケットは、船長のみならず、船員達《たち》からも不評だった。

着慣れない服を着ているから、邪魔に思えて当然だ。

副船長も同感だったが、これも仕事と割り切って、脱ごうとする船長を始めとした船員達に注意をする毎日だった。

そんな呑気《のんき》で穏《おだ》やかな航海が続いたのは最初の三日だけだった。

「風が……こいつは時化《しけ》になるな」

船長の予想通り、それから数時間も経《た》たず、空は黒雲に覆《おお》われて激しく雨が降り、波が大きくうねって、帆《ほ》を畳《たた》んだ全長十メートル程《ほど》の小型の帆船《はんせん》は翻弄《ほんろう》されていた。

「チッ、なんとか抜《ぬ》けらんねぇか⁉」

「やってやす！」

雨風と波の音に負けないよう船長が声を張り上げると、操舵手《そうだしゅ》はボートのオールのような舵櫂《ステアリングボード》にしがみつくようにして、必死に船の針路を維持《いじ》しながら叫《さけ》び返す。

船員達もマストや船縁《ふなべり》にしがみつき、振《ふ》り落とされないように必死だった。

そして、船にドンと大きな震動《しんどう》が走る。

「なにぃ⁉」

さらに漂流《ひょうりゅう》していた難破船の残骸《ざんがい》が船体に当たると言う、不運な事故にまで見舞《みま》われてしまう。

不運に不運が重なるが、不運はそれだけでは終わらない。

その直後、一人の船員の悲鳴と水音が上がった。

「船長！　ドニが落ちた！」

「なんだと⁉」

雨風に煽《あお》られながら、なんとか船縁にしがみついて波間を見ると、船員のドニの姿が波間に見え隠《かく》れしていた。

「たすっ、助けてくれー‼」

雨風と波が船体に当たる音に紛《まぎ》れて、助けを求める声が聞こえてくる。

しかも、時を追うごとにその姿はどんどん遠ざかって行っていた。

「くそっ！　オレが飛び込《こ》んで――！」

「やめろ馬鹿野郎《ばかやろう》！　てめぇも波に呑《の》まれるぞ！」

「じゃあどうすんだよ⁉　このままじゃドニが！」

「空の樽《たる》か箱を持ってこい！　ドニに投げてやるんだ！　船をドニに近づけろ！」

船の中に這《は》い蹲《つくば》るようにして戻《もど》って、空の樽か箱を探し取ってくる。

たったそれだけの間にも、ドニはどこまで流されていくか分からない。

そして海に投げ入れたとしても、荒《あ》れる波のせいでドニの側《そば》に流れ着くかも分からない。

「船長！　浮き輪だ！　こんな時に使えってサンテール商会から買わされたのが舷《げん》にくくりつけてあったはずだ！」

副船長の張り上げた声に、はっと思い出す。

「そいつだ！　そいつを投げろ！」

慌《あわ》てて船員が浮き輪を外し、勢い余って船から落ちそうになりながらも、全力で浮き輪を投げた。

ロープの端《はし》は舷に結びつけられている。

その長さは十五メートル程。

防水対策がされて水に浮く軽いロープは、その最大の長さまで浮き輪を遠くへと運んだ。

しかし、浮き輪はギリギリ届かず、ドニの手前に落ちてしまう。

サンテール商会からは、落水者の奥《おく》へ投げて落とすように言われていたが、浮き輪を使う判断が遅《おく》れたためにドニが遠くへ流されてしまい、ギリギリ届かなかったのだ。

「ドニ！　浮き輪だ！　赤い輪っかが見えるだろう！」

「掴《つか》まれドニ！」

「泳げ！　泳げ！　泳げ‼」

船長も船員達も声を張り上げて指さし、その声が聞こえてドニは周囲を見回す。

暗雲立ちこめて暗い空と海の色の中に見えたのは、鮮《あざ》やかな赤と白いラインが入った浮き輪だった。

ドニは死に物狂《ものぐる》いで泳ぎ、その浮き輪に手をかける。

「引け‼」

船長の合図で、船員達は必死にロープをたぐり寄せ、ドニは九死に一生を得て、船へと生還《せいかん》したのだった。


「サンテール会長、あんたのとこの商品、すげぇな！」

後日、船長とドニはサンテール商会を訪《おとず》れていた。

「波に呑まれて沈《しず》んだとき、俺《おれ》、死んだって思ったっす！　もがいてたら身体《からだ》が浮き上がって顔が出て、浮き輪とライフジャケットがなかったら俺、今ごろ死んでたっすよ！」

「あんたはドニの命の恩人だ、感謝するぜ！」

「ありがとうっす！」

興奮気味に感謝の言葉を並べる船長とドニに、サンテール商会の商会長ガストン・サンテールは、ご満悦《まんえつ》の顔で大きく頷《うなず》いた。

「それは良かった。だが、感謝をするなら私じゃなく、その浮き輪とライフジャケットを考案し、私に開発と販売《はんばい》を託《たく》してくれたお方にして欲《ほ》しい」

「あんたが考えたんじゃないのか？」

「誰《だれ》っすか、その人は？」

ガストンは一拍《ぱく》溜《た》めて、それから高らかにその名を告げた。

「何を隠そう、ゼンボルグ公爵令嬢《こうしゃくれいじょう》マリエットローズ・ジエンド様、その方だ」

「「えええっ⁉」」

船長とドニの驚《おどろ》きの声がハモる。

自分達の領主の娘《むすめ》である公爵令嬢ともあろう尊い貴族が、何故《なぜ》こんな平民が使うような品を考え、商会に作らせて売り出したのか。

公爵令嬢はまだ子供だと言う話だったはず。

それら幾《いく》つもの驚きに、船長もドニも言葉が出なかった。

そんな二人の驚きように、どこか悪戯《いたずら》が成功した子供のような満足げな顔で、ガストンは言葉を続けた。

「私も驚いたよ。だからマリエットローズ様に尋《たず》ねたんだ。『何故そこまで平民のために？』と。そうしたら、どう答えられたと思う？」

貴族など雲の上の存在過ぎて、二人は全く見当も付かず顔を見合わせ、ガストンに顔を戻すと首を横に振った。

「マリエットローズ様はなんの気負いもてらいもなく、ただあるがままに『救える命があるなら、救うでしょう？』、そう仰《おっしゃ》ったのだ」

船長もドニも絶句する。

たったそれだけのために、貴族のご令嬢が平民のための商品を考え、自分達の元へ届け、そして命を救ってくれたのだ。

「海の女神《めがみ》ポセーニア様の御使《みつか》いみてぇな方だな……」

ポセーニアは海と船乗りの守護者として港町では古くから信仰《しんこう》されている女神で、ポセーニアの御使いが溺《おぼ》れたり漂流したりした船乗りや漁師を導き救う話は、子供の寝物語《ねものがたり》としても語り継《つ》がれている。

「……そのお嬢様……聖女様っすか⁉」

二人のそれぞれの反応に、ガストンは言い得て妙《みょう》だと、深く頷いた。

「私もそう思う。とても素晴《すば》らしいお方だ」

その後、同様に命を拾った者達の話を幾つも耳にするようになるまで、そう時間は掛《か》からなかった。

その話が広まるのに合わせ、浮き輪とライフジャケット、そしてマリエットローズの名もまた、船乗りと漁師達の間に広まっていった。

マリエットローズの名まで一緒《いっしょ》に広まったのは、発端《ほったん》となった船長とドニが、ガストンから伝え聞いたマリエットローズの言葉を積極的に広め、航海の無事を、海の女神ポセーニアと一緒にマリエットローズにも祈《いの》るようになっていたからである。

やがて、漁師の夫や親を失った寡婦《かふ》や孤児《こじ》を救済するための船員育成学校も実はマリエットローズの発案である、との噂《うわさ》も流れるに至り、船乗りと漁師達を中心にマリエットローズを聖女と崇《あが》める者達が急増。

いつしか尊敬と敬愛を込めて『ポセーニアの聖女』の愛称《あいしょう》で親しまれ、その呼び名が広まっていったのだった。

そして『ポセーニアの聖女』の加護にあやかろうと、マリエットローズの絵姿が飛ぶように売れていくのだが、マリエットローズはそれらの事実をまだ知らない。

## 閑話《かんわ》　エマ日記　お嬢様《じょうさま》は可愛《かわい》い

◆◆

お嬢様は可愛い。

異論は認めません。

幼いながらその整った容姿は、将来奥様《おくさま》にそっくりの、いえ、奥様以上の美貌《びぼう》の世界一美しいご令嬢となられることでしょう。

それこそ、旦那様《だんなさま》や奥様の仰る《おつしや》通り、神様が遣《つか》わされた天使と言っても過言ではありません。

ですが、あたしが可愛いと言うのは、その類い希《まれ》なる美貌のことだけを指して言ったわけではありません。

奥様に似てやや吊《つ》り目気味で一見するときつく見えてしまいますが、実はとても優《やさ》しい眼差《まなざ》しをされていて、その微笑《ほほえ》みの愛らしいことと言ったら、まるで魅了《みりよう》の魔法《まほう》に掛《か》かったかのように、見る者を虜《とりこ》にしてしまいます。

「え～ま～、だっこ」

甘《あま》えておねだりする時は、さらにです。

どこか甘えることに気恥《きは》ずかしさを感じているような、でも、はにかみながらも誰《だれ》かに甘えたい欲求を抑《おさ》えきれない、そんな……もう言葉では言い表せない、母性本能をくすぐられる愛らしさに満ち溢《あふ》れています。

「はい、お嬢様」

「キャッ、キャッ♪」

あたしがお望みのままに抱《だ》っこして差し上げると、それはそれはもうご機嫌《きげん》で、満面の笑みで大はしゃぎです。

そんなお嬢様を見ているだけで、あたしも自然と笑みが零《こぼ》れて幸せになれます。

ですが……。

時折、甘えたさんが過ぎる時は、しっかりとしがみついてきて、あたしに頬擦《ほおず》りしたり、しがみついたままぐずって、いつまでも下りてくれないこともあります。

「大丈夫《だいじょうぶ》ですよ。あたしはここにいますよ。なんにも寂《さび》しくありませんし、怖《こわ》くもないですよ」

そんな時はお嬢様が満足するまで抱っこして、しっかりと抱き締《し》めながらあやして差し上げます。

腕《うで》が痺《しび》れようと、足が痛くなろうと、あたしからは決して手を放したりはしません。

お嬢様は大変に利発で聡明《そうめい》な方です。

幼児とは思えないくらい、それこそ大人と変わらないのではと驚《おどろ》かされることがしばしばあるくらい、物事を理解しています。

だからでしょうね、時々、甘えたさんが過ぎるときがあるのは。

旦那様と奥様……お嬢様のご両親はゼンボルグ公爵《こうしやく》閣下と公爵夫人ですから、大変にご多忙《たぼう》です。

普段《ふだん》から領地をよく治めるために執務室《しつむしつ》へ籠《こ》もって政務を行い、屋敷《やしき》に貴族の来客があれば歓待《かんたい》の準備のために何日も前から差配しと、普段からお嬢様に構っている暇《ひま》がありません。

また、数日掛けてゼンボルグ公爵領の各地を巡《めぐ》り、ご招待があればお茶会や夜会などのために他領へ出向きと、長く屋敷を空けられることもしばしばです。

ましてや王都へ出向かれるときは、三カ月、四カ月と戻《もど》られません。

年に二度も王都へ出向かれたら、最低でも半年はお屋敷を空けることになります。

お嬢様はそれをご両親のお仕事と理解されて、我《わ》が侭《まま》を言ってはいけないと、そう幼心に思われているようなのです。

なんと健気《けなげ》なのでしょう！

ですから、あたしは、もっと以前のように我が侭を言っていいと思うのですが……。

以前のように……。

……そう言えばある時期を境に、ピタリとその手の我が侭を言わなくなりましたね？

本当に、利発すぎるのも考えものです。

だって、聞き分けが良すぎて甘えられないのですから。

幼い子供が両親に甘えるのを我慢《がまん》する。

そんなこと、決して良いこととは思えません。

お嬢様は旦那様と奥様が大好きですから、ふとした瞬間《しゅんかん》、我慢をしすぎたせいで、世界でたった一人取り残されてしまったような、そんな心細さを感じてしまっても不思議はないでしょう。

だからそんな時は、寂しさのあまり誰かの温《ぬく》もりを求めてしまうのでしょうね。

そのたびに、あたしはいつも思います。

お嬢様は、あたしが守って差し上げなくては。

旦那様と奥様に代わり、あたしが精一杯《せいいっぱい》甘やかして差し上げなくては、と。

お嬢様の笑顔を、寂しそうな横顔を、そして安らかな寝顔《ねがお》を見るたびに、誓《ちか》いを新たにする毎日です。

そうそう、お嬢様の寝顔と言えば。

その無垢《むく》な愛らしさにハートを射貫《いぬ》かれる毎日ですが、ある日を境にして一つ大人の階段を上られたようです。

「えまぁ～……」

朝、起こして差し上げたら、とてもとても、まるで世界が終わったかのような絶望した顔をされる時があります。

そんな時はいつも……。

「あらあら、今朝はオネショをされてしまったのですね」

「うぅ～……」

オネショをしたのがよほど恥《は》ずかしいのか、最近はいつも泣きそうな顔をされます。

そんなお顔も愛らしくて、愛《いと》おしくて。

他の誰も見たことがないこのお顔を一番お側《そば》で見られるお付きメイドの特権に、心の中でこっそり神様に感謝を捧《ささ》げてしまうのですが、それはお嬢様には秘密です。

「泣かれることはありませんよ。すぐに綺麗《きれい》綺麗にしますからね」

「ううん、じぶんでする……」

「いいえ、お任せ下さい。お嬢様をお綺麗にするのもあたしの仕事ですから」

濡《ぬ》れた寝間着と下着を脱《ぬ》がせて。

お湯を取ってきてタオルで綺麗に清めて差し上げて。

お着替《きが》えをさせて。

濡れたシーツと寝間着と下着を洗濯《せんたく》するためにまとめて。

お布団《ふとん》を干せるようにベッドから下ろして。

そんな風にお世話をしている間、お嬢様の可愛いお顔はどんよりとされています。

「いいおとながオネショって……オネショって……」

羞恥《しゅうち》に絶望した顔で、そうブツブツ呟《つぶや》かれたりしますが、お嬢様はまだ三歳《さい》です。

二歳から三歳になってもう大人になったつもりなのかも知れませんが、三歳は幼児で大人ではありません。

ご両親に甘えるのを我慢されているところは確かに大人びているかも知れませんが、まだオネショくらい普通でしょう。

でも、お嬢様はそれがとても恥ずかしいご様子。

まるで背伸《せの》びをしているように大人びたところがある子が、やっぱり年相応にオネショをしてしまう。

そんなギャップもまた、とても愛らしいのです。

本当にお嬢様は可愛い。

可愛くて可愛くて可愛くて、まるで天使のようです。

絶対に異論は認めません。

# 第三章　初めての帆船《はんせん》

◆

港と街道《かいどう》のインフラ整備は各地でおおよそ順調に進んでいる。

大型ドックの建設も予定通り進んでいて、大型船を建造してくれる船大工達《たち》と契約《けいやく》も結んだ。

船員育成学校で孤児《こじ》達の教育もスタートして、船員確保の目処《めど》も立った。

浮《う》き輪とライフジャケットの販売《はんばい》も順調そのもの。

最初こそ伸《の》び悩《なや》んでいたけど、ある時期を境に右肩《みぎかた》上がりに販売数を増やして領内の漁師と海軍に広まり、救命用具として受け入れられつつある。

お父様と一緒《いっしょ》に法整備も進めていて、近々浮き輪の常備、ライフジャケットの着用、大型船における定員以上が乗れる数の救命ボートの配備が、それぞれ義務化される予定だ。

これらが社会に受け入れられて浸透《しんとう》していったら、いずれ遭難者《そうなんしゃ》を捜索《そうさく》するための救命艇《きゅうめいてい》の開発や救命艇基地の建設、ゼンボルグ公爵《こうしゃく》領立救命艇協会の設立も視野に入れたいところね。

「スタートを切ったものばかりだけど、ここまでは順調ね」

「はい、お嬢様《じょうさま》」

私もご機嫌《きげん》だけど、エマもニコニコご機嫌だ。

浮き輪とライフジャケットのおかげで命拾いしたとの感謝の言葉が、エマの実家のサンテール商会に寄せられているらしいの。

サンテール会長から直接、エマも一緒にその報告を聞いたから、最近エマの機嫌はとてもいい。

釣《つ》られて私までニコニコ笑顔《えがお》になってしまうわ。

「あと他に必要な物と言えば……」

航海術を助ける道具。

操船を助ける道具。

船員の生活を向上させる道具。

といったところかしらね。

操船を助ける道具と船員の生活を向上させる道具は、魔道具《まどうぐ》で作ろうと思っているから、今しばらく魔道具製作のお勉強を進めてからじゃないと手が付けられない。

つまり、次に手を付けるべきは航海術を助ける道具になる。

アイデアだってしっかりあるわ。

それも必須《ひっす》中の必須の、ね。

ただ、本当にそれを作るべきか、ちょっと悩んでいるの。

だって、かなり専門的な知識が必要で、港を整備して大きなお船を造りましょう、と言うのとは発想のレベルが違《ちが》いすぎるから。

さすがにたった五歳《さい》の子供がそれを言い出すのはやり過ぎじゃないかなって。

でも、私がそれを言い出してもおかしくないくらい成長してからとなると、開発のスタートを切るのが遅《おそ》すぎて、陰謀阻止《いんぼうそし》のタイムリミットに間に合わない可能性が高い。

でもさすがに……。

そんな風に二の足を踏《ふ》んでいる毎日なのよ。

どうしたものかしら。

今日もそんなことをグルグル考えていると、部屋のドアがノックされた。

このノックの仕方、お父様だ。

エマが対応に出てくれて、二言、三言話すと、予想通りお父様が部屋へ入ってきた。

「マリー、今、少し話をいいかな？」

「はい、パパ、大丈夫《だいじょうぶ》です」

本来、貴族は家族であっても、お互《たが》いの部屋を訪《おとず》れるときは侍従《じじゅう》や侍女を先触《さきぶ》れに出して、相手に訪問する旨《むね》を伝えて許可を貰《もら》ってから、と言う手順を踏む。

でもうちは公爵家なのに、その辺りは大分フランクだ。

こうやって当たり前のようにお互いの部屋を直接訪ねることもある。

もっともそういうときは、大事な話がある時が多い。

だからきっと今回も何か大事な話があるんだろう。

こういう、気が急《せ》くと手順を飛ばしちゃうところは、血筋なんじゃないかしら。

決して、私の性格だけの問題じゃないと思うのよね。

「隣《となり》にいいかな？」

「はい、もちろんです」

お父様が私の横に腰掛《こしか》けて、エマが紅茶を淹《い》れてくれる。

紅茶は本来、かなり後の時代にならないと登場しないいんだけど、さすが乙女《おとめ》ゲームの世界だけあって普通《ふつう》にあるのよね。

なのにスイーツだけはない。

こういうところは、いつも中途半端《ちゆうとはんぱ》に思うわ。

紅茶に口を付けた後、お父様が話を切り出してくる。

「実はシャット伯爵《はくしやく》からマリーを招待したいと言う話が来ていてね」

「招待ですか？　先日、船員育成学校の開校式のために行ったばかりですよね？」

「うん、そうなんだけどね」

先日と言っても、もう半年近く前のことだけど。

この時代はまだ交通機関が発達していないから移動にすごく時間が掛かるんで、半年やそこらならお久しぶりにもならない、つい先日のこと扱《あつか》いなのよ。

「マリーはこれだけ帆船に関《かか》わっているのに、肝心《かんじん》の船に乗ったことがない。うちは内陸にあって、私用の船は持っていないからね。おかげで、港の整備の視察の時も開校式の時も眺《なが》めるだけだった。そこでシャット伯爵家が所有する帆船を出すから、マリーを一度乗せてあげたいと話があったんだ」

「帆船！」

港の整備の視察の時がそのチャンスだったんだけど、まさか女の子の私がそこまで帆船に食いつくとは思ってもいなかったみたいで、お父様もシャット伯爵もクルージングのための準備を全くしていなかったそうなの。

その後の開校式の時は、開校を急いだ分だけ諸々《もろもろ》日程が厳しくて準備がとても忙《いそが》しかったし、さらに各地の学校の開校式も回らないといけなかったから、のんびり船遊びをする時間が取れなかったのよ。

前世では、お酒を飲んだ父と兄が必ず絡《から》んできて帆船絡みの話をするから、うんざりして興味なんて全くなかったけど。

ここまで色々関わったんだもの、俄然《がぜん》興味が湧《わ》いてきても不思議はないわよね。

一度くらい実物に乗ってみたいわ。

思わず目を輝《かがや》かせてしまった私に、お父様が優《やさ》しく微笑《ほほえ》んだ。

「では、招待にあずかろうか」

「はい！」

招待を受ける返事をして、双方《そうほう》で諸々準備をして、ようやくまた港町シャルリードへとやってきたのは、あれから二カ月以上も経《た》ってからのことだった。

「ようこそおいで下さいました、公爵閣下、公爵夫人、マリエットローズ様」

まずは港町にあるシャット伯爵家の別邸《べってい》で、歓待《かんたい》の挨拶《あいさつ》を受ける。

相変わらず、シャット伯爵は恭《うやうや》しく臣下の礼を取った。

「ああ、世話になる、シャット伯爵」

「お世話になるわね」

お父様は公爵らしく鷹揚《おうよう》に、お母様はシャット伯爵とその隣に立つ伯爵夫人に、にこやかな笑みを返した。

「お招き戴《いただ》きありがとうございます、シャット伯爵、伯爵夫人」

私も笑顔でカーテシーをしてお礼を述べる。

「前回、前々回と、私の気が利《き》かずにマリエットローズ様には申し訳ありませんでした。今回は、是《ぜ》非《ひ》楽しんで戴ければと思います」

「ありがとうございます。今日をとても楽しみにしていました」

「それはようこそいらっしゃいました」

シャット伯爵が愛嬌《あいきょう》のある穏《おだ》やかな笑顔を見せてくれて、伯爵夫人も私を見て微笑ましそうに目を細めている。

楽しみすぎて、ちょっとばかり、はしゃぎすぎてしまったかも知れない。はしたなかったかなと思っていたら、シャット伯爵が伯爵夫人とは反対側の自分の隣に立っている、一人の男の子の背に手を添《そ》えた。

「マリエットローズ様は、息子《むすこ》に会うのは初めてでしたな」

シャット伯爵が軽く背中を叩《たた》いた合図で、その男の子は一歩前に踏み出すと、赤い顔でちょっとギクシャクと、右足を左足と交差するように引き、右手をお腹《なか》の辺りに添えて、左手を横方向へ水平に差し出す、ボウ・アンド・スクレープと呼ばれるお辞儀《じぎ》をした。

「は、初めてお目にかかります。シャット伯爵家長男、ジョルジュ・ラポルトです」

ジョルジュ君は、シャット伯爵そっくりの、綺麗《きれい》な紅茶色の髪《かみ》とヘイゼルの瞳《ひとみ》をしている。

父親似の穏やかそうな顔つきだけど、さすがにまだ細身で、シャット伯爵みたいなふっくら小太り体型にはなっていない。

聞けば私より二つ上の七歳らしい。

だけどジョルジュ君は人見知りなのか、名前を言って挨拶するのでいっぱいいっぱいみたい。

「初めまして、ゼンボルグ公爵家長女、マリエットローズ・ジエンドです」

だから、私はできるだけ優しく微笑んで挨拶する。

だけどカーテシーはしない。

あれは、社会的に地位や身分が下の者が上の者に対してするものだから。

シャット伯爵は伯爵家当主で、爵位を持たない私より身分が上になるからする必要があるけど、公爵令嬢と伯爵令息なら公爵令嬢が上だから。

こういうところが、ちょっと慣れなくて落ち着かないのよね。

誰《だれ》にはカーテシーするのが礼儀《れいぎ》だけど、誰にはしないのが礼儀、みたいなのが。

しない相手、と言うよりも、しちゃいけない相手にしちゃうと、いらぬ誤解を生んで周りや相手の人が困るからしては駄目《だめ》と諭《さと》されたら、するわけにはいかないのよ。

「マリエットローズ様とは年も近い、是非仲良くしてやって下さい」

「はい、こちらこそぜひ」

シャット伯爵の穏やかな微笑みに、私も微笑みで返す。

シャット伯爵は、こんな子供の私の発案なのに、真面目《まじめ》に、そして真剣《しんけん》に取り組んでくれていて、とても助けて貰っている。

だから、その息子のジョルジュ君とは是非仲良くしておきたいわ。

だけど、ジョルジュ君はやっぱり人見知りみたいね。

私が挨拶を返した途端《とたん》、固まってしまったから。

おかげで、会話が全然始まらないのよ。

このままと言うわけにもいかないから、ここは中身が年長者の私から助け船を出すべきよね。

いえ、これから帆船に乗るから、と言うのとは関係なく。

「ジョルジュ様は、帆船はお好きですか？」

「は、はい」

「すてきですよね、帆船」

「は、はい」

「わたし、きょうみを持つようになったのは最近ですが、今日を楽しみにしていたんです」

「は、はい」

うん、会話が成り立たない。

やっぱり人見知りみたいね。

あんまり話しかけたら逆に可哀想《かわいそう》かな？

そんな私達のやり取りを、お父様やシャット伯爵達が苦笑《くしょう》を浮かべて見ている。

シャット伯爵も伯爵夫人も、ロボットみたいにギクシャクと『は、はい』を返すのでいっぱいいっぱいのジョルジュ君を生温かい目で見守るだけじゃなくて、助け船を出してあげなくていいの？

そんな考えが顔に出てしまったのか、シャット伯爵が大きく笑うと、ジョルジュ君の肩《かた》を抱《だ》き寄せた。

「では、ご挨拶はこのくらいにして、マリエットローズ様ご希望の船遊びと参りましょうか」

「はい、ぜひ！」

「お～ふ～ね～！」

港へと移動して、桟橋《さんばし》に並ぶ帆船にテンションが上がって思わず万歳《ばんざい》をする。

子供だから身体《からだ》は小さいし目線も低いから、改めて近くで見ると、帆船がとても大きな船に見えるのよね。

それに、馬車に初めて乗った時もそうだったけど、どっちも前世では普通に乗ることがない乗り物だから、まるでこれからテーマパークのアトラクションで帆船に乗るみたいなワクワク感があって、否応《いやおう》なく期待が高まってしまう。

「お嬢様、またお船が見られましたね」

「うん♪」

私がご機嫌だから、エマもニコニコご機嫌だ。

ちなみに、左手はしっかりとエマが握《にぎ》っている。

ドボン未遂《みすい》があったからだけど、二度も同じ過《あやま》ちを繰《く》り返すほど私も馬鹿《ばか》じゃない。

ちゃんと大人しくエマと手を繋《つな》いで、慌《あわ》てず走らず、二人でゆっくり歩いている。

ちなみに、チラッと目線だけで振《ふ》り返れば、私のすぐ真後ろをアラベルが、まるで私が駆《か》け出した瞬間《しゅんかん》すぐさま飛びついて止められるようにと言わんばかりに、やや腰《こし》を落として身構え気味になりながら歩いていた。

失礼な話よね。

失った信頼《しんらい》を取り戻《もど》すのは、時間が掛かりそうだわ。

そうしてのんびり帆船を眺めながら港を歩いて行き、程《ほど》なく、港でも拡張工事をしているのとは反対側の、一つの桟橋へとやってきた。

「あちらに見えるのが、我がシャット伯爵家の船になります」

案内してくれたシャット伯爵が指さしたのは、長い桟橋の先の方に、たった一隻《せき》だけ停泊《ていはく》している帆船だった。

その帆船では、出港の準備なのか船員さん達が忙《せわ》しなく働いている。

だけど付近に他の帆船がないから、それ以外の人達の姿はない。

万が一がないようにって、人払《ひとばら》いをしたんでしょうね。

おかげで商船の荷の積み卸《おろ》しや、行き交《か》う労働者や船員さん達の作業の邪魔《じゃま》にならないようにと気を遣《つか》わずに済むから、ゆっくりと帆船を堪能《たんのう》できそうでありがたいわ。

「ほう、なかなか立派な船じゃないか」

「実はわたしも、船に乗るのは初めてなの」

「私も乗ったことがあるのは軍艦《ぐんかん》か商船ばかりで、しかもその時は仕事だったから、のんびり船を楽しむのは初めてだ」

「楽しみね、あなた」

「ああ、そうだな」

私達の後ろを付いて歩いているお父様とお母様の楽しげなお喋《しゃべ》りが聞こえてきて、私もさらに楽しくなってくる。

私達が近づいていくと、日に焼けた髭面《ひげづら》の一際《ひときわ》ごつい体格のおじさんが、わざわざ船を下りて近づいてきた。

「皆様《みなさま》、ようこそ。お待ちしておりました」

「ああ、今日は世話になる」

シャット伯爵が鷹揚に頷《うなず》くと、私達を振り返った。

「公爵閣下、公爵夫人、マリエットローズ様、こちらがこの船の船長です」

どうやらその髭面のごついおじさんは船長さんだったらしい。

「船長、こちらがゼンボルグ公爵閣下と公爵夫人、そしてお嬢様だ。くれぐれも失礼のないようにな」

「はい、伯爵様。ご機嫌麗《うるわ》しく、公爵家の皆様。この船の船長を務めています、セヴランと申します」

「ああ、今日はよろしく頼《たの》む」

意外としっかり丁寧《ていねい》な挨拶をした船長さんに、お父様が鷹揚に頷いた。

一通り挨拶が済んだら、大人達は打ち合わせを始めたので、側《そば》でじっとしながら聞いていても退《たい》屈《くつ》だから、私は帆船を眺めさせて貰うことにする。

もちろん、ちゃんとお母様に断ってよ？

だってジョルジュ君は相変わらず人見知りを発動中。

視線を感じるから私を気にはしているみたいなんだけど、シャット伯爵の側にいて私に話しかけてこないんだもの。

子供同士もっと交流すべきとは思うけど、私だって人見知りの男の子に無理に話しかけて尻込《しりご》みされるより、今の興味は帆船にある。

エマと手を繋ぎながら、船首から船尾《せんび》に向かって、船を見上げながら歩いてみた。

シャット伯爵家の帆船は、飽《あ》くまでも船旅をするための船で軍艦じゃないそうで、武装用の船首楼《せんしゅろう》を取り付けていないから、船首には船首像《フィギュアヘッド》が飾《かざ》られていた。

父と兄の話だと、中世になって船首楼の取り付けが主流になると船首像は廃《すた》れていって、十六世紀になって大型のガレオン船が普及《ふきゅう》して船の装飾《そうしょく》が派手になっていくと、また船首像を飾るのが流行《はや》っていったらしい。

そういう意味では、この帆船はあちこちに装飾が施《ほどこ》されていて、実用一点張りの他の商船と比べると、いかにも貴族の船って感じがする。

その船首像は、ゼンボルグ公爵領では一般《いっぱん》的な女神《めがみ》ポセーニアだ。

波打つ長い髪が裸身《らしん》の半分を覆《おお》い隠《かく》して、腰から下は、名前はよく知らないけど、ギリシャ神話の女神が着ているような薄布《うすぬの》を巻きスカートのように巻き付けてある。

商船で多いのは、両手を胸の前で交差させて胸を隠しているポーズだけど、この帆船では、右手に神話に登場する海の魔物を倒《たお》すための三叉の矛《トライデント》を携《たずさ》えて、左手に遭難者を導くランタンを掲《かか》げている。

凝《こ》っている分、さすが貴族の船と言う感じね。

ただし、両手が塞《ふさ》がっているから、胸は丸出しになっているけど。

だけど、仮にも海の女神を象《かたど》った芸術品だから、扇情《せんじょう》的ないやらしさは欠片《かけら》もなくて、子供が目にしても安心ね。

船の長さは大体十二メートル以上、十五メートルはないくらい。

全幅《ぜんぷく》は六メートルはありそうだから、全長が全幅の二倍から二・五倍くらいで、やっぱりずんぐりとした印象があるわね。

造形は、なんとなく十二世紀頃《ごろ》に主流だったコグ船に似ている。

そこは他の商船とあまり大きく変わらない感じね。

だけど、他の商船がコグ船そのままって感じなのに対して、この船にはコグ船と大きな違いがあった。

コグ船は、マストは一本で横帆が一枚だけの帆船なんだけど、この船はマストは二本で、横帆がそれぞれ一枚ずつ張ってあった。

コグ船と同時代から少し後に登場したハルク船とも違うけど、さらにその後のキャラック船やキャラベル船への過渡期《かとき》にある帆船なのかも知れない。

もっとも、単に考えすぎで、シャット伯爵が財力を誇示《こじ》するためにマストを増やしただけ、と言うオチかも知れないけどね。

甲板《かんぱん》には魔道具兵器の大砲《たいほう》が並んでいるのが見える。

桟橋には左舷《さげん》で接舷しているから片側しか見えないわけだけど、片側に五門並んでいるのが見えるから、全部で十門あるみたい。

軍艦ではないけど貴族が乗る船だし、海賊《かいぞく》に襲《おそ》われて人質《ひとじち》にされて身代金《みのしろきん》を要求されるなんてことがないように、抑止力《よくしりょく》のための武装かな。

大砲は、前世の時代背景で考えると、ようやく木製や青銅製の物が誕生し始めたばかりで、この船にも載《の》せてあるような、軍艦や海賊船がドカンドカン撃《う》ち合うイメージの鋳造《ちゅうぞう》でガッシリした大砲が登場するのは、本来だとまだ百年近く技術革新を待たないといけないんだけど。

この世界だと、火薬を使わない魔道具兵器として開発済みだからね。

「アラベルは船に乗ったことある？　船の上で戦える？」

「いえ、わたしも船は初めてです。揺《ゆ》れる船の上では戦いにくそうですね」

「くんれんすれば戦えそう？」

「う～ん……どうでしょう？　陸戦と海戦はかなり勝手が違うと言いますし、船上は狭《せま》く、船員も多く、帆を操《あやつ》るロープやマスト、大砲があって、陸の上と同じように戦うと言うわけにはいかなそうです」

「ふ～ん、そういうものなんだ」

そんな話をしていたら、どうやら大人達の話は終わったらしい。

「マリー、戻っておいで」

お父様に呼ばれてみんなの所に戻る。

「それではこれより皆様に乗船して戴きます」

いよいよ、初めての帆船だ。

「野郎《やろう》ども！　錨《いかり》を上げろ！　帆を下ろせ！」

船長さんの張り上げた、そんなお決まりの台詞《せりふ》に、私のテンションは爆上《ばくあ》がりだ。

「わあ♪」

程なく、桟橋を離《はな》れた帆船が、波の上を進んで岸から離れていく。

大きく見上げれば、風を孕《はら》んだ横帆が大きく膨《ふく》らんでいて、甲板では航海士らしい船員の掛け声に合わせて、他の十数人の船員さん達が復唱しながらロープを引っ張ったり緩《ゆる》めたりと帆を操作して、騒《さわ》がしく忙《せわ》しない。

だけど、やっぱりまるでアトラクションの帆船に乗っているみたいで、私のワクワクは鰻登《うなぎのぼ》りだ。

イメージは、眩《まぶ》しい日差しと潮風を浴びて、エメラルドグリーンの海の上を、颯爽《さっそう》と波を蹴《け》立《た》てて帆船が走っているそのもの。

まるでこれから冒険《ぼうけん》の旅に出発するみたいだ。

対して現実は、実は結構ノロノロ。

この時代の帆船の平均速度は三から五ノットと言うところ。

一ノットは一時間に一海里進む速度のことで、時速一・八五二キロメートル。

だから、岸を離れたばかりで沿岸部をゆっくりと進んでいるから、いいところ二ノットあるかどうかなんじゃないかしら？

つまり、ざっと時速四キロメートルもないってことになる。

性別や年齢《ねんれい》、健康状態によって人それぞれ歩く速さが違うから、人が歩く速度は平均して時速およそ二・九から三・六キロメートルくらいとも、健康な成人男性で時速四・七キロメートルとも言われている。

要は、帆船の速度って、歩いたりゆっくりジョギングしたりするのと大差ないってことなのよね。

さすがにこれを白い波を蹴立てて颯爽と海の上を走る、と表現するには、ちょっとのんびり行きすぎでしょう。

東西で貿易すると、片道一年や二年掛かってしまうのも無理ないと思うわ。

「わととっ……！」

しかもまあ、波のおかげでたまに大きく揺れる。

踏ん張っていないと転んでしまいそう。

それほど波が高いわけではないけど、やっぱり船がずんぐりむっくりしている上に、現代の船と比べたら構造的に安定性に欠けるから、どうしても大きく揺れてしまうんでしょうね。

「エマ、大丈夫？」

「は、はいお嬢様、なんとか」

エマも船が大きく揺れるたびにフラフラして、なんとか踏ん張っている。

たまにアラベルに支えられるおかげで、転ばずに済んでいる感じ。

そのアラベルは、さすが騎士《きし》として足腰《あしこし》を鍛《きた》えているおかげか、そうそう転んだりはしなさそうだ。

「船って、こんなに大きく揺れるものだったのね」

「大丈夫かい？」

「ええ、あなた」

お母様もお父様に支えられているから大丈夫そう。

お母様ったらちょっぴり頬《ほお》を染めてお父様を見つめていて、お父様もお母様をしっかりと抱き留めて見つめていて、両親がいい雰囲気《ふんいき》なのは見ていてちょっと照れるけど。

お父様は軍艦にも乗ったことがあると言っていたから、大きな揺れには慣れているんでしょうね。

それはシャット伯爵も同じ。

体型がふっくら小太りだから、重心が低くて安定感があるのかしら？

「でも、万が一転んで海に落ちちゃったとしても、平気よね」

ムフーとドヤ顔で鼻息も荒《あら》くなろうと言うものよ。

だって私達も船長さんも船員さん達も、全員ライフジャケットを着ているんだから。

水に強い帆布《はんぷ》で作られたベストのような形のライフジャケットは、生地《きじ》がゴワゴワするし、空気の代わりに中に入れている大量のコルク片がゴッゴッするし、ちっとも可愛《かわい》くなくてドレスにも合わないし、動きづらくて着心地《きごこち》も良くないけど。

ちょっとこの辺りは、大幅《おおはば》に改良の余地ありよね。

でも、私が考えて作った物が、製品として流通して、受け入れられ、こうして使われていると思うと、ちょっとくらい鼻が高くなっちゃうのも、ご愛敬《あいきょう》ってもんでしょう。

さらに船縁《ふなべり》には、要所要所に浮き輪も設置してあるのよ。

これで船乗り達の命が救われる可能性が高まったんだって、自分の仕事の成果が見られて、否応なくテンションが上がるわ。

上がったテンションに任せて、このまま海に飛び込んで、ほら見てすごいでしょうって、ライフジャケットと浮き輪の効果と有用性を実体験交えて披露《ひろう》したいくらいよ。ドレスだし、ドボン未遂もあるし、私以上にエマとアラベルが叱《しか》られそうだから、さすがにしないけど。

ただ、大人達はそういう事情を理解出来るから、ライフジャケットも我慢《がまん》出来ると思うの。

でも、子供はどうかしら？

それも貴族のお坊《ぼっ》ちゃんは。

着心地が悪いのダサいの動きにくいのって嫌《いや》がって、勝手に脱《ぬ》いじゃったりしないかしら？

そこのところ、ジョルジュ君はどうかなって思って振り向いたら――

「わわっ⁉」

――一際大きく船が揺れて、たたらを踏んでしまう。

「危ない！」

と、前のめりに倒れそうになった私を、なんと人見知りのジョルジュ君が素早《すばや》く駆け寄って、抱き留めるように支えてくれた。

さすが七歳とは言え貴族の男の子。

五歳の女の子を上手にぽすんとキャッチして、倒れず支えてくれた。

うん、人見知りなのに、紳士《しんし》的でとってもいい子ね。

攻略《こうりゃく》対象ではないけど、さすが乙女ゲームの世界だけあって、モブの男の子でも子供の頃からイケメン紳士なのかしら。

「ありがとうございます、ジョルジュ様」

腕《うで》の中で支えられながら顔だけ上げて、転びそうになった失態を帳消しにするように、そして目《め》一杯《いっぱい》の感謝を込めて、微笑んでお礼を言う。

「――っ⁉」

ジョルジュ君、またしても固まってしまった。

うん、人見知りなのに、五歳児とはいえ女の子と、それも公爵令嬢とこんな至近距離《きょり》で接触《せっしょく》しちゃったら、思い切り人見知り発動しちゃうわよね。

「お嬢様、大丈夫ですか⁉　遅《おく》れて申し訳ありません！」

アラベルが慌てて抱き留めていたエマをしっかりと立たせて、ジョルジュ君の腕の中から私を引き取って立たせてくれる。

「大丈夫。エマをありがとうね、アラベル」

「いえ。ジョルジュ様、お嬢様をありがとうございました」

アラベルがジョルジュ君にお礼を言うけど、ジョルジュ君は固まったままだ。

「申し訳ありませんお嬢様」

「エマも気にしないで。エマが転ばなくて良かったわ」

エマの所に戻ると、エマが心から申し訳なさそうに頭を下げる。

アラベルとしてはエマより私を先に、そしてエマは自分が倒れてでも私を先に、本来なら助けるべきだったんだろうけど、私がたたらを踏んで二人から離れちゃったこともあるからね。

多分エマもアラベルの方に倒れたんだと思う。

そうなったらアラベルが咄嗟《とっさ》にエマを抱き留めちゃうのも仕方ない。

「ありがとうございました、ジョルジュ様」

改めてにっこり微笑んでお礼を言うと、ようやく再起動しかけていたジョルジュ君が、またしても固まって動かなくなってしまった。

これ……本当に人見知りよね？

実は私、嫌《きら》われたりしていないわよね？

もし、本当は嫌いなんですなんて言われたら、ショックなんだけど。

「お嬢様……」

そんな内心が顔に出てしまったのか、それを見たエマがすごく残念そうな顔をする。

「お嬢様は本当にもう……いえ、お嬢様はわたしが守りますので」

アラベルにまで残念そうな顔をされてしまった。

解《げ》せぬ。

ちなみにジョルジュ君は、ちゃんと大人しくライフジャケットを着てくれていたので、よし。

それから、船の舳先《へさき》に立ったり船尾に立ったりして、流れる景色を眺め。

併走《へいそう》……と言うより、船足が遅いからどんどん追い越《こ》されているけど、周囲を飛ぶカモメを眺め。

大砲をペタペタ触《さわ》ってみたり、狙《ねら》いを付けて撃つ真似《まね》をしたりして遊び。

船の規模が小さいから、それに見合った狭さの船倉や船室を探検し。

手を繋いだエマを引っ張り回し、アラベルを連れ回し、初めての帆船を十分に堪能する。

その間、船は港から離れて、海岸沿いに一路西へ向かって航海していた。

ただし船足が遅いから、二十分かそこら、あちこち見て回って堪能したにもかかわらず、まだまだ港がよく見える距離だけど。

お父様とお母様、そしてシャット伯爵に船長さんや船員など、大人達は甲板に戻って来た私に微笑ましそうな顔を向けると、また何やら話し込んでいる。

無邪気《むじゃき》な子供って思われていそう。

いやまあ、事実そう見えているだろうけど。

そして否定も出来ないけど。

とはいえ、私だって、ただ単に初めての帆船が珍《めずら》しいから、無邪気にアトラクションの堪能やその裏側の見学気分で見て回っていたわけじゃない。

楽しんで堪能するのと同時に、様々に考えている道具を、果たしてどんな仕様で開発してどこに載せるか、そういったことを実地で観察するのも兼《か》ねていたから。

細々とした実務における話し合いはそのまま大人達にお任せして、私はそっちを考えようと思う。

と、思っていたら、ふと視線を感じて振り向く。

そうしたら、ジョルジュ君と目が合った。

たまたま……じゃないみたいね。

人見知りのジョルジュ君が、驚《おどろ》いたことに目を逸《そ》らしたり固まったりしないし。

大人達の話が難しくて飽きてしまったのかな?

「ジョルジュ様、船の旅は楽しいですね」

旅と言うほど大げさなものじゃないけど、せっかく話しかけるチャンスだから、そう声をかけてみた。

すると驚いたことに、今回は固まらず、逆に私に近づいてきた。

「マリエットローズ様は女の子なのに、そんなに船が好きなんですか？」

おおっ、挨拶以外で初めて声をかけられたわ。

嫌われていたわけじゃないみたいで、一安心ね。

これは子供同士、交流を深める絶好の機会。

「はい。好きと言うと、ちょっとご語弊《へい》があるかも知れないですけど、とても興味深いですね」

「ご、ごへ……？」

あ、七歳にはまだちょっと難しい表現だったかな。

言葉の意味をクドクド説明するのもあれだから、その疑問はスルーして、話を広げる方で。

「海って、広いですよね？」

「へ？　あ、ああ、そうですね」

「どこまでも続いていますよね」

「そうですね」

「このままこの船で一年、二年と旅をしても、まだまだ終わりが見えないくらい、広いんですよ」

「そんなに……ですか？」

うん、想像も出来ないみたい。

まだ子供だし、領主の息子ってこともあって、お屋敷《やしき》の中と見える範囲《はんい》の近場しか自分の世界の広さはないわよね。

「はい。そんなに遠いところまで行けて、そんなに遠いところから、見たことがない色の髪や肌《はだ》をした人、珍しい食べ物、珍しい動物などを、乗せて運んでこられるんです」

「それは……すごいですね。そんなこと、考えたこともなかった」

おお、ちゃんと会話が続いている。

人見知りでも、これだけの時間を一緒に過ごしたし、他に子供がいないから、ちょっとは打ち解けてくれたのかも知れない。

「お父様のシャット伯爵が、港を整備しているでしょう?」

「はい、父上が熱心にやっているみたいです」

「港が大きくなれば、そういう船が、もっとたくさんやってくるようになりますよ」

「そうなんですか?」

「はい。そして、珍しい物をたくさん運んで来てくれて、いっぱい見られるようになるんです。きっとシャット伯爵領は栄えると思います」

「えっと……そうなんですか?」

「はい、きっと」

領主の息子と言っても、この手の話はまだ早くて難しかったかな?

でも、何か思うところはあったみたい。

「マリエットローズ様に言われて、僕《ぼく》も少し船が身近に感じられるようになって、興味が出てきました」

「そう、それは良かったわ」

嬉《うれ》しくて、にっこり微笑んだら、ジョルジュ君はまた固まってしまった。

せっかく会話が弾《はず》んでいたのに、我に返って人見知りを発揮してしまったのかしら。

でも……うん、子供同士の交流としては、上出来じゃないかしら。

「お嬢様……いえ、それはそれとして、お嬢様以外の子供には、話題のチョイスが少し難しかったと思いますよ？」

背後からアラベルの呆《あき》れ混じりの溜息《ためいき》が聞こえてきたけど、そこはスルーで。

一応、ちゃんと交流出来たからいいのよ。


さて、ジョルジュ君はまた固まってしまったけど、子供同士の交流が成功したところで、そろそろ帆船に乗せて貰った今回の本当の目的について調査していこうと思う。

エマと手を繋いだまま、船長さんの所へ行く。

シャット伯爵の側に立って、大人同士の話し合いに加わっているけど、船長さんは平民らしいから、貴族のお父様達の会話に勝手に口を挟《はさ》むことは出来ない。

意見や説明を求められるまでは、黙《だま》って立っていないといけないわけね。

だから船長さんが説明を終えて、次の意見や説明を求められるまでのその隙《すき》に、船長さんの袖《そで》を引いて私に気付いて貰うと、一つお願いをしてみた。

「船長さん、海図を見せてもらえませんか？」

「お嬢様、海図とはまた難しい言葉をご存じですね。ですが申し訳ありません。海図はとても大切な物なので、おいそれと人に見せるわけにはいかないのです」

私が公爵令嬢だからか、子供だからと邪険《じゃけん》にしたり適当な説明で誤魔化《ごまか》したりしないで、丁寧に断る理由を説明してくれる。

とても好感が持てるわ。

地図は軍事機密として、とても厳重に管理されている。

万が一、敵の手に渡《わた》ってしまうと、こちらの地形および町や拠点《きょてん》を把握《はあく》されて戦争の時に適切な作戦を立てられてしまい、地の利を失ってしまうから。

だから、たとえそれが公爵令嬢であっても、物の道理がよく分かっていない子供だったとしても、おいそれと見せられなくて当然。

船長さんの対応は実に正しい。

「でも、そこをなんとかお願いできませんか?」

「う～ん、そう言われましても……」

と、ここで嬉しいことに、お父様から助け船が。

「船長、私からも頼む。マリーに海図を見せてやってくれないか。きっと何か考えがあってのことだろう」

「考えがあってのこと、ですか?」

五歳児が何を考えて海図を見たがるのか、想像も出来ないって顔ね。

厳《いか》つい髭面が歪《ゆが》んで睨《にら》んでいるみたいに怖《こわ》いけど、声音《こわね》からすると、単に困惑《こんわく》しているだけみたい。

「船長、構わない。マリエットローズ様なら大丈夫。見せて差し上げてくれ」

ここでシャット伯爵からも助け船を出して貰えた。

大事なお客様の公爵と、雇《やと》い主の伯爵からそう言われてしまったら、船長も断り切れなかったらしい。

「分かりました。おい、誰か海図を持って来てくれ」

「へい、船長！」

若い船員さんが船内に走って行って、海図を取ってきてくれる。

「どうぞ」

船長は手渡された地図をよく見えるように、私の隣にしゃがんで視線を合わせて見せてくれた。

見た目に反して、とっても優しい船長さんだ。

「ありがとうございます」

笑顔でお礼を言って、海図を眺める。

「やっぱり……」

思わず、そう小さく独りごちてしまった。

だって、色分けされていないし、うねうねとした線と、蛇行《だこう》した矢印と、町の名前や地名とおぼしき文字が大量に書き込んであって、ぱっと見ただけでは何が何やらだから。

船長が気を利かせて、地図上の一点を指さす。

「ここが先ほどの港町です」

言われてよく見れば、そこにはシャルリードと書き込んであった。

そこでようやく、うねうねとした線が目の前の海岸線を表していることが分かった。

蛇行する矢印は、海流かも知れない。

予想はしていたけど、実際に目にしたら想像以上だった。

そう、想像以上に分かりにくい。

海図にはそういう情報は書き込まれているけど、経度と緯度《いど》が分かる経線と緯線は書き込まれていない。

もっと言うなら、こっちが地図上の北だと分かるためのコンパス《羅針儀》のような矢印も書かれていない。

それらは、もう少し後の時代にならないと書き込まれるようにならないのよね。

だから地図としては、ぱっと見でどっちが北か分からないし、縮尺も不明で、色分けもないから海岸線のどちら側が陸で海かの判断も付かないし、とても見にくい。

しかもだ。

地図として最大かつ致命《ちめい》的な欠陥《けっかん》が他にある。

「ここは？」

私が地図上の一点、シャルリードから西にある岬《みさき》を指さす。

「ここはあの岬です」

船長が実際に船の進行方向にある岬を指さしてくれた。

「こっちは？」

次はシャルリードから東にある岬を指さす。

「ここはあっちの岬ですね」

船長が船尾方向に遠く見える岬を指さしてくれた。

地図にはシャルリードと二つの岬が書かれている。

だからこの地図と地形を比較《ひかく》すれば、ここがどこなのかちゃんと分かる……とは、とてもではないけど言えない。

だって。

「じっさいには港からあの岬の方が近くて、あっちの岬の方が遠いのに、海図だと、あの岬の方が遠くて、あっちの岬の方が近く見えます」

そう、実際の地形と地図の地形とが一致《いっち》していないのよ！

「ははは、実はそうなんですよ」

船長が困ったように笑う。

あの、そこは笑うところではないと思うのだけど？

だってこんな地図を使っていたら、遭難《そうなん》したらすぐに自分の位置を見失ってしまいそうじゃない。

「困ったことに、地図は作る者によって精度がまちまちでして。歩きやすい道がある陸の上でならともかく、海の上ではロープを張ったり、歩いて距離を測ったり出来ませんからね。もっとも、プロの技術者が作っている地図でそれですから、素人《しろうと》が作った物など目も当てられません。なので、より精度が高い地図を探し、買い求めるしかないのです」

船長さんは仕方なさそうに言うけど、仕方ないで済ませていい問題じゃない。

だって、慣れている近海や地形を把握している場所ならともかく、初めて行く場所では地図はほとんど役に立たないわけでしょう？

「船長さん、地図はどうやって作るんですか？」

「う〜ん、それは……」

船長さんが困ったように唸《うな》る。

地図と違って、測量技術までは軍事機密じゃなかったはず。

観測作業自体を船員に任せるにしても、航海中に船の現在地を観測して針路を決めないといけないわけだから、伯爵家に雇われている身元がハッキリしている船長さんなら、その辺りのことを知らないことはないと思う。

ああ、それとも、五歳児に説明したところで理解出来ないだろうって、そういうことかしら。

船長さんが困った顔のまま、お父様達を振り返った。

「構わない、教えてやってくれ。無邪気な好奇心《こうきしん》からくる興味本位ではなく、何か思案げな顔で尋《たず》ねているからね。やはりマリーには何か考えがあるのだろう。もしそれで何か不都合が起きれば、責任は私が持とう」

あら、お父様はそういう風に私を見ていたのね。

自分では気付かなかったわ。

お父様の隣でお母様も同じように頷いているから、本当にそうみたい。

公爵令嬢としては考えが顔に出てしまうのはマイナスだけど、お父様とお母様が私のことを理解してくれていて、ちょっぴり嬉しい。

「船長、公爵閣下の仰《おつしや》る通りだ。マリエットローズ様のご希望は可能な限り叶《かな》えて差し上げてくれ。それに、お教えすれば後々いいことがあるかも知れんぞ」

対してシャット伯爵は楽しげに、船長さんをからかうように助け船を出してくれた。

「はあ……そこまで仰るのでしたら」

五歳児に地図の作り方を教えて一体どんないいことがあるのか、と言いたげな、さっぱり分からないって微妙《びみよう》な顔でだけど、船長さんはようやく頷いてくれた。

「おい、あれを取ってきてくれ」

「へい」

地図を取ってきてくれた若い船員さんが側で控《ひか》えていて、またしても船長さんの指示で船内に走って行って、それを取ってきてくれた。

若い船員さんが抱《かか》えてきたその二つの道具を見て、すぐさま理解した。

やっぱり、って。

父と兄から聞いた通りだったみたい。

すでに答えを確信した私には気付かず、船長さんは丁寧に説明を始めてくれる。

「これは四分儀《しぶんぎ》と言って、自分達の位置を調べる道具です」

四分儀は、半円の分度器をさらに半分にした、四半分の扇形《おうぎがた》をしている。

円の四分の一の角度まで測れるから、四分儀と呼ばれているわけね。

分度器と同じく弧《こ》の部分に角度の目盛りが刻まれていて、直角の部分に錘《おもり》付きの紐《ひも》がぶら下がっているだけの、木製のとても簡単な道具だ。

「四分儀の使い方ですが、まず、この目盛りを下に向けて持ちます」

船長さんが、切ったスイカを食べます、みたいなポーズを取る。

スイカはアグリカ大陸原産で、ゼンボルグ公爵領では滅多《めつた》に出回らないし、高価すぎてまだ食べたことないけど。

是非、アグリカ大陸への直通航路を開拓《かいたく》して、スイカを食べたいわね。

「次に目印になる物、この場合は主に星や月、太陽ですが、そっちを向いて四分儀を目の前に翳《かざ》します」

船長さんは説明しながら実演して、直角部分を太陽へ向けて四分儀を構えて、四分儀を持つ角度を調整する。

「最後に、こうして自分の目と太陽を結ぶ直線上に、四分儀の直線部分が重なるように構えるわけです。すると垂れ下がっている錘付きの紐が、弧に刻まれた角度を指し示します。つまり、その角度が自分の現在位置になるわけです」

そう、その角度が緯度だ。

つまり四分儀は、緯度を測る道具と言うわけね。

この四分儀は構造が単純なだけに使い方も簡単で、記録では二世紀頃にはすでに使われていて、さらに十八世紀に八分儀や六分儀が登場するまで使われ続けた道具だ。

だけど四分儀は単純な分だけ、誤差もそれなりに大きくなってしまう。

しかも陸の上で使っているならともかく、揺れる船の上で使えば当然誤差はより大きくなる。

「こうすれば、今自分が地図上の南北どの位置にいるのか分かると言うわけです」

船長さんが海図の上で指を南北方向に動かした後、一点を指さした。

四分儀を使って求めた緯度からその地点を指さしたんだろうけど、緯線も経線も書かれていないし地図が不正確だから、本当に現在位置がその地点かは正直疑問だわ。

「お分かりになりましたか？」

「はい、大丈夫です」

笑顔で頷いたのに、船長さんは本当だろうかって半信半疑のままだ。

「次に東西の位置や距離の測り方についてですが、まずはこちらへ。落ちないよう気を付けて下さい」

船長さんが右舷の船縁へ案内してくれる。

お父様もお母様も、シャット伯爵もジョルジュ君も、みんな興味があったのか、話を一旦《いったん》止めて一緒に付いてきた。

もちろん、私はエマと手を繋いだまま、後ろにはアラベルが控えている。

「おい」

「へい」

船長さんの指示で、若い船員さんがもう一つの道具を海へと放《ほう》り込んだ。

「あっ」

驚いた声を上げたのは、ジョルジュ君とお母様だけみたい。

声を上げなかっただけで、エマとアラベルから驚いた気配はしたけど。

その海へと放り込まれた道具、木片を結びつけたロープは波間に浮かび、船の進みに従ってそのまま後方へと流れていく。

程なく、他の船員さん達がそのロープを引き上げて回収した。

「今の流れからすると、だいたい二ノットってところっす」

若い船員さんの報告に、船長さんが頷く。

「このように流れるロープの速さから船足を測ります。そうして船の速度と航海した時間から、どのくらいの距離を移動したのかを測って、現在位置を調べ、地形を地図に書き込んでいきます」

船長さんが海図の上で指を東西方向に動かした後、一点を指さした。

お父様とシャット伯爵は知っていたみたいだけど、知らなかったお母様やジョルジュ君達は感心した声を上げる。

私はと言えば……無言。

だって無言にならざるを得ないでしょう？

こんな測った人や波の高さや海流の速さによって大きく差が出る方法で、大体の速度を測って、大体の移動時間で、大体の移動距離を出して、それで地図を作ったり、東西の位置、つまり経度を求めたりしていたのよ？

そんなので正確な地図を作ったり、現在位置を把握したりなんて、絶対無理に決まっているじゃない。

現代の地図に比べて中世の地図が結構おかしな形をしていたのも納得《なっとく》よね。

こんな地図を使っていたら、新大陸の発見はおろか、アグリカ大陸との直通航路でだって、何かあればすぐに自分達の位置を見失って遭難してしまうわ。

そんな状況《じょうきょう》で送り出すなんて、死んでこいって言っているようなものじゃない。

事実、こんな精度の地図を使っていた大航海時代やそれ以前の時代では、遭難して生還《せいかん》出来なかった船は結構多かったらしいもの。

「説明は以上です。お分かり戴けましたか？」

「はい。船長さん、ていねいな説明をありがとうございました。とても分かりやすかったです」

にっこりお礼を言ってから、考える。

これは覚悟《かくご》を決めないといけない。

「やはりお嬢様には難しかったのでは？」

「いや、理解出来たのだろう。あれは何かを思い付いて考え込んでいる顔だね」

「ほほう。今度は一体どんな発想を見せてくれることか、実に楽しみですな」

「は、はあ……そうなのですか？」

お父様達が何やらゴチャゴチャ言っているけど、私はそれどころじゃない。

私はこれから、とても五歳児が思いつけるようなものじゃない道具について、お父様にどうプレゼンするか、そしてそのことでお父様にどう思われるか、覚悟を決めないといけないんだから。


シャルリードからはそれほど離れず、周辺をぐるっと回って港へ戻って来たのは、太陽が水平線にかかり、今にも沈《しず》もうとしていた頃だった。

船上で眺める、エメラルドグリーンの海を茜色《あかねいろ》に染め上げるその光景はとても綺麗で、みんな息を呑《の》んでその光景を眺め続けた。

船遊びの締《し》めくくりにとても素敵な光景を見られて、きっとそれを狙って戻って来ただろう船長さんには、その粋《いき》な計らいにとても感謝だ。

「皆様、足下《あしもと》に気を付けて下船して下さい」

「わわっ!?」

タラップを下りて桟橋に着くと、桟橋《地面》が大きく揺れていて思わずフラフラとしてしまう。

もちろん、桟橋が揺れているんじゃなくて、船の揺れに慣れた三半規管がそう錯覚《さっかく》しているだけだけど。

「あら？　あらら？」

それはお母様も同じで、お父様にひしっとしがみついている。

「お、お嬢様、地面が揺れていますよ!?」

エマもフラフラしながらビックリしている。

「ははは。皆様、地面が揺れているわけではなく、船の揺れに身体が慣れた後だと、陸に上がったら何故《なぜ》かそうなってしまうんです。大丈夫、すぐ元に戻りますよ」

船長さんが笑ってそう教えてくれる。

さすがに何故そんなことが起きるのかまでは知らないみたいね。

中世は教会のせいで医学が発達していなかったから。

三半規管が平衡《へいこう》感覚を取り戻し、ようやく真《ま》っ直《す》ぐ立てるようになって紳士淑女《しゅくじょ》としての体裁《ていさい》を保てるようになった頃、お父様達と船長さんが挨拶を交《か》わす。

「世話になった船長。とても有意義な船旅だった」

「わたしも、初めて船に乗ったから、初めてのことばかりでとても楽しかったわ。リシャール《夫》がとても頼《たよ》りになるところも見られたし」

お母様はほんのり頬を染めてお父様を見て、お父様も微笑んで見つめ合う。

さすが美男美女の公爵と公爵夫人、夕日に照らされた海と帆船をバックに、とても絵になるわ。

うん、夫婦《ふうふ》仲が良好で、娘《むすめ》としては大満足です。

「お嬢様も楽しんで戴けましたか?」

「はい。とても興味深く、ゆういぎなお話も聞かせていただいて、楽しい船旅でした。船長さんのお話は、きっと活《い》かしてみせますね」

「そ、それはどうも……ご丁寧に?」

やっぱり最後まで半信半疑みたい。

それも仕方ないけど。

それから一晩お世話になるため、シャット伯爵の別邸へと向かう。

「ジョルジュ様はいかがでしたか?」

船の上では少し交流が持てたからその勢いを借りて、歩調を合わせて隣に並んで聞いてみる。

「そ、そうですね、僕も知らないことがたくさんあって、興味深かったです」

「ふふ、そうですよね? とても興味深かったです。頭では知っていたつもりでしたけど、実際に見て、聞いて、体験することで、ただの知識ではなく、生きた経験になると思いませんか?」

「生きた経験……」

さすがに七歳にはちょっと感覚的に難しかったかな?

でも、何かしら感じ取れたことがあるみたい。

「なんとなく分かります。剣《けん》は危ないって分かっていても、自分で振って、怪我《けが》をしたりさせたりして、本当に危ないんだって分かるみたいな感じのこと、ですよね？」

「そう、それです！　それが生きた経験です」

「マリエットローズ様が最初に言っていた通り、船は遠い海の果てまで行って、珍しい物をいっぱい載せてくるんだなって思ったら、なんだか格好《かっこう》良くて。でも、あんなに揺れて、海に落ちそうになるのが怖いものだとは思ってもいなかったから。今日はいっぱい色々な発見がありました。これもマリエットローズ様のおかげです」

いっぱい喋ってくれて、すごく嬉しい！

これは、大分仲良くなれたんじゃない？

「ジョルジュ様はいずれ伯爵家を継《つ》ぐ方ですから、今の内にいっぱい色々なものを見て、聞いて、生きた経験をすれば、きっとりっぱな領主様になれますよ」

そうすれば、人見知りを直す切っ掛けになるかも知れないし。

人見知りのジョルジュ君が共感してくれて、なんだか嬉しくてにっこりと微笑む。

途端に固まって、足を止めてしまったけど。

やっぱりこんな短い時間では、完全に人見知りの対象から外れてくれないみたいね。

今日はこれからお屋敷で、ちょっとした晩餐《ばんさん》会を開いてくれるらしいから、そこでもう少し話をして私に慣れて欲《ほ》しいわ。

「マリー」

「はい、お父様」

呼ばれてお父様とお母様と一緒に並ぶ。

「実際に船に乗って船長から話を聞いて、マリーが何を思い付いたのか、聞かせてくれるかい？」

「はい、お父様。ですが、ここではちょっと……家に帰ってからでもいいですか？　準備したい物があるので」

こんなことならもっと早く覚悟を決めて、プレゼン用の資料を準備しておくんだった。

「ふむ、随分《ずいぶん》と大がかりなことを考えたみたいだね。分かった。では後日、マリーの準備が整ったら声をかけてくれ。時間を取ろう」

「はい、よろしくお願いします」

お父様との話が終わったらお母様がすかさず私の隣に立って、手を繋いでくれる。

「マリーは本当にすごいわ。自慢《じまん》の娘よ」

「ありがとうございます、お母様」

照れる。

でも嬉しい。

それから屋敷に戻って晩餐会で、明けて翌日、お父様は忙しい身なので、朝からすぐに出立《しゅったつ》して家へ帰ることに。

早朝から慌ただしかったのに、シャット伯爵一家と使用人が総出で見送ってくれた。

その時。

「僕はもっと色々な経験をして、立派な男になってみせます」

なんだか重大な決意を固めたらしい男の子の顔で、最後にジョルジュ君がそう言って見送ってくれる。

よく分からないけど、きっといい変化なのよね。

「では、次にジョルジュ様にお会いする時が楽しみですね」

激励《げきれい》するように微笑むと、やっぱり固まられてしまったけど。

うん、頑張《がんば》れジョルジュ君。

人見知りを克服《こくふく》してくれる時を、楽しみにしているから。

後ろから、エマとアラベルの残念そうな溜息が聞こえてきた気がするけど、きっと気のせい。

だって溜息を吐《つ》かれるようなこと、何もしていないもの。

◆◆

「ゼンボルグ公爵家のマリエットローズ様が、帆船に大変ご興味がおありのようでな。我が家自慢の帆船で、一度船遊びをさせて差し上げたい。ご招待するのでくれぐれも失礼のないように。特にジョルジュ、お前は年も近い。二つ年上の紳士として、マリエットローズ様をエスコートするんだ」

一家団欒《だんらん》のリビングじゃなく、父上の執務室《しつむしつ》に母上まで呼ばれて、そう怖い顔で言われた。

いつも穏やかで愛想のいい顔をしているのに、仕事となると、しかもことゼンボルグ公爵家が絡むと、人が変わったみたいに怖くて厳しくなる。

僕はそれを聞いて、父上に恥《はじ》を掻《か》かせないよう、シャット伯爵家のために完璧《かんぺき》にこなしてみせよう——なんて思うわけがなく、うんざりした気分になった。

「馬鹿馬鹿しい。なんで公爵家のお嬢様のわがままのために、わざわざそんなことを。うちに招待なんてしなければ良かったのに。本当に父上は格好悪い」

とは、さすがに面と向かっては言えなかったけど。

だって父上は格好悪い。

太ってるとかどうとかじゃなくて。

いくら公爵家が伯爵家より爵位が上だからって、へこへこ媚《こ》びへつらって、五歳のわがまま令嬢のご機嫌取りなんてしてさ。

しかも、そのまだ五歳の女の子に心酔《しんすい》してるんだ。

「マリエットローズ様は大変賢《かしこ》くていらっしゃる」

「マリエットローズ様の見識と発想は大変素晴らしい」

「マリエットローズ様のおかげで、我がシャット伯爵家は、ゼンボルグ王国当時の隆盛《りゅうせい》を取り戻すことが……いや、それ以上の隆盛を誇《ほこ》ることとなるだろう」

二言目にはマリエットローズ様、マリエットローズ様って、言ってて恥《は》ずかしくないのかな。

「お前も家庭教師からの評価は高いが、それでもマリエットローズ様に比べたらまだまだだ。もっとマリエットローズ様を見習ってしっかり学びなさい」

これにはさすがの僕もむっときた。

僕はこれでも、家庭教師達から物覚えが良くて理解力も高くてすごいって、将来はきっと立派な領主になれるって、毎日のようにいっぱい褒《ほ》められてるんだ。

僕より頭のいい子供なんて、きっと世界中探してもいないんじゃないかな。

そんな僕を二つも年下の女の子と比べて、まだまだで、見習えなんて、父上はやっぱりどうかしてる。

五歳の女の子に……いや、何年も前からこんな感じだから、まだ三歳くらいか？

三歳の女の子に何を言われたのか知らないけど、こんな父上、格好悪くて見たくなかったよ。

そんな風に思ったのは僕だけじゃなくて、母上もだ。

だから、そんな父上と母上は、最初は何度も喧嘩《けんか》したらしい。

一時期、父上と母上が揃《そろ》ってる部屋に入るの、ギスギスして二人が怖くて嫌だったから。

使用人達も陰《かげ》でそんなことを噂《うわさ》してたし。

でも今では、母上までニコニコして『マリエットローズ様には感謝しかないわ』なんて言い出す始末だ。

しかも、父上と母上の喧嘩の原因になったゼンボルグ公爵家とマリエットローズ様のことを陰で悪く言ってた使用人達まで、最近はゼンボルグ公爵家のおかげ、マリエットローズ様のおかげなんて好意的に噂し始めてる。

お付き侍女のアンヌまで、最近は『ジョルジュ様、いつか立派な領主様になって、ゼンボルグ公爵家にお返しをしないといけませんね』なんて言うようになったんだ。

大人達がみんな揃ってこんな風になっちゃうなんて、最近は格好悪いを通り越して、なんだかちょっと気持ち悪い。

なんでもそのマリエットローズ様は、一部の船乗り達から『ポセーニアの聖女』って呼ばれてるらしい。

五歳の女の子が聖女様って、なんの冗談《じょうだん》だよ。

大人の父上も母上も、使用人達や船乗り達までそんな風に変えちゃうなんて、本当は『聖女』じゃなくて『魔女』なんじゃないか？

そっちの方がよっぽどしっくりくる。

そう納得した途端、ブルッと震《ふる》えがきた。

だって思い出したんだ。

小さい頃に読んで貰った絵本に書いてあった魔女のことを。

もうずっと昔のことだけど、この世界には魔法があって、絵本の魔女みたいに呪文《じゅもん》を唱えて魔法を使う、魔法使い達がいたらしい。

今ではその魔法は失われてしまってるけど、その名残《なごり》が魔道具なんだって。

でも、今でもどこかに悪い魔女が生き残っていて、悪い子の所に現れては、怖い魔法で悪い子にお仕置きして酷《ひど》い目に遭《あ》わせるんだって。

僕ももっと小さい頃は、アンヌから『いい子にしていないと、怖い悪い魔女が攫《さら》いに来ますよ』って、何度もそう言われたから。

もしかしたら……そのマリエットローズ様は、その悪い魔女か、悪い魔女の生まれ変わりなんじゃないか？

それで父上や母上、使用人達や船乗り達を操って、悪いことを企《たくら》んでるのかも。

そう思ったら、すごく納得出来た。

「だったら僕が……怖いけど僕が、父上と母上を守らないと」

悪い魔女のマリエットローズ様に騙《だま》されていない僕だけが、みんなを助け出せるんだから。

そして遂《つい》に、ゼンボルグ公爵家の方々が……悪い魔女のマリエットローズ様がやってくる日になった。

「どうしたジョルジュ、緊張《きんちょう》しているのか？　大丈夫、公爵閣下も公爵夫人も、とても気さくで穏やかで素晴らしい方々だ。マリエットローズ様も利発で礼儀正しい、とても五歳とは思えないほどにしっかりされた方だ。そう緊張せずとも良い」

悪い魔女にたぶらかされてる父上の言葉なんて信じられない。

緊張するに決まってる。

だってこれから僕は一人で悪い魔女と戦って、その化けの皮を剥《は》いで、みんなを正気に戻さないといけないんだから。

屋敷の外、玄関《げんかん》の前にずらっと使用人達を並べて待つことしばし。

やってきたすごく豪華《ごうか》で立派な馬車を出迎《でむか》える。

この馬車の中に悪い魔女が乗ってるんだって思うと、心臓が飛び出してしまいそうなくらいバクバクと跳《は》ねて、手の平が汗《あせ》でびっしょりになってしまった。

やがて僕達の前で馬車が停《と》まって、いよいよ扉《とびら》が開く。

「さあ来い、悪い魔女め！」

震えそうになる拳《こぶし》を握り締めて、心の中でそう叫《さけ》ぶ。

そして現れたのは……おどろおどろしい悪い魔女じゃなかった。

その日、僕の前に、一人の天使が舞《ま》い降りた。

可愛い……。

可愛い。

可愛い！

可愛い可愛い可愛い‼

こんな可愛い子、見たことがない‼

「お招き戴きありがとうございます、シャット伯爵、伯爵夫人」

笑顔もすごく可愛い！

カーテシーも綺麗で、大人の貴婦人みたいにすごく立派だ！

「マリエットローズ様は、息子に会うのは初めてでしたな」

父上に背中を軽く叩かれて、はっと我に返る。

「は、初めてお目にかかります。シャット伯爵家長男、ジョルジュ・ラポルトです」

噛《か》んだ⁉

恥ずかしい‼

まさかこの僕が女の子相手に緊張するなんて！

これまでも、いろんな下級貴族のご令嬢達や、同じ伯爵や、上の侯爵《こうしやく》家のご令嬢達と会ったことあるけど、みんな綺麗だったり可愛かったりしたけど、緊張して失敗したことなんて一度もなかったのに！

「初めまして、ゼンボルグ公爵家長女、マリエットローズ・ジエンドです」

その柔《やわ》らかく優しい微笑みに、ドキンと心臓が跳ねて、かあっと顔が、身体中が熱くなる。

天使だ……。

聖女様だ……。

誰だよ悪い魔女なんて言った奴《やつ》！

「マリエットローズ様とは年も近い、是非仲良くしてやって下さい」

父上の言葉に、さらに顔中が熱くなって、息が詰《つ》まる。

だって爵位が下の男爵や子爵がご令嬢を僕に紹介《しょうかい》するとき、いつもみんな『うちの娘と是非仲良くして下さい』って言うんだ。

その仲良くの意味は『みんなジョルジュ様に気に入られて、ご結婚《けっこん》したいと思っているからです』ってアンヌが言ってた。

つまり父上は……！

「はい、こちらこそぜひ」

マリエットローズ様がそう微笑んだのを見て、頭に血が上ってクラクラして、煩《うるさ》いくらいドキドキと心臓が跳ねる。

僕はもう七歳。

マリエットローズ様は五歳。

伯爵令息と公爵令嬢の立場を考えれば、そろそろ婚約者がいたっておかしくない。

ど、どうしよう……まさか父上がそんな風に考えてたなんて。

それならそうと、最初から言ってくれてれば良かったのに！

「ジョルジュ様は、帆船はお好きですか？」

「は、はい」

「すてきですよね、帆船」

「は、はい」

「わたし、きょうみを持つようになったのは最近ですが、今日を楽しみにしていたんです」

「は、はい」

駄目だ、マリエットローズ様が可愛すぎて、話が頭に入ってこない！

気付いたら、港に移動していた。

「お〜ふ〜ね〜！」

船を見て、万歳しながらマリエットローズ様がはしゃぐ。

こうしてると普通の女の子みたいだ。

でも、僕は段々と、マリエットローズ様って何か変だって思うようになってきた。

だって。

船が大好きではしゃいでるのは分かるのに、勝手に船を見に行ったりしないで、ちゃんと公爵夫人の許可を貰ってから、駆け出したりせずにお付きメイドと手を繋いで、大人しくいい子にして、興《きょう》味津々《みしんしん》の顔で船を見てる。

出港してからも、テンション高くはしゃいでるけど、勝手に動き回ったりしないで、きちんといい子にしてる。

最初は、『船が好きなんてご令嬢、変わってるな』ってくらいだったけど。

「危ない！」

「ありがとうございます、ジョルジュ様」

マリエットローズ様が倒れそうになったのを助けたときとか、何故かその後、我に返るとすごく時間が経ってたりする不思議な出来事が何度も起こったりしたけど。

「ジョルジュ様、船の旅は楽しいですね」

そう話しかけられたから、意を決して聞いてみたんだ。

「マリエットローズ様は女の子なのに、そんなに船が好きなんですか？」

って。

「はい。好きと言うと、ちょっとご語弊《ごへい》があるかも知れないですけど、とても興味深いですね」

「ご、ごへ……？」

なんだか、五歳の女の子と話してるとは思えないくらい、難しい返事をされた。

それから続いた会話で、僕はマリエットローズ様を変だと感じた理由が少しだけ分かった。

「海って、広いですよね？」

「へ？　あ、ああ、そうですね」

「どこまでも続いていますよね」

「そうですね」

「このままこの船で一年、二年と旅をしても、まだまだ終わりが見えないくらい、広いんですよ」

「そんなに……ですか？」

「はい。そんなに遠いところまで行けて、そんなに遠いところから、見たことがない色の髪や肌をした人、珍しい食べ物、珍しい動物などを、乗せて運んでこられるんです」

そう言いながら、海の向こうを見つめる目が、なんだか全然子供っぽくなくて。

「それは……すごいですね。そんなこと、考えたこともなかった」

頭がいいっていっぱい褒めてくれる家庭教師からは、そんなこと一度も教わったことなくて、本当に考えたこともなかったんだ。

「そうなんですか？」

「港が大きくなれば、そういう船が、もっとたくさんやってくるようになりますよ」

「はい。そして、珍しい物をたくさん運んで来てくれて、いっぱい見られるようになるんです。きっとシャット伯爵領は栄えると思います」

「えっと……そうなんですか？」

「はい、きっと」

確信したように頷いたマリエットローズ様が、まるで大人の人みたいに見えた。

僕を真っ直ぐ見てるけど、僕じゃない、もっとどこか遠くを見てるようで、その顔は五歳の女の子のはずなのに、もっと大人の女の人と話してるみたいで……。

父上が心酔してる理由は、こんなところにあるのかなって、ふと思った。

そう思うと、なんだか不思議な気分で、僕もその光景を見てみたくなったんだ。

「マリエットローズ様に言われて、僕も少し船が身近に感じられるようになって、興味が出てきました」

だから、素直《すなお》に、自然と、そんな言葉が出てきた。

「そう、それは良かったわ」

その微笑みを見た瞬間、はっと我に返ったら、またすごく時間が経ってたけど。

……もしかして魔法？

マリエットローズ様は、本当に魔女じゃないよね？


マリエットローズ様の言動は、そこからもっと驚きの連続だった。

お付きメイドや護衛の女騎士を連れて、船のあちこちを見て回り始めたんだ。

だから興味半分、心配半分で、僕もこっそり後を付けてみた。

最初は大人達の話に飽きたからなのかと思ってたら……。

「ここ、ちゅうぼう《厨房》ですか？　船ではどんな風に調理をして、どんな物を食べているんですか？」

船員にそんなことを聞き始めたんだ。

荒くれ者ばかりだから、きっと小さな女の子の相手なんて慣れてないんだと思う。

最初、船員達はみんな困ったように顔を見合わせるばかりだった。

だから、物陰に隠れてる僕が顔だけ出して、『公爵家のお嬢様なんだから、ちゃんとしないと父上に言いつけるぞ』って顔で睨んでやったんだ。

なんでマリエットローズ様がそんなことを知りたいのか分からない。

だけど、マリエットローズ様が知りたいことの答えを聞けば、僕もマリエットローズ様が見てる景色を見られるんじゃないか、そう思ったから。

「船が燃えないように石のタイルで囲ってるんですが、火の扱いは注意しながら、一度に大量に作れるスープが多いですね。生肉も野菜も日持ちしませんから、港に寄るたびに新鮮《しんせん》なのを買い付けるんで、その材料を見てメニューを決めます」

「そっか……まだ沿岸部の航路だから、別に保存食でなくてもいいのよね。でも、今後はそうはいかなくなるから……」

話を聞くと、マリエットローズ様は難しい顔になって、何か難しいことをブツブツ言い出す。

僕にはマリエットローズ様が何を聞きたくて、話を聞いて何をそんなに真剣に考え込んでるのか、半分も分からなかった。

船員達も、困ったように肩を竦《すく》めてる。

でもきっと、マリエットローズ様が真剣な顔になる、何かがあったんだろう。

それからも船員の船室や、貴族用の客室、船倉と、あちこちを見て回っては、船員に話を聞いて、何事かを考え込む。

結局、僕には半分も分からなくて……。

ふと、そんなマリエットローズ様に見覚えがあるのを感じた。

マリエットローズ様とは今日初めて会ったばかりなのに、なんでそんなことを思ったんだろう？

僕も考え込んで、すぐに思い当たった。

父上に似てたんだ。

領主がどんな仕事をしてるのか見学しなさいって父上に連れられて行った先で、大人から色々な話を聞いて色々と考えている父上と、そっくりな目と顔をしてる。

しかも。

「船長さん、海図を見せてもらえませんか？」

「船長さん、地図はどうやって作るんですか？」

そんなことを言い出した。

「船長、私からも頼む。マリーに海図を見せてやってくれないか。きっと何か考えがあってのことだろう」

「船長、構わない。マリエットローズ様なら大丈夫。見せて差し上げてくれ」

なのに公爵様も父上も、そんなことを言うんだ。

たった五歳の女の子を信じてる顔で。

何かとんでもないことをするのを期待してるように。

その後の船長の説明は、僕には難しすぎてほとんど意味が分からなかった。

何をやってるのかは分かったけど、それがどういう意味を持つのかが分からなかったんだ。

なのに公爵様も父上も、マリエットローズ様は全部理解して、その上で何かを思い付いて考えてるって言う。

信じられなかった。

信じられなかったけど……。

「マリエットローズ様は大変賢くていらっしゃる」

「マリエットローズ様の見識と発想は大変素晴らしい」

まるで悪い魔法にかかったみたいに心酔してる父上の言葉がふと頭をよぎった。

父上と同じ目と顔をしてたマリエットローズ様なら、もしかしたら本当に……。

こんなこと思う方がどうかしてるけど、マリエットローズ様は五歳の女の子の見た目をしてるだけで、中身はもう大人なのかも知れない。

そしてその日の夜、晩餐会が終わってから父上の執務室に呼び出された。

「ジョルジュ……お前には酷《こく》な話になるが、勘違《かんちが》いしたままでいるよりいいと思うから敢《あ》えて告げよう。私はお前とマリエットローズ様との結婚は考えていない」

まるで頭を殴《なぐ》られたみたいな衝撃《しょうげき》が襲ってきた。

「だ……だって、父上は挨拶の時……『是非仲良くしてやって下さい』って……」

「やはりあれで勘違いしたか……済まんな、あれは文字通りの意味で、裏も表もない」

そんな……。

「そもそも、ゼンボルグ公爵家とシャット伯爵家の仲は良好だ。婚姻《こんいん》を結ばずとも、その関係を維《い》持《じ》出来る。今後、マリエットローズ様のおかげで、ゼンボルグ公爵領全てが富み栄え、ゼンボルグ公爵家とシャット伯爵家は豊かになるだろう。わざわざ婚姻を結ぶ意味もメリットもない。恐《おそ》らくマリエットローズ様は、中央の公爵家か侯爵家へ嫁《とつ》ぐか、婿《むこ》を迎《むか》えて、中央とのパイプを作ることになるだろう」

なんで僕とマリエットローズ様が結婚することに意味やメリットがないのか、難しくて分からない。

分からないけど、父上がいつも言ってる僕達ゼンボルグ公爵領を馬鹿にしてる中央の貴族なんかと結婚しなくちゃいけないなんて、マリエットローズ様が可哀想だ！

「そしてそれはジョルジュ、お前もだ。それが、シャット伯爵家のため、ひいてはゼンボルグ公爵家、ゼンボルグ公爵領全てのためになる」

「納得できません……！」

搾《しぼ》り出した僕の言葉に、父上が大きく溜息を吐いた。

「だろうな」

そう思うなら、なんでそんな酷いことを言うんだよ！

知らず唇《くちびる》を噛みしめ、拳を握り締めてた僕を、父上が可哀想な子を見るような目で見てきた。

悔《くや》しかった。

悲しかった。

「分かった。お前がどうしてもマリエットローズ様を諦《あきら》めきれないと言うのなら、力を貸そう」

「えっ⁉　でも、父上、いま……」

「不服なら、それでも構わないが」

「い、いえ！　父上、力を貸して下さい！」

「そうか、分かった」

父上は頷いた後、仕事の時みたいに厳しく怖い顔になった。

「本気でマリエットローズ様と結婚したいのなら、今以上に死に物狂《ものぐる》いで学び、見聞を広め、励《はげ》み、努力しなさい。しかも生半な努力や成果では見向きもされないと、そう覚悟を決めなさい」

重く、脅《おど》すような言葉に、思わずゴクリと生唾《なまつば》を飲み込んでしまう。

「勉強が出来る？　シャット伯爵家の将来は安泰《あんたい》？　その程度では歯牙《しが》にもかけられないぞ」

「……⁉」

「お前が治めるのは、シャット伯爵領などと言う一領地ではなく、ゼンボルグ公爵領全てとなるのだ。ゼンボルグ公爵領を治めるに値《あたい》する男、その評価を得られて初めて勝負の舞台《ぶたい》に立てると思いなさい。言っておくが、そのくらいの男は、中央や他国を探せばいくらでもいるのだからな」

「……っ！」

僕以上に優《すぐ》れた子供がいるわけがない。

昨日までの僕なら、きっと即座《そくざ》にそう言い返してた。

でも、言葉が出なかった。

それがなんの根拠《こんきょ》もない思い上がりだったって、今日知ってしまったから。

「五歳にして……いや、たった三歳にしてゼンボルグ公爵領全てを豊かに治められると、私達に期待と確信を抱かせた、あのマリエットローズ様の隣に夫として立つその意味を、まずお前は理解しなくてはならない」

マリエットローズ様のあの大人のような目を、表情を思い出して、またしても生唾を飲み込む。

マリエットローズ様が聞いた話を、話していることを、ほとんど理解出来ない僕では、全く相手にもされない、そう理解したから。

「マリエットローズ様と比して決して劣《おと》らぬだけの知識と教養、そして視野の広さと発想力を身に付けなさい」

それは、きっと並大抵《なみたいてい》のことじゃない。

「公爵閣下から『ご子息は大変優秀《ゆうしゅう》だと聞いている。シャット伯爵家は安泰だな』などと言われている段では、お話にもならないぞ。『シャット伯爵家の跡取《あとと》りを奪《うば》うようで心苦しいが、マリーの夫となって、あの子を支えてやって欲しい』、そう言わしめて、初めてようやく可能性が見えてくる話なのだ」

「……分かり、ました」

その日、僕は覚悟を決めた。

そして翌日の見送りの時、その覚悟を、決意を、マリエットローズ様に伝えた。

「僕はもっと色々な経験をして、立派な男になってみせます」

「では、次にジョルジュ様にお会いする時が楽しみですね」

その微笑みに全身が熱くなって、気付いたらすでに馬車はなくて、マリエットローズ様達は帰った後だった。

そして僕は、その日から努力の鬼《おに》になった。

# ◆第四章　バロー卿《きょう》をして天才と言わしめた魔道具師《まどうぐし》

「パパ、お時間取ってもらっていいですか？　準備ができました」

屋敷《やしき》に帰ってきてから数日、私はプレゼン用の資料をまとめて、お父様の執務室《しつむしつ》を訪ねた。

内政のお手伝いやら計画の立案やら、すでに私の仕事部屋も兼《か》ねているお父様の執務室だから、遠《えん》慮《りよ》なく入って、そうお父様に時間が取れないかお伺《うかが》いを立てる。

「思ったより時間が掛《か》かったね。それだけの話と言うことか。分かった、これから話を聞こう」

「いいんですか？」

「もちろんだよ。善は急げと言うだろう。マリーも気が急《せ》いているようだしね」

船の上でも思ったけど、私の考えなんてお父様には丸分かりみたい。

嬉《うれ》しいやら、困ったやら。

いずれ、公爵令嬢《こうしやくれいじよう》らしく、考えを表に出さないミステリアスな淑女《しゆくじよ》にならないと。

でも、今はそれより急ぎの大事な話がある。

やると決めたからには早ければ早い方がいい、待ったなしの案件なのよ。

と言うわけで、早速《さつそく》構想を切り出す。

「パパ、『ろくぶんぎ《六分儀》』と『らしんばん《羅針盤》』を作りたいです」

そう、ずっと考えていた作るべき航海術を助ける道具とは、前世でも世紀の大発明だった『六分《ろくぶん》儀《ぎ》』と『羅針盤《らしんばん》』のこと。

これがあるとないとじゃ、航路を定めるのも、遭難《そうなん》時の生還《せいかん》率も、大きく違《ちが》ってくることになる。

実際に帆船《はんせん》に乗せて貰《もら》って、地図や測量方法を見せて貰って、強く実感したから。

「またしても突然《とつぜん》だね。ん〜……それが具体的にどのような物かは分からないが、『四分儀』では駄《だ》目《め》なんだね？」

「はい、全然駄目です」

「『羅針盤』だってあるが、それも駄目なのかな？」

「はい、全然駄目です。沿岸近くを航海するだけならまだしも、外洋にこぎ出して新大陸を目指すなら、もっと性能が高くて信頼《しんらい》できる物じゃないと」

今でも船乗り達《たち》は古くから伝わる、構造がすごく単純な『四分儀』を使っているけど、『六分儀』の方が優秀《ゆうしゅう》なのは歴史が証明しているもの。

この世界の航海術の発達具合だと、そこだけ見れば今は西暦《せいれき》にして千三百年前後、およそ十三世紀末から十四世紀初頭くらい。

そして『六分儀』が登場するのはまだ四百年以上は先の十八世紀だから、やっぱりこれもオーパーツになるわね。

出典は、相変わらず前世で父と兄に酒の席で散々聞かされた話から。

構造や使い方は、話だけじゃなく画像まで見せられていたから大体覚えている。

これがあれば、緯度《いど》と経度を今より正確に計測することが可能になるのよ。

ただ、今回の話は、単に子供が大きなお船だとたくさん運べると思い付いたとか、他にも未発見の大陸があってもおかしくないよねとか、魔道具作ってみたいですとか、その程度の可愛《かわい》い発想じゃない。

明らかに、最先端《さいせんたん》の学問や技術が関《かか》わってくる、その道の権威《けんい》の学者が切り出しそうな段違いにレベルが高い難しい話ばかりになる。

正直、いくらなんでも子供がしていい話を相当逸脱《いつだつ》すると思うから、躊躇《ちゅうちょ》する気持ちがないわけじゃないけど……。

航海術の現実を見せられて、危機感を覚えた以上、躊躇《ためら》っている場合じゃない。

どうせもうお父様には、『うちの子は普通《ふつう》じゃない』って思われているんだから。

意を決し、まず『六分儀』の構造について描《えが》いた拙《つたな》い絵の資料を見せる。

それからペンや本などの道具で代用しながら使い方を実演してみせた。

構造についての詳細《しょうさい》は実際に作る職人さんに伝えればいいとして、お父様にはその有用性を理解して貰うことの方が大切だから、ここは大体でいい。

「ふむ……名前は似ているが、四分儀とは段違いに複雑な道具だね……つまり、世界は丸くて？　緯線と経線と言う線を引いて区切ることで、今より遥《はる》かに正確な地図が作れて自分の現在地が分かる、『六分儀』はそのために必要な道具と言うわけだね？」

「さすがパパ、その通りです！」

ちょっと不安なのは『世界は丸くて？』と首を傾《かし》げたところだけど。

地球は丸い。

言うまでもなく常識よね。

実は、最初に地球が丸いと考察して緯度と経度を考案して、さらには地球の円周の長さまで計算で出したのは、紀元前の天文学者や数学者なのよ。

もっとも、まともな観測機器があるわけじゃないから、誤差は当然大きかったみたいだけど。

でもそんな誤差なんて些細《ささい》な事よ。

二十一世紀から遡《さかのぼ》ること二千年以上も前に、それだけの発想を出せたこと自体が驚《おどろ》きなんだから。

その後、千年以上経って暗黒時代と呼ばれた中世に入ると、それらの学問が全然伝わらなくなって地球は平らになってしまったなんて、信じられない話よね。

そして色々な本を読み漁《あさ》った結果分かったのが、この世界も似たような状況《じょうきょう》になっていると言うこと。

古代の偉人《いじん》の知恵《ちえ》が、全然伝わっていないのよ。

多分どこかに、偉人が残した論文やその写しが残っているとは思うんだけど。

ともかく廃《すた》れてしまった知識と技術には測量技術も含《ふく》まれていて、だから地図には緯線も経線も引かれていなくて不正確で、前世の中世の地図みたいに大体合っているけど結構適当な形になってしまっているの。

そんな不正確な地図でも、世界の西の果てがゼンボルグ公爵領なのは変わらないんだから、早く新大陸を発見して世界地図を更新《こうしん》したいわ。

だからそのための準備を入念に、造船中の今の内に整えてしまいたいのよ。

『六分儀《ろくぶんぎ》』を作ったら、まず各地でそくりょうして、ゼンボルグ公爵領の、特に海岸線の正確な地図を作りましょう。それから海軍と商船にも協力してもらって、オルレアーナ王国からアグリ

カ大陸までの正確な海図を作りましょう」

海岸線を正確に記した地図、海図は船乗りにとってとても重要な情報になる。

今の船はほとんど小型船ばかりだから、嵐《あらし》にとても弱い。

嵐に遭《あ》うと、港ばかりじゃなく入り江《え》に避難《ひなん》したり、砂浜《すなはま》に船を引き上げて修理したりするから、海岸線のどこにそれらがあるのか正確に把握《はあく》することは、死活問題に直結すると言うわけね。

つまり海図を作り、自分達の現在位置を正確に把握する測量技術の発達は、安全な航海に必要不可欠な要素なのよ。

だから一緒《いっしょ》に、三角測量についてもお父様にプレゼンしておく。

そこで六分儀がどれほど役に立つのかも。

この世界の測量は導線法で不正確だから。

導線法は観測したい二点に旗を立てて、間に綱《つな》を張って、その綱の長さを測って測量するの。

これだと方角がズレやすいし、高低差には弱いし、誤差が大きくなってしまうのよ。

船長さんが、地図を作る方法で、海の上ではロープを張れないし歩けないって言ったのは、そのためね。

「なるほど……直通航路を開拓《かいたく》するのに、アグリカ大陸の正確な位置が分かる海図が必要なのは明らかな話。ゼンボルグ公爵領内の測量は、差し詰《ず》めその練習。測量技術の確立と新しい道具を使いこなせる技術者の養成のため、と言うわけだね」

「さすがパパ、その通りです！」

私が言いたいことを正確に、それも即座《そくざ》に理解してくれて、嬉しくなっちゃう。

ただ、緯度は比較的《ひかくてき》簡単に測定できるけど、経度はそう簡単にはいかない。

父と兄の話によると、経度の測定は、前世でも十九世紀くらいまで様々な方法を試されてはやっぱり不正確で駄目だったと、試行錯誤《さくご》を繰《く》り返していたらしいわ。

現状の、船長さんに見せて貰ったロープを海に投げ込《こ》む、大雑把《おおざっぱ》で不正確な方法では元からお話にならないのよ。

だから、私は父と兄から聞かされた知識を掘《ほ》り起こして考えたの。

経度を今より正確に測れるよう、本命の策と次善の策と、二つのアプローチ方法を。

「だからパパ、時計職人に時計を作らせて下さい」

「マリーの話はいつも飛躍《ひやく》するね。これまでの話と繋《つな》がりがあるんだね？」

「はい、大事な部分です」

これはと思うと、つい、あれもこれもって畳《たた》み掛けてしまう癖《くせ》、なかなか直らないのよね。

絶対に血筋よ。

「そうか。時計ならうちにも色々あるが、どんな時計が欲《ほ》しいんだい？」

「ゼンマイ式のかいちゅう《懐中》時計です」

「ゼンマイ式？　ゼンマイとはなんだい？　懐中時計とは？」

「ゼンマイはうず巻《ま》きバネのことです。かいちゅう時計は上着のポケットに入れて持ち運べるくらい小さな時計です」

「ポケットに入れて持ち運べる小さな時計とはまた……すごい物を考えたね？」

実は時計を大きく発展させてきたのは教会なの。

鐘《かね》を鳴らして時間を伝えるためと、宗教儀式《ぎしき》で正確な時間を知る必要があるから。

ではこの世界にどんな時計があるかと言うと、そこは前世と変わらず、ざっくり、日時計、水時計、火時計、砂時計、機械式時計がある。

日時計は説明不要よね。古くからある正確な時計だから。

ただし、天気が良くないと使えない欠点があるけど。

水時計もかなり古くからあって、タンクから水を流してギアを動かす仕組みで、おもりを落として鐘を鳴らしたり、人形を動かしたり、結構凝《こ》った物が色々あって見ていて楽しいわ。

ただし、冬は水が凍《こお》ってしまう。

しかもタンクの中の水量で水圧が変わるせいで、水が減ると勢いが弱まって誤差が出てしまうから、そういった問題を解決するための複雑な機構が色々組み込まれて大型になってしまっているから、船に積むには向いていない。

火時計は、専用のロウソクや鯨油《げいゆ》などの煤《すす》が出にくい油、線香《せんこう》などのお香を燃やして、燃えた量で時間を計る時計ね。

問題は、大量にそれらを積み込まないと船では使えないし、火事が怖《こわ》いこと。

砂時計も説明不要よね。砂が落ちきる時間に限定されてしまうけど、これも正確に時間が計れる時計になる。

ひっくり返すだけで何度も使えるから、省スペースなのが強みね。

だから船に載《の》せる時計は大体、この一番お手軽な砂時計になるみたい。

機械式時計は、紐《ひも》にぶら下がったおもりが下がることでギアを動かす時計。

設置にはおもりが下がるためのスペースが必要になるし、揺《ゆ》れる船では使いづらい。

そういうわけで、持ち運びに便利なゼンマイ式の懐中時計が欲しいのよ。

バネを、つまり変形した物が復元しようとする弾性《だんせい》を利用した道具は、分かりやすいところで古くから弓がある。

同様に、板バネだって板を曲げているだけだから、構造はすごく簡単。

だから薄《うす》い板バネをグルグル巻けばゼンマイに、細い線を巻けばスプリングになる。

ゼンマイ式の懐中時計にはどちらも必要なんだけど、残念ながらどちらもまだ発明されていない。

だからゼンマイ式の懐中時計は、時代的に数十年から百年くらい早いと思う。

だけど、他のオーパーツを考えればそんなの誤差よね、誤差。

とにかく、船上で時間が正確に測れないことには、正しい観測時間が分からなくて正確に経度を測れない。

三百六十度何もない大海原《おおうなばら》で自分の位置を見失うなんて恐怖《きょうふ》、想像したくもないわ。

本音を言えば、クロノメーターが欲しいところ。

これを使えばどの時計より正確に経度を計算出来る、と言うのが売り文句だった、当時とても優秀で時間のズレが少なかった時計で、かのキャプテン・クックも褒《ほ》め称《たた》えたらしいわ。

と言っても、それでも初期型は一日六秒もズレが生じたって話だけど。

しかも、クロノメーターが開発されたのは十八世紀。

それを考えれば、現在の時計の不正確さは推《お》して知るべしよね。

残念ながら、さすがに私もクロノメーターの構造は知らないから、時計職人に頑張《がんば》って懐中時計を作って欲しいの。

ちなみに余談だけど、振《ふ》り子時計は懐中時計よりずっと後の発明らしいわ。

「ふむ、船の上でも使える正確な時計か……なるほど、確かにそれは重要だね。場所や季節によって一時間の長さが変わってしまっては、正確な観測など望めないな」

「はい、そうなんです」

新大陸を目指すと決めてから、お父様も航海術その他、色々調べてくれたみたいで、言わんとするところをすぐに理解してくれるから助かるわ。

地軸《ちじく》の傾《かたむ》きに合わせて傾けて立てていない日時計は、冬の一時間は短く、夏の一時間は長く、また緯度によっても変わってしまう。

いざという時、日時計に頼《たよ》ってもその知識がなければ時間を間違うことになるから。

でも正直、どれだけ頑張っても今の技術ではそれほど正確な時計は作れないと思う。

だから時計は次善の策。

「なのでもう一つ、かいちゅう時計が作れなかったときのために作りたいものがあります」

そう、こっちが今回の本命の方法ね。

本命は月距法にしようと思う。

実は月距法は一時期クロノメーターと経度を測定する主流の座を争ったんだけど、計算が大変で計算間違いも起きやすいと言う理由で廃れてしまったのよ。

でも、クロノメーターはないし、懐中時計の完成も当てには出来ない。

だから、実現するためには手間と時間が掛かってすごく大変だけど、今はまだ月距法の方が現実的な方法だと思うから、これでいこうと思う。

「ふむ、時計が作れなかったか、作れたとしても必要な仕様を満たしていなかった時のための策だね。随分《ずいぶん》と周到《しゅうとう》なことだけど、あらゆる事態を想定して手を打つのは上に立つ者として必要なことだ。実に頼《たの》もしいよ。それで、その作りたい物とはなんだい？」

「星表と月行表、そして経度を計算する新しい数式です」

星表は恒星《こうせい》の番号と位置座標が記された、天体カタログのこと。

他にも、明るさや色、視差まで細かく書かれている物もあるみたいだけど、ここで重要なのは、位置座標ね。

月行表は『げっこうひょう』とでも読めばいいのかしら？

それとも『つきこうひょう』？

正確な読みは知らないけど、太陽と月の運動、つまり太陽と月がどの時刻に空のどこにあるかの位置座標を表にした物ね。

「まずは天文学者を集めて、長い期間をかけて夜空の星と月と太陽の運動をかんそくしてもらって、星表と月行表を作ってもらいます」

多分、これまでも観測してきて、その観測結果や軌道《きどう》を計算する数式もあるだろうから、これはそれほど難しい話ではないはず。

「これがあれば、星空の地図の上に、何年何月何日の何時に月と太陽がどの位置にあるか、よそく出来るようになるんです」

これを利用して、観測の基準点における特定の時刻の月の位置を予測しておいて、星表を参考に付近の恒星と最も近づく時刻を予《あらかじ》め計算して知っておくの。

そして、航海中、現地で実際にその時刻になったら六分儀を使って月を観測して、基準点で予測した時刻と、実際に現地で付近の恒星と最も近づいた時刻とのズレから計算して角度を求めれば、経度が測定出来ると言うわけね。

だから、月距法と呼ばれているの。

「驚いたな……そんな方法があるとは。太陽や北極星を利用して方位やおおよその位置を確かめる話は聞いたことがあるが、月も含めて予めその位置を予測して、それを利用してより正確な位置を把握しようとは……」

「沿岸部をはなれて外洋に出たら、太陽と月と星しか目印がないですから」

「確かにその通りだ」

もちろん月距法もやっぱり誤差は出るし、とにかく計算が大変で、なんでも初期の月行表を使った計算では、四時間くらい掛かったらしい。

でものちに、三時間ごとの月と太陽の位置を記した『航海暦《こうかいれき》』って本が出版されると、計算時間が四時間から三十分に短縮されたそうなの。

情報としては、そのくらい細かく欲しいわよね。

「それは毎年更新して、常に誤差を修正した最新の情報を準備しておきたいものだな」

だから、天文学者には是非《ぜひ》とも気合いを入れて、正確で詳細な星表と月行表を作って欲しいわ。

これで緯度と経度を計測出来れば、何もないだだっ広い大海原のど真ん中でも、自分達がどこにいるのか見失わずに済むようになる。

目的地の緯度と経度が分かっていれば、都度、最適な航海のスケジュールだって立てられて、遭難する可能性がうんと低くなるのよ。

しかもこの世界の星空は前世と同じで見知った星座ばかりだから、私にも把握しやすいわ。

そして利点はそれだけじゃない。

「今のうちから、せいどが高い星表と月行表を用意して、そくりょう《測量》道具と技術を高め、せいどが高い地図と海図を作っておきたいです。仮に他の領地や国がゼンボルグ公爵領の造船技術を盗《ぬす》んで手に入れても、新大陸の存在に気付いても、アグリカ大陸との直通航路や新大陸との新たな航路を開拓するのにとても時間がかかるはずですから、すぐにゼンボルグ公爵家のアドバンテージがおびやかされることはありません」

「それは……確かにとても重要だ」

お父様がとても重々しく頷《うなず》く。

「あらゆる事態を想定して手を打つのは上に立つ者として必要なこととは言ったが、その年でよくそこまで思い付くものだね……しかも思い付く方法が突飛《とっぴ》でありながら、とても理に適《かな》っている。私は驚きすぎて、もはや何から驚けばいいか困っているよ」

お父様が苦笑《くしょう》を浮《う》かべたのは一瞬《いっしゅん》だけで、私を抱《だ》き寄せて頬《ほお》にキスをしてくれた。

それも、愛情たっぷりの。

照れる。

「えへへ」

でも嬉しい。

そうだ、どうせなら。

「経度のかんそくの基準点を、いま決めちゃいましょう」

この世界に緯度と経度の共通の基準はまだない。

それ以前に、この世界にはブリテン諸島が存在しないから、絶対にグリニッジ天文台もグリニッジ子午線も登場しようがないのよ。

だったら、せっかくだからそれを真似《まね》させて貰っても構わないわよね。

「たとえば、領都の東地区、ウィーゼン地区にあるウィーゼン王立天文台にシンボルを置いてそこを基準点と定めて、そこを通る経線をウィーゼン子午線と名付けて、経度ゼロ度にするのはどうですか？」

事実、他の国もイギリスの真似をして自国の天文台を基準にしようとしたけど、結局どの国も強いイギリス海軍が使っていたグリニッジ子午線をそのまま使うようになって、世界の基準になった経緯がある。

こういうものは、言った者勝ちの早い者勝ち、広く浸透《しんとう》させた者勝ちよね。

「おお、それはいい考えだ。実に『ゼンボルグ公爵領世界の中心計画』に相応《ふさわ》しい。きっと世界中がウィーゼン王立天文台とウィーゼン子午線を基準とするようになるだろう」

「はい、きっとそうなります。いえ、そうしちゃいましょう」

「ああ、その通りだ。是非ともそうなるように動いてしまおう」

お父様ったら、もう子供みたいにワクワクした顔をして、すごく楽しそう。

お父様のこんな顔を見られただけでも、お願いしに来た甲斐《かい》があったわ。

「六分儀の話から、時計やら星表やら月行表やら、他にも随分色々と作る話になったけど、もう一つ、羅針盤も作りたいと言う話だったね」

「はいパパ、らしんばん《羅針盤》、正確にはもう少し複雑なきこう《機構》を持つらしんぎ《羅針儀》を作りたいです」

「羅針盤より複雑な機構を持つ、羅針儀？」

「どんなに船がゆれ動いてかたむいても、常に水平をいじし続けるらしんばん《羅針盤》です」

羅針盤は言わずと知れた方位磁針のことだけど、その歴史は結構古い。

古代の中国では、木片《もくへん》の上に磁力を帯びた釘《くぎ》を載せて、桶《おけ》の水に浮かべて使っていたそうだから。

つまり、水の上だろうが、尖《とが》った針の上にバランスを取って載せようが、基本的な構造は単純で、方位磁針を水平に保って使わないと駄目なことには変わりがない。

この世界で使われている羅針盤もそれは同じ。

そこで、その水平じゃないと使えないと言う問題を解決した、少し複雑な構造を持つ羅針儀を作ってしまおうと思う。

「らしんばん《羅針盤》と違って、らしんぎ《羅針儀》には水平をいじするためのジンバルと呼ばれるきこう《機構》が付いているんです」

ジンバルを簡単に説明するなら、ジャイロと言えば分かりやすいかな？

回転するコマの周りに、二つとか三つとかリングが付いていて、斜《なな》めにしようがどうしようが、周りのリングだけがグルグル回って動いて、中心の回転するコマはジャイロ効果で垂直の姿勢を維持《いじ》したままになる奴《やつ》。

あれの回転するコマの部分を羅針盤にして水平を保つようにしておけば、どんなに大嵐の中で船が揺れ動いても、常に北を指し続けてくれるようになる。

機械的に回転させ続けるジャイロコンパスは詳《くわ》しい機構が分からなくて作れないから、作るなら普通に磁石を使った磁気コンパスになるけど。

記憶《きおく》違いでなかったらだけど、確か似たような道具を、日本中を歩いて測量して回った伊能忠敬《いのうただたか》も使っていたと思う。

「どんなに船が揺れ動いて傾いても、常に水平を維持し続ける羅針盤……本当にそんな物が可能なのか？　いや、マリーの言うことだ、きっと可能なのだろうな」

「これは、実物を見てみないと、本当にそうなるのかイメージしにくいと思いますけど……」

「そうだな。まずは一度作ってみよう。もしその羅針儀が本当にマリーの言うような性能を発揮するのなら、これはすごい発明になる。嵐の中でも方位を見失わないことになるのだからね」

そう、そのために有用だと思ったから、羅針儀を作りたかったの。

その上で、その羅針儀を支える土台には、方位を反時計回りに記した物も付けておきたい。

普通、方位は時計回りに北東南西の順番に書かれているけど、これを江戸《えど》時代の日本が使っていた羅針盤みたいに、反時計回りに北東南西と書いておくの。

これ、とても面白《おもしろ》い工夫《くふう》なのよ。

なんと、その土台に書かれている北を常に船の舳先《へさき》、つまり進行方向へ向けておけば、その驚異《きょうい》の性能が発揮されるようになると言う寸法よ。

どういうことかと言うと、普通の羅針盤を使って東に船が進んで行く場合、針は北を指しているから、船の進行方向に対して左に針が向いていることになる。

だから『針が左を向いていてこっちが北になるから、今船は東に向かって進んでいるんだな』って、頭の中で一度向きを整理して理解する必要があるわけね。

でも、もし土台に反時計回りに北東南西が書いてあれば、土台に書かれた北は船の進行方向の東を向いているから、針が指し示す北には土台に書かれた東が来ることになる。

つまり針が土台に書かれた東の文字を指し示しているから、一目で船が東に進んでいるって分かるようになって、いちいち頭の中で向きを整理して理解する手間が省けるようになるの。

これって、すごく便利よね？

だってどんな不測の事態が起きて慌《あわ》てていても、頭の中で整理して理解するのが苦手な人でも、誰《だれ》でも一目で進行方向が理解出来るんだから。

先人のこういう創意工夫って本当に頭が下がるわ。

「なるほど、実に面白い工夫だ」

ほとほと感心したように呟《つぶや》いて、お父様が頭を優《やさ》しく撫《な》でてくれる。

「マリーの頭の中には、本当にどれほどの知識と発想が詰《つ》まっているのだろう」

どれもこれも私が考え出したわけじゃなくて、先人の知恵と知識ばかりだから、ちょっと後ろめたいところがあるけど……。

でもそれで航海術が発展して、多くの人が遭難せずに生還出来るようになって、さらにゼンボルグ公爵領が豊かになるのなら、使わない手はないわよね。

「よし、話は分かった。早速、天文学者と数学者で口が堅《かた》く、協力してくれる者を探してみよう。それと、時計職人と、羅針盤職人も」

「はい、それまでに、仕様書や設計図をまとめておきます。いご、この件は全《すべ》てお父様にお任せしてもかまいませんか？」

「ああ、全て任せておきなさい。さすがにこれら全てをマリーの発案として表立って動くとなると、今はまだ色々と支障が出るだろうからね」

「ありがとうございます、お父様」

お父様の力強い言葉に、大きく息を吐《は》き出して胸を撫で下ろす。

子供だからと侮《あなど》られてまともに取り合って貰えなくても、下手に注目を集めてしまっても、まだ私では対処が難しいから、お父様に甘《あま》えさせて貰おう。

ともあれ、これでまた大きく一歩前進できたわね。

話が一段落付いたところで、お父様に向かって両手を大きく広げる。

すぐに察してくれたお父様が、私を抱き上げて抱き締《し》めてくれた。

だから私もお父様にギュッと抱き付く。

「どうしたんだいマリー？　急に甘えん坊《ぼう》さんになって」

ちょっと恥《は》ずかしいけど……だって、そうしたかったんだもん。

「パパ、いつもありがとう」

「うん？」

「いつも、突拍子《とっぴょうし》もないことを言い出してばかりなのに……ちゃんとお話を聞いてくれて、守ってくれてありがとう」

「ははは、何かと思えば。そんなこと当然だろう」

笑って、頬擦《ほおず》りしてくれる。

「大事な大事な天使のようなマリーが、私達のために、そしてこのゼンボルグ公爵領のためにと、一生《いっしょうけんめい》懸命に考えてくれたことばかりなんだ。それが悪いことをしでかそうとするのではない限り、父親としてちゃんと話を聞くのは当然だよ」

普通、たった五歳《さい》の子供がこんなことを言い出したら、所詮《しょせん》は子供の思いつきや浅知恵と、聞き流したり無視したり、頭ごなしに否定したりしても不思議はないのに。

お父様は本当にいつも、ちゃんと目を見て話を聞いて、その意図や意味、影響《えいきょう》までじっくり考えて、判断してくれる。

それはお母様も同じ。

お父様とお母様の子じゃなかったら、きっとここまで自由に振る舞《ま》うことなんて出来なかった。

「パパ、大好き」

ハートマークをいくつも付けて、お父様のほっぺたにキスをする。

「私もマリーが大好きだよ」

同じようにハートマークをいくつも付けて、お父様がほっぺたにキスをしてくれた。

大好きなお父様とお母様のために、陰謀《いんぼう》を企《くわだ》てて処刑《しょけい》されるなんて悲しい未来を迎《むか》えないために、

これからも、もっともっと頑張ろう。

◆

私は六歳になった。

「やった……出来たぁ――――!!」

私はランプを掲《かか》げて、はしたないくらい大歓声《だいかんせい》を上げてしまった。

「うむ。よくやったマリエットローズ君。実に素晴《すば》らしい！」

お褒めの言葉を貰えて、ランプを抱き締めながらオーバン先生を振り返る。

「ありがとうございました！　オーバン先生のおかげです！」

「なんの、儂《わし》はちょっとアドバイスをしたに過ぎん。全てはマリエットローズ君の類い希《まれ》なる発想と、それを実現するための理論構築、そして研究の賜物《たまもの》だ。君はたった六歳にして、この儂を、いや世界中の魔道具師を超《こ》えた。これは魔道具の歴史を変える快挙だ。大いに誇《ほこ》るがいい」

「ありがとうございます！」

オーバン先生にここまで手放しでべた褒《ぼ》めされるなんて、ビックリするのと同時に、すっごく照れ臭《くさ》いけど、すっごく誇らしい。

そう、遂《つい》に私は、私自身が設計し開発した魔道具を完成させた。

一見すればどこにでも……はないけど、すでに売り出されている既存《きぞん》のランプと変わりないように見える。

だけど、私の前世の知識の粋《すい》を集めた、そして既存にない機能を詰め込んだ、全く新しいランプだ。

「あの、オーバン先生」

「うむ。閣下と奥方様《おくがたさま》に見て戴《いただ》くと良かろう」

「はい！　エマ、お願い！」

「はい、お嬢様」

控《ひか》えていたエマにワゴンを運んで来て貰うと、それぞれ色やデザインが違う三つのランプを置き、布を被《かぶ》せて隠《かく》した。

「こんなに素敵なランプ、旦那様《だんなさま》も奥様も、きっと驚かれ、大変喜ばれると思いますよ。楽しみですね」

「うん！」

「どれ、儂も行くかな。閣下と奥方様の驚く顔を是非拝見したい」

ニヤリと悪戯《いたずら》っぽく笑うオーバン先生に思わず苦笑が漏《も》れてしまう。

相変わらずなお人だ。

エマに先触《さきぶ》れを出して貰って、お父様とお母様にリビングに集まって貰うよう伝言を頼む。

それから、エマにワゴンを押《お》して貰って、意気揚々《いきようよう》、リビングへと向かった。

リビングに着くと、すでにお父様とお母様が待っていてくれた。

二人に紅茶を淹《い》れているセバスチャンも一緒だ。

「やあマリー、遂に魔道具を完成させたそうだね」

「まだ六歳なのにすごいわ。さすがわたし達の娘《むすめ》は天才ね」

お父様は興味津々《きょうみしんしん》で、お母様はもうにっこにこだ。

「はい、私が初めて一から設計し完成させた魔道具です！　パパ、ママ、ご覧下さい」

真っ平らな胸を張って、自信満々、エマを振り返る。

「エマ、お願い」

「はい、お嬢様」

エマがワゴンを二人の側《そば》まで運んで、ランプが倒《たお》れないよう、そっと覆《おお》った布を取り去る。

「ほほう」

「まあ！」

お父様が軽く目を瞠《みは》って、お母様が頬を紅潮させる。

既存の魔道具のランプと同じだけど、同じじゃない。

「変わったデザインだが、これはなかなか」

「ええ、とっても可愛らしいわ！」

そう、まずデザインだ。

既存のランプは、古めかしい、いかにも中世のデザインだ。

それは魔道具のランプも変わらない。

この時代では流行の最先端のデザインなんだろうけど、私にしてみれば、古めかしくアンティークなデザインでしかない。

そこで、デザインから見直してみた。

アンティークな雰囲気《ふんいき》はそのままにモダンな感じに仕上げて、単なるランプと言うよりもスタンドライトって呼ぶ方が雰囲気に合っている、インテリアとしてお洒落《しゃれ》な一品に仕上げたわけだ。

ちょっと時代を先取りしすぎたかな、受け入れられるかなと不安もあったけど、二人の反応を見れば杞憂《きゆう》だったみたいで安心した。

「手に取って確かめてみて下さい」

お父様とお母様がそれぞれ一つずつ手に取る。

それも、私が狙《ねら》っていた通りのそれを。

「ボタンでオンオフするのは変わらないね。魔石が光るのも同じだ。ただ、魔法陣《まほうじん》が逆向きに設置してあるな。それも、くぼみではなくて、穴を空けて嵌《は》め込んでいるね？」

「はい、そこがこのランプのミソです」

既存の魔道具のランプの構造は、魔法陣を上向きにして、その中央のくぼみに魔石を置いて、スイッチのオンオフで、魔石を下げて接触《せっしょく》させ、持ち上げて離す。

魔石のエネルギーがなくなれば、その魔石を交換《こうかん》することで再使用可能になる。

交換は、ガラス張りのカバーをかぱっと外すだけなんで、お手軽な構造だ。

その基本的な構造は変わらないけど、私が製作したランプは魔法陣を逆向きに設置して、魔法陣の中央に魔石が落ちない程度の穴を空けて、そこに嵌め込む形式を採用した。

「それに、ボタンが多いわね。オンオフの他に、三つもあるわ」

「はい、そこが私のオリジナルです」

「押してみてもいいかしら？」

「はい、押して確かめて下さい」

「じゃあ押すわね、えい。まあ⁉」

お母様の驚きの声に、思わずしてやったりと笑《え》みがこぼれた。

既存の魔道具のランプと同じ横並びのオンオフの二つのボタン。

それに加えて、それとは大きさと色とデザインを変えたボタンが、横並びに三つ並んでいる。

通常は、真ん中のボタンがオンの状態で、両脇《りょうわき》がオフの状態だ。

お母様が右のボタンを押した瞬間、右のボタンがオンに、真ん中のボタンがオフになって、光量が一気に上がって明るくなった。

「とても明るいわ！　明るさが変わるなんて！」

「なんと……弱くもなるのか！」

お父様も自分が持ったランプを試《ため》して、左のボタンを押す。

同じように、左のボタンがオンに、真ん中のボタンがオフになって、光量が一気に下がって薄暗《うすぐら》くなった。

二人とも目を丸くして、明るくしたり、暗くしたり、普通に戻《もど》したり、何度もパチパチとボタンを弄《いじ》って確認《かくにん》する。

一緒に眺《なが》めているセバスチャンも驚きのあまり声が出ないみたい。

「驚いた……まさか一つのランプで明るさを変えるとは。こんな機能を持った魔道具は初めて見た。中央ですら流通していない画期的な機能じゃないか……！」

「これはバロー卿のアイデアですか？」

お父様とお母様が私の後ろに立っていたオーバン先生に目を向けた。

オーバン先生は、これまでの魔道具師としての実績と貢献《こうけん》から、一代限りの男爵位を賜《たまわ》っているんだって。

だから、バロー卿。

「いいえ、奥方様。これは全てマリエットローズ君の発案によるものです。儂がなしたのは、質問に答えアドバイスした程度。ご息女は間違いなく天才です。それも歴史に名を残す、不世出の天才ですな」

ほう……と、感心と、驚きと、高揚と、誰からともなくそんな溜息《ためいき》が漏れる。

私にみんなの視線が集まってくすぐったい。

「オーバン先生が大げさに言いすぎているんです」

「いや、大げさじゃないだろう。このような機能を開発するなど、私は魔道具の歴史が変わる瞬間《ま》を目の当たりにした気分だ」

「素晴らしいわマリー！」

お母様はランプを置くと、ソファーから立ち上がって私を思い切り抱き締め、頬擦りしてきた。

照れる。

でも嬉しい！

「しかし、構造が全く予想が付かないな。魔石そのものの光量が変わっているところを見ると、光量を変えるように指定した魔石と魔法陣を三つずつ用意しているわけではないのだろう？」

ふふん、それこそが私の研究成果だ。

魔法陣の構成は四つに分けられる。

一つ目が、魔石から魔法陣にエネルギーを供給するための回路の役目を果たす供給文様と呼ばれる文様。

二つ目が、魔法陣本体で魔石のエネルギーを循環《じゅんかん》させる魔法円、および、魔法陣の中をエリアごとに分ける直線で描かれた五芒星《ごぼうせい》や八芒星。

三つ目が、五芒星や八芒星で区切られたエリアに記されている、魔石のエネルギーを物理現象に変換する回路の役目を果たす魔法文字の命令文。

四つ目が、複数の命令文で発生した複数の物理現象を一つに統合して必要な機能を持たせるための、五芒星や八芒星で区切られたエリア同士を結びつける接続文様と呼ばれる文様。

ここで私が着目したのは、供給文様だ。

既存の様々な魔道具を調べてみたら、出力を上げようとした時、一般《いっぱん》的な対処法は、魔石を大きくするか、魔石の数を増やすか、供給文様の数を増やす、だった。

つまり、供給文様の数が増えたら、魔石から引き出されるエネルギーが増えて、効果も上がると言うわけ。

そこで思い付いたのが、ボタンで供給文様の数を変える方法だ。

普通、魔法陣には全ての文様が描かれている。

それはどの魔道具も同じ。

謂《い》わば基板にプリントされた電子回路のようなもので、後から足したり引いたりは出来ない。

でも、もし魔法陣をパーツごとにバラバラにして、必要に応じて組み替《か》えられたら？

一つの魔法陣で、複数の魔法陣を組み込んで切り替えるのと同様の効果を発揮できるのでは？

そう思って、供給文様だけを別パーツに描いて、ボタンでそのパーツを魔法陣に接触させたり離したりしてみたの。

そうしたら見事、その状況でも魔法陣は問題なく動作して、出力を変える機構が実現出来たと言うわけ。

つまり魔法陣が裏側なのは、内部でパーツがゴチャゴチャ動くところを隠すため。

魔石を光らせて明かりにするんだから、周囲にその機構のパーツがゴチャゴチャあったら明かりを遮《さえぎ》ってしまうことになるし、見栄《みば》えも良くないもの。

そして魔法陣に穴を空けて嵌め込んだのは、裏で供給文様と魔石を接触させるため。

上から置いたり外したりが出来ないと、魔石の交換が手間になってしまうから。

得意満面で、それをお父様とお母様に説明する。

「聞けば、なるほどと納得《なっとく》せざるを得ない技術。しかもさして難しい技術ではなく、知れば誰でも利用することが出来る程度の物だ。むしろ、何故《なぜ》今まで誰もそれに気付かなかったのかと、そう思ってしまうくらいの。その発想を一番最初に気付いて形にしたのが、まだ六歳の娘だとは……」

「画期的、かつ、魔道具の応用範囲《はんい》が爆発的《ばくはつてき》に広がる技術ですな。ご息女は、紛《まご》う事なき天才です」

「ああ……この感動を、どう言葉にすれば表すことが出来るのだろう……私の乏《とぼ》しい語彙力《ごいりょく》では、まるで言葉に出来ない」

「わたし達の娘は世界一、それでいいではありませんか」

「ははっ、そうだな。その通りだ」

お父様もやってきて、お母様と一緒に抱き締めてくれる。

「こんなにも素晴らしい娘を持てて、私は最高に幸せだ」

「ええ、本当に。わたし達の娘として生まれてくれてありがとう、マリー」

「はい、パパ、ママ。私も二人の娘に生まれて最高に幸せです」

本当に、私はこの二人の娘で良かった。

「パパ、ママ、お一つずつどうぞ。好きなのを選んで下さい」

「まあ、貰っていいの？」

「もちろんです。パパとママにプレゼントしたくて作りました」

「まあ、嬉しいわマリー！」

お母様が感極《かんきわ》まったように、頬に額にと、キスの雨を降らせてきた。

お母様は嬉しかったり感動したりした時、すぐにキスで愛情表現をしてくる。

落ち込んで元気を出したい時、慰《なぐさ》めてくれる時、挨拶《あいさつ》代わりやご褒美《ほうび》にも。

とにかくキス魔だ。

嬉しくて照れ臭くて、私も愛情のお返しにお母様の頬にキスをする。

「ありがとうマリー、遠慮なく戴くよ」

「はい、ぜひ使って下さいね」

お父様も頬にキスしてくれたから、私もお返しのキスをした。

前世の記憶を取り戻したばかりの頃《ころ》は照れ臭くて慣れないし、自分からするのは恥ずかしくてなかなか出来なかったけど。

お父様とお母様のおかげで、今ではすっかり慣れてきたわ。

お父様もお母様も、最初に手に取ったランプを選ぶ。

二人とも手にしたランプを眺めて、すごく嬉しそう。

どちらもお父様とお母様の好きな色を選んで、さらにそれぞれの自室のインテリアに合うようにデザインしたからね。

残る一つは、私の分。

これも私好みで、私の部屋のインテリアに合うようにデザインしておいたわ。

せっかくだから、後で、オーバン先生、エマ、セバスチャン、アラベルにも作ってプレゼントしてあげよう。

喜んでくれるといいな。

「お嬢様、わたくし、大変に感動致《いた》しました。お嬢様がこれほどの偉業《いぎよう》を成し遂《と》げるところを目の当たりに出来て、胸が打ち震《ふる》えております」

セバスチャンも深く腰《こし》を折って、私に敬意を表してくれた。

「ありがとうセバスチャン。嬉しいわ」

素直にお礼を言うと、孫娘を慈《いつく》しむように微笑《ほほえ》んでくれる。

照れる。

でも嬉しい！

「そこで、お嬢様にお一つご提案があるのですが」

「提案？」

「こちらのランプ、お嫌《いや》でなければ、売りに出されてみてはいかがですか？」

「私のランプを？」

いくら画期的な技術と機能を盛り込んだとはいえ、六歳の子供が作った魔道具を？

そんな驚きが前面に出てしまう。

「そうだな、それがいいだろう」

続いてお父様が頷いて、お母様もうんうんと何度も頷いて同意する。

「そうですな。これだけの発明。ここだけで終わらせてしまうのはあまりにも惜《お》しい」

オーバン先生まで。

「お嬢様が開発なさった魔道具を取り扱《あつか》う商会を新たに設立して、この技術とランプをそれぞれ特許登録し、大々的に売り出すのです」

「そうだな。これほどの技術だ。使いたい者など山ほど出てくるだろう。ここだけで終わらせ、万が一この技術が外部に漏れて、どこかの貴族に奪《うば》われでもしたら面白くない」

ああ、なるほど、そういう危険もあるんだ。

確かにこれから私が作りたい魔道具は今回の機構を使いたいから、そうする方がいいかも知れない。

「では、そうしましょう。それでまずは国王陛下に一つ献上《けんじょう》し、ゼンボルグ公爵領を優先しながら、王国全土に大々的に売りに出しましょう。それも品薄《しなうす》を強調しながら」

悪戯っぽく微笑みながら言うと、お父様も満足そうに頷く。

「ああ、さすがマリー、よく分かっているな。それがいい」

魔道具はまず王国中央および、古参の貴族達の領地から売り出される。

ゼンボルグ公爵領にまですぐ回ってくることはない。

それでも手に入れられるのは、せいぜいお父様か、中央と太いパイプと財力がある貴族の何人か程度だろう。

中央や古参の貴族達の需要《じゆよう》を満たし、ブームが落ち着いて売れ行きが落ちてきてから、ようやくゼンボルグ公爵領へ品が回ってくるわけだ。

これは魔道具に限らない話だけど。

だから、ゼンボルグ公爵領に届くのは、いつも数年遅《おく》れ。

流行遅れや型落ち品がほとんどになる。

でも、こっちはそれでもようやく手に入るからありがたがってしまい、結果、田舎者《いなかもの》呼ばわりが常態化してしまう悪循環になっているのよ。

そう、だから今度は、ゼンボルグ公爵領が最先端技術の発信地になる。

王国中央は……まあ仕方ないとしても、ゼンボルグ公爵領と反対側の領地には、同じ憂《う》き目に遭って貰いましょうか。

「はっはっは。愉快《ゆかい》、実に愉快」

突然オーバン先生が大笑いする。

「いや、失礼。この年になって、まだこんな愉快な気持ちになれるとは。マリエットローズ君との出会いは、儂にとってとても刺激的《しげきてき》じゃ。まだまだ負けてはおれんと、血が滾《たぎ》ってくるわい」

「バロー卿、これからもマリーをよろしくお願いします」

「是非、マリーを導いてあげて下さい」

「もちろんですとも閣下、奥方様。と言っても、すでに儂が学ぶことの方が多そうですがな。はっはっは」

それから、商会設立のための手順や確認を行った。

話し合いの結果、当面は、私の身の安全や商品の信頼性《しんらいせい》を守るため、表向きはお父様が代表で設立したことにして、私の名前は伏《ふ》せることに。

だって六歳の女の子が代表で、その子が作った商品を取り扱っているなんて、そんな冗談《じようだん》みたいな商会から普通、買わないわよね。

私だって、躊躇して買わない。

そして、オーバン先生が作った魔道具および、私と共同開発した魔道具もその商会で販売《はんばい》する。

ただ、商会幹部にだけは、事実上私が代表で、私が開発した魔道具を主体で売り出す商会だって言うことは全て説明し、納得しておいて貰う。

いずれ私が大きくなって社会的に信用が得られる年齢《ねんれい》になってから、お父様から私に譲《ゆず》り渡《わた》される時に、移譲《いじよう》がスムーズに進むようにって配慮《はいりよ》ね。

と言うわけで……私の仕事がまた増えました。


この世界の魔道具の歴史は古い。

魔法陣に使われている命令文の魔法文字、それを発音して魔法として使っていた民族が、魔石を利用して作っていたのが魔道具だ。

およそ数百年とも言われる昔のことになる。

その当時、その民族達は、光を灯《とも》す、火を付ける、水を出す、などの生活を便利にする道具として利用していた。

それに目を付けたのが時の権力者だ。

その魔道具を兵器として利用することを思い付き、その民族を取り込み従わせようと画策した。

だけど、それは拒否《きょひ》されてしまう。

その民族達は、魔法という超常《ちょうじょう》的な力が、便利で生活を向上させる反面、容易《ようい》に人を傷つける危険な力だと理解していたから。

そうして戦争になる。

その民族は侵略《しんりゃく》に対抗《たいこう》するための武器として、魔道具兵器を開発した。

奇《く》しくも、時の権力者が望んだ物を発明し、時の権力者はそれに自分達が苦しめられるという憂き目に遭ったわけだ。

だけど、結局はその民族は滅《ほろ》ぼされてしまった。

わずかな生き残りは奴隷《どれい》として扱われ、魔道具を作る技術を時の権力者に伝えることになってしまう。

そして、時の権力者は多くの国々を征服《せいふく》し、一大帝国《ていこく》を築き上げた。

その帝国も、結局は内乱で滅んでしまったけど。

その内乱で反乱軍が勝利したのは、やはり魔道具兵器のおかげだったと言われている。

そんな歴史があるから、後に誕生したオルレアーナ王国は、魔石の使い方を兵器のみに制限し、同時に魔道具兵器の保有数を管理するようになった。

当時の国王が魔石を一般の魔道具に使わせなかったのは、当時はまだ魔石の産出量が少なかったこともあるけど、反乱勢力に一般の魔道具の魔石を不正所持する魔道具兵器へと転用させないため。

そして魔石を全て魔道具兵器のために使い、侵略を繰り返したかったからだと言われている。

オルレアーナ王国がゼンボルグ王国を侵略したのも、口減らしや穀倉地帯狙いだけじゃなく、ゼンボルグ王国で魔石が産出されるから、ゼンボルグ王国が大量に魔道具兵器を保有してオルレアーナ王国を脅《おびや》かすことを恐《おそ》れた、と言う理由もあった。

そうして手に入れた魔石を使い、オルレアーナ王国はさらなる侵略を繰り返し、ヨーラシア大陸の西側――およそ前世の西欧《せいおう》各国を合わせたヨーロッパの半分――を支配下に置いた。

だけどそこで侵略戦争は行き詰まった。

大国、ヴァンブルグ帝国と国境が接してしまったからだ。

オルレアーナ王国とヴァンブルグ帝国が戦火を交えたら、どれほど甚大《じんだい》な被害《ひがい》が出るか分からない。

お互《たが》いの国力を考えるに、果てしなく戦争が続くと思われた。

だから両国はお互いの領土を不可侵《ふかしん》とする条約を締結《ていけつ》し、混迷の大戦は回避《かいひ》された。

ただ、ここで一つ問題が発生する。

魔石は使い捨てだ。

内包するエネルギーを使い切ったら、ただの石ころと変わらない。

だから、戦争を続ける限り需要はなくならず、魔石鉱山を保有する貴族はその利権で莫大《ばくだい》な富を築いていた。

ところが、戦争をする相手がいなくなってしまっては、魔石を消費しなくなるのだから魔石が売れなくなってしまう。

そんな事態を、魔石利権を持つ貴族達がよしとするわけがない。

そうして魔石利権を持つ貴族達が王国に働きかけたことで、ようやく魔石を一般の魔道具として使用する許可が下りることになったわけだ。

魔石利権を持つ貴族達は、そこでさらに考えた。

一般の魔道具のエネルギー消費は兵器と比べて小さいため、少々一般の魔道具が普及《ふきゅう》したところで、以前ほどの利益は得られない。

だから、一般の魔道具、およびそれに使われている技術についての知的財産を守る、と言う名目で、特許と言う仕組みを考案した。

そして、真っ先に特許を取得していったわけだ。

こうして、現在出回っている一般の魔道具の特許の大半が、その魔石利権貴族達の物となっている。

しかもこの特許、仕組みがとても嫌らしい。

特許申請《しんせい》されたその技術や魔道具そのものを模倣《もほう》して売り出す場合は特許使用料を支払《しはら》い、勝手に模倣してはいけない。

特許権を侵害した者には罰金《ばっきん》か刑罰《けいばつ》を科せられる。

ここまでは前世の世界とほぼ同じ。

だけど、その特許権の保護期間は、お金で買えるようになっている。

つまり、一年でいくら、と。

魔石利権で莫大な富を築いている貴族達は、必要になれば、いくらでもお金を払《はら》って保護期間を延長できる。

そう、そうやって特許使用料と言う利権まで手に入れたわけだ。

しかも、お金を持たない者達が開発した魔道具や技術の特許権は、すぐに保護期間が切れてしまう。

そうして特許権が失われた魔道具や技術は、誰も再び特許申請出来ないようにはなっているけど、その魔道具も技術も模倣した物をいくらでも作って稼《かせ》げるようになる。

結局、財力を持つ者達が、ほとんど全ての利権を独占《どくせん》してしまっているわけだ。

さらに嫌らしい仕組みなのが、特許権を侵害した者に対する罰則も、お金で買えるようになっていること。

特許申請する際に、同時にどのくらいの罰を与《あた》えるか、お金を払えばいくらでも重くすることが出来るようになっているんだから、なんの冗談だって話よ。

結果、大したお金を持たない平民の特許権を侵害したところで、大した罰則にはならない。

だけど、財力を持つ貴族の特許権を侵害すると、同じ罪なのに罰則が格段に重たくなる。

そうやって、魔石利権に加えて特許利権まで持った貴族達は、現在、莫大な富を築き続けていると言うわけ。

そこに私が風穴を開けるわけだ。

多分、大きなトラブルになると思う。

世界の果ての田舎者が、自分達の利権を侵害するなんて許さん、って。

だから、国王陛下に献上して、私達の味方に……は無理でも、それら特許利権貴族達を抑《おさ》えるくらいの役目を果たして貰う必要がある。

そういうわけで私は、お父様とお母様から色々と話を聞いて、セバスチャンにも色々調べて貰って、国王陛下、王妃殿下《おうひでんか》、王太子レオナードの趣味《しゅみ》や好み、欲しい物、現状抱《かか》えている問題などの情報収集をして、それに見合った魔道具のラインナップを考えて開発リストに加えることにした。

とはいえ、王族について情報収集するのは、時間が掛かると思う。

プロフィール等の通り一遍《いっぺん》のことは広報されているけど、私が欲しいのはより踏《ふ》み込んだ情報だもの。

バレないよう、慎重《しんちょう》を期して貰わないとね。

下手にバレると、王族を害するつもりなのかとか、王国に反旗を翻《ひるがえ》すつもりなのかとか、あらぬ疑いをかけられてしまうかも知れないから。

ましてや、お父様を始めとしたゼンボルグ公爵派を快く思っていない貴族達にバレたら、嬉々《きき》としてあることないこと騒《さわ》ぎ立てて、尾《お》ひれを付けて悪い噂《うわさ》を流したり、自分達が付け加えた嘘《うそ》をあたかも事実のように国王陛下の耳に入れたり、悪用されるのは確実。

貴族のやり口を学び始めたばかりの私にだって思い付くくらいだから、それを思い付かない貴族はまずいないと思う。

だから、時間が掛かってもいいから、安全第一でお願いしたいわ。

もっとも、それでなくても、ゼンボルグ公爵領《うちりょう》から王都まで、馬車で片道一カ月くらい掛かるらしいのよね。

馬車の旅だと、道中頻繁《ひんぱん》に馬を休ませながらになる。

乗っている方も、揺れを堪《こら》えるから身体《からだ》に力が入るし、お尻《しり》も痛くなるし、ただ乗っているだけでも疲《つか》れて頻繁に休憩《きゅうけい》したくなるのよ。

加えて宿場町に泊《と》まりながらになるから、もっと先に進めるけどそれだと野宿になるから今日はここまでと、早々に切り上げることも珍《めずら》しくなくて、一日中移動するわけじゃない。

倒木《とうぼく》、土砂崩《どしゃくず》れ、橋が流される、盗賊《とうぞく》が出て危険、などなど、足止めされることもままあるみたいだし。

おかげで、移動速度は徒歩の旅とそう大差なくなってしまうみたい。

特に徒歩で護衛が付いていたら、なおさらね。

そう考えると、自動車が欲しくなっちゃうけど……。

さすがに作れる気がしないわ。

仮に作れたとしても今は優先順位が低いから、うんと後回しになって果たしていつになることやら。

そういうわけで、ともかく果報は寝《ね》て待て。

いま私がすべきことは『ゼンボルグ公爵領世界の中心計画』に必要な魔道具を作ること。

そして、その魔道具を製作する工房《こうぼう》および販売する商会を準備することだ。

「つまりマリーは、商会は一つでいいけど、工房は最低二箇所《かしょ》欲しいんだね？」

「はい。一つは商会で売り出す魔道具を作ってくれる工房で、一つは売り出さない機密にしておきたい魔道具を作ってくれる工房です」

「ふむ」

お父様が私の提出した書類に目を通しながら、確認してくる。

「売りに出す魔道具は、先日のランプを始めとしたマリーが開発する一般向けの魔道具、バロー卿が開発する魔道具、そして最初にバロー卿を招いたときにマリーが話していた、二人で共同開発する一般向けの魔道具なんだね？」

「はい。売り出すのは飽《あ》くまでも、日常生活を便利にする道具《家電》のみです」

「機密にする魔道具は、先日話してくれた大型船に関する魔道具と言うわけか」

「はい。これが外部に流出してしまうと、うち《ゼンボルグ公爵領》のアドバンテージがなくなってしまいますから」

例えば、帆《ほ》を操作するためのウインチや魔道具の推進器がそれに当たる。

仮に大型船の建造技術が流出したり、いずれ真似をされて同型の帆船を建造されてしまったとしても、それら魔道具の機密さえ守れれば、速度は当然、操船に必要な船員の数が違うから、コストで負けることはない。

「その通りだ。だとすると魔道具師も職人も数が足りないな……」

「そうなんです。だからそれをお父様に相談したくて」

王国の方針で、これまで魔石は魔道具兵器にしか使ってはいけなかったから、魔道具師は魔道具兵器を開発する軍事産業に従事している人がほとんどなのよね。

ゼンボルグ公爵領にも魔道具研究所はあるけど、王都にある魔道具研究所と同様、そこで研究開発されてきたのは魔道具兵器ばかり。

つまり、どこも実態は魔道具兵器研究所なのよ。

だから機密保持の観点から、魔道具開発に携《たずさ》わっている職人達も、やっぱり魔道具研究所に所属していて、誰も町で工房を構えていない。

王国中央や、魔石および特許利権貴族の領地では、一般向け魔道具の魔道具師や町に工房を構える職人達が徐々《じょじょ》に増えてきてはいるみたいだけど。

残念ながらゼンボルグ公爵領ではまだ、お父様や中央に太いパイプと財力を持つ貴族しか一般向けの魔道具を持っていなくて、一般で工房を構えようって職人が出てくるほど魔道具熱は盛り上がっていないのが現状なのよ。

「魔道具兵器を開発している職人と工房から正式に募《つの》って、機密の魔道具を作る工房を立ち上げるとしても、あまり多くの人員を引き抜《ぬ》くわけにはいかないな」

私が作ったランプも新しい機構を備えているから、その職人さん達にお願いして本体と魔法陣の穴を空ける加工をして貰ったの。

私がやったのは、デザインと設計図を作ることと魔法陣を考案して描くこと、そして最後の組み立てね。

餅《もち》は餅屋。魔道具の本体を作るのはプロの職人にお任せするのが確実だもの。

だから、魔道具に理解がある腕《うで》の立つ職人が大勢欲しいのよ。

「一般に売り出す魔道具であれば、足りない職人は一般から集めても構わないだろうが、本体や機構はともかく、魔法陣を描ける魔道具師はほぼ皆無《かいむ》だろう」

「機密の魔道具は今のところ大量生産する必要はないですから、全部私が魔法陣を描けばいいですけど、一般向けは大量生産するために、何人も魔道具師が欲しいです」

全部私が魔法陣を描いていたら、それ以外の事が出来なくなってしまうもの。

魔道具師を養成するにも教師が必要。

でも、当てはない。

ぱっと思い付くのはオーバン先生だけど……。

オーバン先生には開発をして欲しいから、教師役までは頼めないのよね。

それに多分、自分の開発が忙《いそが》しいって、引き受けてくれないと思うし。

「最悪、他領からスカウトしてくるしかないですけど……」

「出来ればそれは避《さ》けたいところだな。事をなす前に事を荒立《あらだ》てては、こちらの事業が潰《つぶ》されかねない」

現役《げんえき》の魔道具師や職人を引き抜いたら、その領地の貴族とトラブルになること間違いなしだものね。

お父様と二人、頭を悩《なや》ませていると、ドアがノックされた。

「バローめでございます、閣下。今、お時間戴けますかな？」

私とお父様は顔を見合わせる。

オーバン先生なら、いい知恵を出してくれるかも知れない。

「バロー卿か、入ってくれ」

「失礼します。おや、マリエットローズ君。これは出直した方がよろしいですかな？」

「いや、構わない。丁度バロー卿に相談したいことがあったからな。まずはバロー卿の話から聞こう」

ふむ、と頷いて、オーバン先生が私を見る。

「マリエットローズ君が閣下の下を訪《おとず》れていると言うことは、魔道具開発の魔道具師と職人についての相談じゃな？」

「はい、そうです。あ……もしかしてオーバン先生のお話と言うのも？」

「うむ、その通りじゃ」

オーバン先生が好々爺《こうこうや》のように微笑む。

それから私の頭をポンポンと軽く撫でた。

「先日来、マリエットローズ君が頭を悩ませていたようじゃからな。儂に当てがあるので閣下にご報告と相談をしようと、こうして参った次第《しだい》じゃ」

それはなんてタイムリーなの！

「それは丁度いい。まさに今そのことで、マリーと頭を悩ませバロー卿に相談しようと話していたところだった。是非、バロー卿の話を聞かせて貰いたい」

オーバン先生は神妙《しんみよう》な顔になって、口調を改めた。

「儂の知り合いの魔道具師と職人を他領から招いてはどうかと思っております」

それを聞いて、お父様がわずかに眉《まゆ》を寄せた。

私も、やっぱりそれしかないのかなって、手を握《にぎ》り締めてお父様とオーバン先生の顔を交互《こうご》に見上げる。

「せっかくだがそれは、出来れば避けたいと結論が出たところだ」

「トラブルの原因になりますからな。ですが儂が提案するのは、現役のではなく、仕事を奪われた者達のことでしてな」

「仕事を奪われた者達、ですか？」

思わず首を傾げてしまった私に、憤《いきどお》りと悲しみの混じり合った顔で頷く。

「うむ。特許利権貴族どもに魔道具を盗まれ特許を奪われてしまった者達、ろくに保護期間を貰えず、すぐに模倣されて仕事を奪われた者達、言うことを聞かぬからと工房を潰された者達。そういう者達が少なからずおってな」

「そんな……！」

そんなあくどい真似をしてまで、利権を独占しようとしているなんて！

「彼《かれ》らがいらぬと捨てた者達を閣下が拾い上げることに、文句を言われる筋合いはありますまい」

「彼らがそのくらい物わかりが良ければ苦労はないが」

「でしょうな。ですから、閣下にはいらぬ苦労をかけてしまうことになりましょうが、あの者達をこのまま放置しておくのは忍《しの》びなく、またこのまま埋《う》もれさせてしまうのはあまりにも惜しい。秘《ひ》密裏《みつり》に家族ごと招いてしまえば、そうそう手出しも出来ぬでしょう」

「お父様」

そんな人達がいるのなら、なんとしても掬《すく》い上げてあげたい。

どうせ特許利権貴族達とトラブルが起きることは目に見えているんだから。

だったらこっちにメリットがあることで起きる方がまだいいもの。

囲い込んでいる現役の魔道具師と職人に手を出すわけじゃないんだから、トラブルの規模も多少は抑えられるはずだし。

「……分かった、検討してみよう」

「ありがとうございます、閣下」

話が終わると、早く研究の続きをしたいからと、オーバン先生は早々に退室してしまった。

「マリー」

二人きりになったら、お父様が至極真面目《しごくまじめ》な顔で真っ直《ますす》ぐに私を見てきた。

「もしバロー卿の提案に乗れば、マリーの身も危《あや》うくなるかも知れない。どうする？」

「構いません。どうせ早いか遅《おそ》いかの違いですから。それより、不当な目に遭わされている人達をなんとかしてあげたいです」

「マリーは優しい子だな……分かった、やってみよう」

「ありがとうございます、お父様」

貴族の顔で私に頷いた後、父親の優しい顔で両手を広げる。

私はお父様の腕の中に飛び込み、お膝《ひざ》の上に横座《よこずわ》りしてギュッと抱き付いた。

お父様も私を抱き締めてくれる。

「あまり急いで大人にならなくてもいいんだよ？　まだこうして、親の腕の中で甘えていていい年なんだから」

「ありがとうパパ。でもいいの。私がそうしたいから」

陰謀も断罪も処刑も全部回避して、みんな一緒にずっと笑顔《えがお》で暮らせるように。

「そうか。分かった。それが道理がない、益のないことでない限り、私も可能な限り協力しよう」

「ありがとう、だからパパ大好き」

頬にキスする。

その時のお父様のにやけた顔は、見られた物じゃなかった。

でも、大好き。


それから数カ月後。

「よく来たなクロード、久しぶりじゃな」

「おお、オーバン！　まさかお前さんからこんな誘《さそ》いがあるとはな」

お父様の手配のおかげで、魔道具師と職人、その家族達が無事領都に到着《とうちゃく》した。

オーバン先生と同年代のお爺《じい》さんから、中年のご夫婦《ふうふ》、青年のご夫婦、さらに私より幼い子供達まで、総勢三百人を超えている。

「ゼンボルグ公爵様、この度《たび》はワシらを招いて戴き、ありがとうございます」

クロードと呼ばれた白髪《はくはつ》のお爺さんが、一同を代表してお父様にお礼を言って頭を下げると、他の人達も一斉《いっせい》にお礼を言って頭を下げた。

「急な、それもこのような形での招きに応じてくれたこと、感謝する。諸君らの魔道具師と職人としての手腕《しゅわん》に期待すること大だ。ご家族も新たな仕事が見つかるまで生活は保障するので、安心して仕事に専念して欲しい」

お父様の言葉に、みんな顔を明るくする。

これだけたくさんの人達が誘いに応じて来てくれたことは、素直に嬉しい。

でも裏を返せば、これだけたくさんの人達が、元の領地でそこの貴族達に酷《ひど》い目に遭わされていたと言う証拠《しょうこ》でもある。

みんな、ここ、ゼンボルグ公爵領を新天地と期待して来てくれたんだから、是非、楽しくお仕事をして欲しいわ。

「どれ、歓迎《かんげい》の印に、お前さん達にやる気が出るいい物を見せてやろう」

オーバン先生がそう言って取り出したのは、私がプレゼントしたランプで……。

えっ、それ見せちゃうの⁉

余所《よそ》から来たばかりの職人さん達に⁉

オーバン先生は開発を手伝ってくれた先生だからいいけど、他のプロの職人さん達に見られるのは、ちょっと恥ずかしいんだけど⁉

「ランプ？　だけどボタンが多いな？」

「デザインは……斬新《ざんしん》だ。しかもお洒落で美しい造形をしているな」

だけどランプはランプだろう、みたいな職人さん達の反応に、オーバン先生が悪戯っぽくニヤリと笑った。

「ほれ、ここのボタンを押すと……どうじゃ？」

「なっ⁉　明るさが変わった⁉」

「ほれ、こっちのボタンもじゃぞ」

「暗くなったり明るくなったり、ボタンで切り替わるだって⁉」

「魔石は一つ、だよな⁉」

「魔法陣が裏向きに⁉　何か仕掛《しか》けに関係があるのか⁉」

得意満面でランプを操作するオーバン先生の周りに、百人近い魔道具師と職人さん達が殺到《さっとう》してくる。

「わぁ……」

みんなすごい真剣《しんけん》な顔だ。

お父様の前だって言うのに、もうそんなこと欠片《かけら》も頭にない顔でマジマジとランプを観察して、目を輝《かがや》かせている。

本当にみんな魔道具が大好きな人達なのね。

恥ずかしい反面、なんだか嬉しい。

「驚いたな……これはオーバンが？」

「いや、儂ではない」

「なんと⁉　では誰が⁉」

オーバン先生が私に目を向けた途端《とたん》、全員一斉に私に顔を向けた。

「ひぅ⁉」

思わず変な声が出て後ずさっちゃったくらい、真剣な目と顔が怖い。

「お嬢様お下がりを！」

アラベルが咄嗟《とつさ》に私を庇《かば》って前に出る。

本当にもう、そのくらい身の危険を感じてしまった。

「こんな子供が……!?」

言いかけて、咄嗟のアラベルの行動に、クロードさんは私が誰だか思い出したんだろう、慌てて私とお父様に頭を下げた。

「申し訳ございません、お嬢様に対してとんだ失礼を」

他の魔道具師と職人さん達も、はっと気付いて青い顔で慌ててそれに続いた。

領地に来たばかりでいきなり失礼な真似をしちゃったわけだから、すごく恐縮《きようしゆく》して謝《あやま》ってくれる。

「い、いえ、気にしていませんから。こんな小さな子供が魔道具を作っただなんて、普通驚きますよね」

ちょっと夢中になっちゃっただけで、悪気がないのは明らかだもんね。

だから、両手を振って全然気にしてないアピールをする。

アラベルにも、ありがとうってお礼を言って下がって貰った。

「どうじゃ、この子供らしからぬ落ち着きようと仰《おつしや》りようは。面白かろう?」

どうしてそこでオーバン先生がドヤ顔するのかな?

しかも面白いって……。

まあ、あの恥ずかしい『天才幼女』なんて二つ名を出されなかっただけマシだけど。

「なるほど、さすが公爵令嬢、大変大人びて賢《かしこ》くていらっしゃると」

「その通りだ。我《わ》が娘ながらこの子は天才だ。その知識と類い希な発想力を、すぐに思い知ることになるだろう。楽しみにしておくといい」

お父様まで得意満面で鷹揚《おうよう》に頷く親バカを発揮しないでよ、恥ずかしいでしょう！

エマもアラベルも、後ろでうんうんと頷かないで！

ともかく、うちの領地にたくさんの魔道具師と職人が増えて、私の開発のお手伝いをしてくれることに決まった。


優秀な魔道具師と職人が一気に増えた。

だから、それぞれ希望する役割に振り分けていく。

まず、ランプ作りでお世話になった魔道具研究所の四人の職人を、機密の魔道具を作るためにお父様が引き抜いてくれた。

その四人に加えて、他領から来てくれた職人が三人と魔道具師がクロードさんを含めて二人。

この九人が、私と一緒に機密の魔道具を作ってくれることになる。

この人達は全員、実力も人柄《ひとがら》も口の堅さも、お父様とオーバン先生のお墨付《すみつ》きの人達だ。

次に、四人の職人達が抜けた穴埋《あなう》めに、引き抜かれた人数と同じ四人の職人が魔道具研究所に就職。

そして最後に、残った魔道具師と職人達が町で工房を開いて、私やオーバン先生が開発した一般向け魔道具の量産を請《う》け負いながら、独自に魔道具の研究、開発をしていくことになった。

「驚くくらい、一気に生産体制が整いましたね。それもこれも、オーバン先生のおかげです」

「なんの。これでようやく儂の研究も捗《はかど》りそうじゃわい」

私もにこにこ、オーバン先生もにこにこだ。

これで憂《うれ》いなく、魔道具開発に勤《いそ》しめるわ。

「そういうわけで、さっそく、機密たっぷりの魔道具を開発したいと思います」

私の魔道具開発チームの魔道具師および職人さん達九人と、アドバイザーのオーバン先生の前で、堂々と宣言する。

「それでお嬢様、ワシらに作るのを手伝って貰いたいと言う魔道具は、どんな物ですかな？」

年齢、実績、名声その他、オーバン先生には一歩及《およ》ばないらしいけど、他の誰よりも高いクロードさんがサブリーダー的まとめ役になってくれて、代表して私に質問してきた。

魔道具研究所から来てくれた四人とオーバン先生はすでに私がしてきたことは知っているけど、クロードさん達はまだ全然知らないからね。

多分、あのランプのことも、まだ半信半疑だろうし。

だから一発目、ここで度肝《どぎも》を抜く魔道具を開発することで、私がこの開発チームのリーダーでトップだってことを認めて貰って、なおかつ、自分達が作る魔道具の重要性、機密にする理由をしっかりと理解して欲しい。

と言うわけで。

「私が皆《みな》さんと最初に開発したい魔道具はこれです！」

設計図や仕様書を、自信満々にバンとテーブルに置く。

お手伝いを買って出てくれたエマが、みんなにも同じ書類を配ってくれた。

書き写すのが大変だったから、三人に一セットだけだけど。

「お嬢様……これはなんですかな？」

「ウインチとクレーン、そして丸ノコです」

「ウインチ？　クレーン？　丸ノコ？」

船が大きくなってマストと帆の数が増えれば、それだけ帆を操作する船員が大勢必要になる。

それは船員の確保が大変になる上に、人件費がかさむと言うこと。

これはもう、帆船が抱える根本的な問題だと言っても過言じゃない。

じゃあその問題を解決する方法はないのかと言えば、そんなことはなかった。

なんとカティサークは、ウインチを搭載《とうさい》することでその問題を解決したの。

四分の一や五分の一のサイズの帆船と比べて、必要な船員の数が同じくらいか、むしろ少なくても平気って言えば、その効果の高さが分かると言うものよね。

もちろん、たくさんのウインチを動かすなら、それだけ魔石のコストが掛かるようになる。

だけど、何倍もの船員の人件費を考えれば安いもの。

しかも船員が減って積み込む食料を減らせれば、その分だけ交易品を多く載せられるようになるから、最終的に輸送コストはうんと安くなる。

それに加えて、魔道具兵器による魔石の消費が大幅《おおはば》に減ったことで、魔石は供給過剰《かじょう》になって市場価格がどんどん下がってきているそうなの。

もうしばらくは下がり続けてそこで価格が安定する、と言うのがお父様とサンテール会長の見立てらしいわ。

だから多少変動するとしても、もう元の高値に戻ることはないと思う。

そもそも魔道具はまだまだ貴族の贅沢品《ぜいたくひん》で、一般に広く普及しているわけではないから、これから私が色々な魔道具を作って貴族達がこぞって買い求めたとしても、顧客《こきゃく》の数が限られているんだから高騰《こうとう》のしようがないもの。

一般市民に魔道具が普及するには、貴族の需要を満たして新たな市場の開拓が必要になってから。

その上で、今みたいに限られた人しか魔道具師になるための勉強が出来ない状況から、広く門戸が開かれて、魔道具師がもっともっと増えてからじゃないとね。

だから、かなり先の話になる。

つまり、当分、魔石の値段が高騰することはないと思っていい。

そういうわけで運用する魔石のコストが下がるから、搭載するウインチは元より、そのウインチを利用して大型ドックにクレーンを設置して、建造のお手伝いをしようと言うのが今回の趣旨《しゅし》ね。

ちなみにクレーンのイメージは、倉庫の天井《てんじょう》に鉄骨が渡されていて、そこからフックが吊《つ》り下げられている奴。

すでにそれを見越して大型ドックは建設されているわ。

かなり頑丈《がんじょう》で、相当な重量にも耐《た》えられないといけないから、初期投資は莫大だったけど。

でも、建造する船は一隻《せき》だけじゃないもの。

何隻《せき》も何十隻も建造することになるわ。

それに加えて丸ノコがあれば、木材の加工を素早く容易に出来るようになる。

熟練者じゃなくて見習いでも、ガイドに沿って切るだけで安定した品質で生産できるのよ。

手に持つタイプ、大きなテーブルに設置するタイプ、さらに片刃《かたは》のノコギリを前後に動かすタイプと色々作れば、様々な用途に対応出来て、作業効率と生産効率を圧倒的に上げられる。

これらを考えれば、初期投資が莫大だったとしても、建造期間を短縮してコストを下げられる意味はとても大きい。

何より、早々に他領、他国を出し抜いて、アグリカ大陸、そして新大陸を発見して交易出来るようになるんだから、初期投資なんてきっとすぐに取り戻せるはずよ。

と言うことを、仕様書を片手に説明する。

「「「「……」」」」

クロードさん達、唖然《あぜん》としているわね。

魔道具研究所から来てくれた四人も、目を見開いている。

平然と……ううん、みんなの反応を楽しげにニヤニヤと見ているのは、一足先に相談したオーバン先生だけ。

オーバン先生も、最初に話を聞いた時は、同じような顔をしていたのにね。

「これは……恐れ入った……いや、恐れ入りました、お嬢様」

『これ、六歳が出せる発想か？』

『公爵様が言っていたことは本当だったたってことか……』

『ああ……天才って本当にいるんだって思い知らされたよ。まさに天才幼女だ』

なんて、コソコソ囁《ささや》いている声も聞こえてきた。

恥ずかしいから、天才幼女はなしでお願いしたいんだけど……。

どうせ二十歳《はたち》過ぎればただの人の予定だし。

ま、まあ、それはともかく。

「私では発想は出せても、こんな大がかりな物は一人では作れないので、ぜひ、皆さんに協力をお願いします」

私の言葉に、みんな顔を見合わせて、うんと大きく頷き合った。

「驚きすぎてなんと言ったらいいか分かりませんが、分かりましたお嬢様。是非、ワシらに手伝わせて下さい」

「こんな前代《ぜんだい》未聞《みもん》の魔道具開発に関われるなんて、職人冥利《みょうり》に尽《つ》きますよ。いやあ、なんだかワクワクしてきましたね」

良かった、みんなやる気になってくれたみたい。

「オーバン、お前さん、あちこちの貴族の間を転々としとったが、いつの間にか随分と面白い方に雇《やと》われとったんだな」

「どうじゃ、羨《うらや》ましかろう」

「ああ、全くだ。もっと早くにワシも雇われたかった。いや、あと四十年早く出会いたかったな」

「はっはっは。儂も似たようなことを言ったぞ」

「うむうむ、だろうな」

お爺さん二人、妙《みょう》に意気投合しているけど……ちょっぴり恥ずかしいからその辺でお願い。

それを誤魔化《ごまか》すように、そして話を元に戻すため、コホンと咳払《せきばら》い一つ。

それから拳《こぶし》を高く突《つ》き上げる。

「さあ、皆さんの腕の見せ所です。気合いを入れて開発しましょう！」

「「「「おおぉぉ――――‼」」」」


ウインチは想像以上の早さで開発出来た。

みんな熱心に意見を出してくれて、私がこういう機能が欲しいって言うと、私が思い付かない構造でも形にしてくれて、予想以上の仕上がりになったのは嬉しい誤算ね。

このウインチも、供給文様の数を変えて出力を変えるのは当然、回転する向きや速度も同じ機構で命令文を差し替えることで変更《へんこう》可能にしたから、かなり利便性がある工業機械のような魔道具に仕上がったと思う。

丸ノコはウインチで開発した回転機構を簡素で小型にしただけだから、これも早かった。

後はクレーンなんだけど、これは重量や強度計算が重要になるから、さすがに外部の鍛冶《かじ》屋《や》や建築のプロに発注した。

それらの業者さんが、打ち合わせの場に六歳の私が現れてビックリした上に、話の主導権を握るのがお父様じゃなくて私だったことにさらにビックリしていたのは余談ね。

ついでに、お父様が得意満面で親バカ全開だったことも。

この件は私が主導している、それどころか関わっていること自体を秘密にするよう、業者さん達に念押《ねんお》しするときは、さすがが公爵閣下と言わんばかりに怖かったのは秘密。

お父様に怖かったって言ったら、きっと泣いちゃうと思うから。

それはさておき、もっと規模を小さく機構を簡単にしたクレーンを開発すれば、建築現場の常識が一変するって業者さん達はすごい意気込みだったから、それもいずれ開発することになりそう。

ただ、今それを開発して世に出しては、多方面に影響が大きくなってしまう。

こっそり迅速《じんそく》に大型船を建造したいのに、変に目立ってしまうと特許利権貴族に目を付けられて横槍《よこやり》を入れられるのは確実。

それで万が一『ゼンボルグ公爵領世界の中心計画』が外部に漏れたら、どんなえげつない妨害《ぼうがい》が入って潰されてしまうことか。

それだけは絶対に避けないと。

何より、他に作りたい魔道具のラインナップが目白押しなのよ。

だからいずれタイミングを見て、と言う話で落ち着いた。

ちなみにオーバン先生は色々とアドバイスをしてくれたけど、本当にアドバイザーとしての発言だけで、全部私達に任せてくれた。

と言うよりも、オーバン先生は幾《いく》つもインスピレーションが閃《ひらめ》いて、自分が作りたい魔道具開発に没頭《ぼっとう》していると言った方が正解ね。

それに関して私も色々と相談されるから、お返しにアドバイスしているけど。

おかげで、オーバン先生は毎日がご機嫌《きげん》よ。

そんな自分達の作った魔道具の反応が良くていい雰囲気の中、開発チームのやる気は鰻登《うなぎのぼ》りで漲《みなぎ》っている。

そのモチベーションを、是非そのまま次の魔道具開発に向けたい。

と言うわけで、開発チームの九人を集めて高らかに宣言する。

「丸ノコが現場で使われ始め、クレーンの建設も始まったので、本日はこれらの機能をさらに活用出来る利便性の高い道具と魔道具を開発しようと思います。まだまだ先の話になってしまいますけど、小型クレーンを開発した際にも、これはとても有用な道具と魔道具になりますので、みんな気合いを入れていきましょう！」

プラスして、オーバン先生も同席しているのはいつものこと。

むしろアドバイザーと言うよりも、私がまた何を言い出すのか面白そうで興味深いから聞いておきたい、と言うのが本音みたいだけど。

「次から次へとよくもまあ、お嬢様の知識の泉は底なしですな」

感心半分呆《あき》れ半分のクロードさんに、みんなが同意してしみじみと頷く。

「その斬新な発想に付いて行くのも一苦労ですよ」

「そうそう、初めて知る知識が多くて戸惑《とまど》うことばかりで」

「でも、楽しいからいいですけどね」

「そう、それ。それに尽きる」

「いやはや、こんな楽しい職場は、他にそうはないでしょうな」

ウインチとクレーン、そして丸ノコを完成させて、みんなの仲が良くなって、チームに一体感が出てきたのはとってもいいことよね。

でも、こういう軽口でもその一体感を発揮するのはどうなのかしら？

なんて、ね。

本当の意味で私をリーダーと認めてくれたことは、和気藹々《わきあいあい》としたその雰囲気から十分に伝わってきている。

だからみんな、次に私が何を言い出すのか、どんな魔道具を作るのか、興味津々って顔で私に注目してくれた。

「次に作るのは台車と運搬車《うんぱんしゃ》です」

「台車……は、まあ分かるとして、運搬車……ですか？」

台車と聞いて、ちょっと肩透《かたす》かしに感じた人もいるみたいね。

運搬車の方は、いまいちイメージが湧《わ》いていないみたいだけど。

「ウインチやクレーンに比べたら、インパクトは小さいかも知れないですけど、それでがっかりするのは早計ですよ。利便性や普及のしやすさを考えると、むしろより広く大勢の人の助けになる、一般向けの道具と魔道具になりますから。では、具体的にどんな道具と魔道具かと言えば——」

リアカーのような荷車があるように、物を載せて移動させる道具はある。

要は、その利便性をもっと上げようと言うこと。

詳しく言うのなら、コンビニや物流倉庫で使っているような、段ボール箱が一つ載る程度の大きさの、キャスター付きの小さな台車や、もう少し大きめの、人が押す取っ手が付いた台車ね。

リアカーより積み卸《おろ》しがしやすくて、気軽に使いやすいから。

さらに、取っ手の付いた台車を一回り大きくして、ウインチの回転機構を利用して後輪を自動で動くようにしたいの。

今のように、えっさほいさと担《かつ》いで何度も往復する必要がなくなるし、運搬《うんぱん》の小回りが利《き》くようになる。

「――と、このように、物の運搬が格段に楽になります。さらに、木材や板などただ積んで載せるだけじゃなくて、しっかりロープで縛《しば》った状態で載せれば、運搬中も安定する上、そのまま解かずにクレーンで吊り上げられるでしょう？」

人が乗って運転するんじゃなくて、横や後ろに付いて歩いて操作する形で、速度を人が歩く程度に抑えて、前輪の向きの操作と、進む、止まる、だけに機能を制限すれば、さすがに自動車は無理でも、この程度の運搬車ならそう難しくないはずよ。

「さすが、まさか魔道具で台車を動かして荷物を運ばせようとは！」

「牛や馬の代わりをさせるのか！　確かに小回りが利く！」

「なるほど。確かに建設現場に限らず、あちこちで使えそうだ」

「回転機構と言うのは、ちょっとの工夫で色々と応用が利くものなのだな」

うん、みんな興味を持って、その利便性を理解してくれたみたいね。

「では、開発をお願いしていいですか？」

「「「「はい！」」」」

これで、大型船建造の工期がさらに大幅に短縮出来そうで、ほっと一安心だ。

運搬車を一般に広めるかどうかは、お父様に相談して慎重に決める必要があるけど、台車だけなら普通に売り出していいし、いい物が出来たら、お父様とエドモンさんに相談してみようかな。

話は少しだけ遡って、そんなウインチとクレーンと丸ノコを開発しているある日。

私はお父様の執務室に呼ばれて、それからお父様と一緒に平民の商人向けの応接室へと入った。

その応接室には、エマのお父様であるサンテール商会のサンテール会長と、他に知らない人が三人もいた。

一人は、サンテール会長と同じ三十代くらいの男の人。

もう一人はそれより若くて、二十代くらいの男の人。

そして最後の一人は、五十を超えていそうな白髪のお爺さんだ。

四人ともお父様と私が応接室に入るとソファーから立ち上がって、特に三十代と二十代の男の人二人が、緊張《きんちょう》でいっぱいいっぱいいっぱいって感じにビシッと気を付けする。

「待たせたな。楽にしてくれ」

お父様がソファーに座って、私がその隣《となり》に座る。

それを待って、サンテール会長と三十代の男の人が一人、ソファーに腰を下ろした。

二十代の男の人と白髪のお爺さんは、ソファーの後ろで控えて立ったままだ。

「本日はお時間を戴き誠《まこと》にありがとうございます、閣下、マリエットローズ様」

サンテール会長が恭《うやうや》しく頭を下げると、他の三人もそれに倣《なら》って頭を下げる。

「なに、こちらが頼んでいたことだ。それでガストン、その三人がそうか？」

「はい。今度新しく立ち上げる商会の副商会長、副商会長補佐《ほさ》、経理となります」

そう、今日は私の魔道具を売るために新しく設立する商会の、主要な幹部との初顔合わせの日！

サンテール会長が手配してくれて、遂に必要な人員が揃《そろ》ったのよ！

期待と緊張でドキドキしながら、三人を眺める。

「この度、副商会長を務めさせて戴きますエドモン・バイエと申します。閣下には新商会の設立にお声がけ戴き、感謝の念に堪《た》えません」

ソファーに座った三十代の男の人が、ガチガチに緊張して頭を下げた。

短く刈《か》り込んだ灰褐色《はいかっしょく》の髪《かみ》に、青みがかった薄緑《うすみどり》の瞳《ひとみ》の、生真面目《きまじめ》そうな人だ。

細身で、顔はそこそこイケメンっぽいけど、残念ながらお父様に比べたら何枚も落ちちゃうわね。

それでも、話し方から実直でいい人そうなのは伝わってくる。

「エドモンは私の商会で、商品の仕入れや流通などを担当していました。以前から独立して自分の商会を持ちたいと言っていたので、今回の新商会設立にどうかと声をかけてみたところ、非常に乗り気で良い返事を貰えたので、閣下にご紹介《しょうかい》させて戴きました」

サンテール会長の補足説明に、私はつい小首を傾げてしまった。

それはお父様も一緒だ。

「独立して自分の商会を持ちたかったと言う話だが、いいのか？」

そう、お父様が会長で、そしていずれ私が会長になる。

つまりエドモンさんは副会長にしかなれない。

商会の切り盛りなどの実務はほぼエドモンさんに丸投げになる。

だから、実情は商会長と変わらないと思う。

だって商売の素人《しろうと》の、特に私みたいな経験不足の子供があれこれ口を出しては、上手《うま》くいくものもいかなくなっちゃいそうだものね。

魔道具を売り出すことに決めたけど、別に商人になりたいわけじゃないし。

だけど、大きな意味での販売方針などは、私やお父様が口を出すことになる。

だから、いくら実情が商会長と変わらないと言っても、完全に自由な裁量で経営出来るわけじゃない。

それに、普段《ふだん》は自由にやって貰っていて構わないけど、要所要所ではちゃんと私やお父様に報告、連絡《れんらく》、相談して貰わないと困るもの。

「はい、販売方針や取り扱う商品のお話は伺っています。ですが構いません。私は常々、このゼンボルグ公爵領を中央に負けない豊かな領地にしたいと考えていました。中央の商会にばかり大きな顔をされるのは不愉快《ふゆかい》ですから。ですからそれだけの力を付けるために、ゼンボルグ公爵領にはサンテール商会だけではないのだと示そうと、独立を考えていたのです」

エドモンさんは生真面目そうな顔と同じ、とても生真面目な口調で、真っ直ぐお父様の顔を見ながら熱く意気込みを語ってくれる。

「つまり、独立は手段であり、目的ではないと？」

「はい、その通りです。しかもここ数年、公爵閣下のご采配《さいはい》で、ゼンボルグ公爵領全体でインフラ整備や特産品の増産など、領地を豊かにするための大きな経済の動きが見られています。今回の新商会設立もその一環《いっかん》であるとのお話を伺っていますから、微力《びりょく》なれど是非その手助けをさせて戴きたいと思ったのです」

うん、熱い。

志がとっても篤《あつ》い。

そんなにもこのゼンボルグ公爵領のことを考えてくれていて、すごく嬉しい。

「それは私にとって、とても耳寄りな話だ」

お父様も、公爵として甘い顔をしないためか一見すると表情は変わっていないけど、声のトーンがちょっと上がって喜んでいるみたい。

「しかも扱う主力商品が今注目を集めつつある魔道具となれば、これを逃《のが》せばしばらく他の商会で扱うことは難しいでしょうし、扱えるようになったところでこちらの商会の後塵《こうじん》を拝することは明らかです。であれば、最初からこちらの商会に入って扱わせて戴きたいと、そう考えました」

そうね、私の商会で扱う理由は、もし特許利権貴族達が商会に対して嫌がらせをしようとしても、バックに私達ゼンボルグ公爵家が付いているとなれば、そうそう下手な真似は出来ないだろうから。

平民の商人がやっている普通の商会に卸すのは、それこそ家電のようにもっと魔道具が一般の人達にも広まって、いちいちその手の嫌がらせをしていたらきりがなくて、特許利権貴族達が横槍を諦《あきら》めるくらい、普及が進んでからになると思う。

その頃になってようやく扱えるようになっても、ね。

業界でトップに躍《おど》り出るのは難しいわね。

チラリとサンテール会長を見ると、優しく微笑んで頷いてくれた。

きっと私の力になってくれる。

サンテール会長のお墨付きだ。

「どうだい、マリー？」

お父様が私を見て尋《たず》ねてくる。

「はい、とても素晴らしい志をお持ちだと思います。人柄も信頼出来ると思いますし、何よりサンテール会長が推薦《すいせん》された方です。この方ならお任せしていいと思います」

「そうか。私も同意見だ」

お父様は満足そうに頷くと、エドモンさんに目を向けた。

「どうやらマリーのお眼鏡に適ったようだ。エドモン・バイエ。その働きに期待している」

「は、はい！　必ずやご期待に添《そ》えてみせます！」

なんで六歳の娘の私に尋ねて、そのお眼鏡に適ったから採用になったのか、その理由が分からなくて戸惑ったみたいだけど、すぐに表情を改めて頭を下げる。

その切り替えも高評価ね。

ここでウダウダと、なんでどうしてと悩んだりごねたりするようでは、安心して任せられないもの。

そこはさすが、サンテール会長の紹介だわ。

それから残りの二人についても、それぞれ自己紹介してくれる。

「副商会長補佐を拝命致しましたマチアス・バイエと申します」

白髪のお爺さんが、エドモンさんのお父様でマチアスさん。

先々代、先代サンテール会長と二代にわたって、サンテール商会で貴族相手の渉外《しょうがい》担当として働いていたそうよ。

だから貴族への対応は慣れていて、挨拶も堂に入っていたわ。

今のサンテール会長に代替《だいが》わりしたときに、老兵は去るのみと、若い人に任せて引退したんだって。

そして今回、エドモンさんを補佐するために、現役復帰を決めてくれたらしい。

副商会長のエドモンさんの仕事が実質商会長だから、副商会長補佐の仕事は実質副商会長ね。

「け、経理を担当します、ポール・アンペールです。よ、よろしくお願いします」

もう一人の二十代の男の人は、サンテール商会でも経理をしていたポールさん。

亜麻色《あまいろ》のくせっ毛で、瞳も亜麻色の、ちょっと色素や気配が薄い感じで、顔つきも平凡《へいぼん》で存在感も薄い、目立たない男の人だ。

貴族相手は慣れないのか、ちょっとオドオドした感じだけど、数字に強くて優秀で、真面目にしっかり働いてくれる人みたい。

「お前達の働きに期待している。頼んだぞ」

「はい！」

「お任せ下さい」

「は、は、はい！」

主にお父様や私とやり取りするのは、今回挨拶に来てくれた三人になる。

もちろん他にも仕入れ、流通、渉外、その他、幹部になる人は何人もいるし、店員、下働き、専属の護衛など、大勢の人達が私の新しい商会で働いてくれることになっている。

その辺りのことは、もういちいち私が考えることじゃなくて、副商会長になった実質商会長のエドモンさんにお任せだ。

「さて、今回の新商会の設立で、名目上のトップである商会長は私になるが、細々とした案件は後ほど説明するとして、一つとても大事な案件を先に説明しておかなくてはならない」

お父様が声のトーンを下げて纏《まと》う雰囲気を少し重くして、これから話すことは自分達のお眼鏡に適ったから話せる重要な秘密だから心して聞くように、と言わんばかりの口ぶりになる。

エドモンさんとポールさんは緊張したのか表情も身体も硬《かた》くして、マチアスさんは表情こそ変えないけど緊張を滲《にじ》ませた。

領主で公爵のお父様が明かす秘密なんだから、余所《よそ》で口外したら命がない。

商人なら、そのくらい見当が付くわよね。

「取り扱う商品は新たに開発する魔道具で、その開発者があの高名なバロー卿であると言う話はすでにガストンから聞いていることと思う。しかし、開発を担当する魔道具師はバロー卿一人だけではない。もう一人、バロー卿をして天才と言わしめた魔道具師が開発を担当する。より正確には、その天才魔道具師が開発した魔道具を売り出すことこそが、新商会設立の意義だと承知しておいて貰いたい」

お父様の説明に、エドモンさん達三人からどよめきが上がる。

まったく、お父様ったら大げさに紹介しすぎだと思うわ。

公爵っぽい顔で重々しく言いながら、親バカ全開なんだから。

「あのバロー卿をして天才と言わしめた魔道具師……それはすごい！」

「しかしそのような魔道具師は名前どころか噂すら……いえ、なるほど、余計な横槍が入らぬよう、バロー卿のお名前を前面に出して秘する必要があると言うわけですか」

「い、一体その方は、どなたなのですか？」

今にもにんまりしそうな顔を引き締めながら、お父様が部屋の隅《すみ》に控えていたセバスチャンに合図する。

「まずはその魔道具師が開発した魔道具を見て、その天才ぶりを理解して貰いたい」

セバスチャンがドアを開けて合図すると、エマがワゴンに載せて私が作ったランプを運んで来た。

「ランプ……だけどデザインがとても斬新で前衛的だ……それでいて美しい」

エドモンさんを始めランプに目を奪われている三人の前に、エマがランプを置く。

「触《さわ》って操作して構わない。天才が天才たる所以《ゆえん》を自らの目で確かめてみるといい」

お父様が芝居《しばい》がかった口調になって言うと、代表してエドモンさんがランプを手に取って操作して……。

後はお決まりのコースね。

三人とも大興奮で大絶賛。

「素晴らしい！　魔道具の歴史が変わる一品だ！」

「ううむ……バロー卿が天才と言うだけのことはありますな」

「これは売れます！　既存の魔道具を駆逐《くちく》する勢いで売れますよ！」

それを目の前で聞かされている私は恥ずかしくて仕方ないんだけど、お父様はもうご満悦《まんえつ》だ。

「では皆に、その天才魔道具師を紹介したいと思うが――」

お父様が私を抱き寄せるように肩《かた》に手を回す。

「――先ほどから疑問に思っていたのではないかな？　何故この場に、私の娘が同席しているのか、と」

もう、お父様ったら楽しんでいるわね。

サンテール会長が笑いを噛《か》み殺すのに大変そうよ。

私も、さっきから恥ずかしくてずっと顔が熱いんだから。

そう言えばって感じに、エドモンさんとポールさんが首を傾げて、マチアスさんがまさかって感じに目を瞠った。

「紹介しよう。あのバロー卿をして天才と言わしめた魔道具師。私の娘、マリエットローズだ」

ほら、三人とも驚きすぎて声もないじゃない。

「改めまして、マリエットローズです」

もう、それだけ言うのでいっぱいいっぱいよ。

だって『ただいまご紹介に与《あずか》りました、天才魔道具師のマリエットローズです』なんて恥ずかしくて言えるわけないじゃない。

さらに。

「ちなみに、先ほどエドモン・バイエが言っていた、『ゼンボルグ公爵領全体でインフラ整備や特産品の増産など、領地を豊かにするための大きな経済の動き』を発案し、私に提言してきたのも、このマリエットローズだ」

まさに騒然《そうぜん》。

大変失礼ながらって前置きして、お父様と私に質問の嵐よ。

サンテール会長が一緒になってフォローしてくれたんだけど……。

「お前達も扱っていただろう。何を隠そう、浮き輪とライフジャケットを発明したのも、こちらのマリエットローズ様だ」

そんな風に、さらに燃料投下するものだから、もう大変よ。

「こ、こ、この方があの……！」

「つまり新商会は、こちらのマリエットローズ様が考案、開発された商品を売り出すための商会と言うわけなのですね」

「確かにこれは、身の安全のためにもお名前は伏せておかなくてはなりませんな」

と、最後には納得してくれたみたいだけどね。

もっともそうなるまでに、かなり時間が掛かってしまったけど。

「ではマリー」

エドモンさん達三人が新商会の主旨《しゅし》を理解して、事実上私がトップに立つ体制を納得してくれたところで、お父様が促《うなが》してくる。

「はいお父様。では、私はここで失礼させて戴きます」

一礼して、エマと一緒に応接室を出る。

子供の私が出る幕はここでおしまい。

後は多分、お父様が公爵としての怖い顔で、子供の私にはまだ聞かせられない話をするんだろう。

「お嬢様、お疲れになったでしょう。奥様が先ほどクッキーを焼いておられましたよ」

「お母様のクッキー！」

うん、それはいい！

大人相手に話をして疲れたから、糖分を補給しないとね！

後は大人のお父様達にお任せで。


「う〜ん……」

「どうかなさいましたか、お嬢様」

エマがお茶を淹れながら、心配そうに私の顔を覗《のぞ》き込んでくる。

私の目の前には、テーブルに置かれた報告書が。

なんの報告書かと言えば、王族についての調査報告書。

そう、遂に報告書が上がってきたの！

当然、すぐさま目を通したわ！

中身は、一般にも広報されている通り一遍のことから、ご家庭の事情まで。

決して分量は多くはないけど、よくこんなことまで調べたわねって驚くようなことまで書いてあって、さすがはお父様の部下って感心したわよ。

ただ、その中から情報を取捨選択《しゆしやせんたく》して、国王陛下から欲しいだけの便宜《べんぎ》を引き出せそうな内容を選んで、それに役立ちそうな魔道具を開発する必要があるんだけど……。

それがとても悩ましい。

「王族について調べて貰っていたでしょう?」

その報告書に原因があると分かっていても、エマは報告書を覗き込んだりしない。

本当によく出来たメイドよね。

「そうでしたね。国王陛下に便宜を図《はか》って戴くために」

エマの口ぶりはちゃんと丁寧《ていねい》だけど、ニュアンスはとても軽い。

そこに国王陛下を利用しようなんて畏《おそ》れ多い、みたいな感情は全くなさそう。

むしろ、私のため、そしてゼンボルグ公爵領のため、国王だろうが使える者は便利に使ってても別にいいじゃない、くらいの口ぶりだ。

こういうゼンボルグ公爵家への忠誠心が、王族や古参の貴族達がゼンボルグ公爵領に力を付けさせたくない理由の一つなのよね。

「それで、欲しい物や抱えている問題について、色々報告して貰ったんだけど……」

私は報告書を手に取って、一番インパクトがあった内容、そして恐らく、最も喜ばれるだろう内容が書かれている部分を見つめた。

「……国王陛下に側妃を迎えさせようと言う貴族達の動きがあるらしいの。だけど国王陛下は王妃殿下を愛していらして、側妃は欲しくないみたいなのよね」

国王陛下に妃《きさき》は王妃殿下お一人だけしかいない。

お世継《よっ》ぎも、すでに王太子レオナード殿下がいる。

今はまだ、レオナード殿下も私と同じ六歳だから、王太子として立太子されてはいないけど。

いずれ十二歳になって『海と大地のオルレアーナ』のゲーム本編が開始される貴族学院初等部に入学する頃には、立太子されて王太子として通うことになる。

つまりお世継ぎ問題は解決済みだから、側妃は必要ない。

だけど、国王陛下と王妃殿下の子供は、レオナード殿下一人しかいない。

他に王子も王女もいない。

しかも、オルレアーナ王国は大国だ。

当然、王室に娘を送り込んで権力を握りたい貴族なんて、掃《は》いて捨てるほどいる。

レオナード殿下を邪魔《じゃま》に思っている人達もきっと少なくないはずだ。

だからスペアの第二王子が必要だし、婚姻《こんいん》政策のために王女も必要になる。

それを理由にして、貴族達はこぞって娘を側妃にしようと国王陛下に迫《せま》り、王妃殿下の実家に圧力をかけて黙《だま》らせようとしている。

本来なら、余所様の家のお家騒動《そうどう》なんて、関わり合いにならないに越したことはないけど……。

こんな政治的に不安定で付け込む隙《すき》があると、お父様達が王国を乗っ取ろうと陰謀を企《たくら》んでしまうかも知れない。

だからそんな隙をなくせば、破滅《はめつ》も処刑も遠ざかるはず。

そう考えると、この問題を利用《解決》しない手はないのよね。

「それは……魔道具ではどうにもならない問題では？」

「うん、まあ……直接的にはそうなのよね。だけどこの問題のインパクトが大きすぎて、他の物だと期待した便宜を図って貰うには全然足りない気がするわ」

スパイスがきつい食事の口直しに甘くて美味《おい》しいお菓子《かし》が欲しいとか、レオナード殿下に優秀な家庭教師を付けたいとか、そんなの叶《かな》えても、ねえ？

「お嬢様……まさか腹案がおありなのですか？」

「一応、間接的に、お手伝いくらいは出来るかも？　と言う程度の、全く確実性がない方法なら」

目を丸くするエマに、そう歯切れ悪く答える。

そもそも子供は天からの授《さず》かり物だもの。

だから私に出来るのは、少しでも確率を上げることだけ。

「ちょっとお母様のところへ行くわ」

「はい、お嬢様。行ってらっしゃいませ」

廊下《ろうか》で出会ったメイドにお母様の居場所を聞いたら自室でお茶をしながらのんびりしているらしいから、お母様の自室へと行く。

「お母様、ご相談があって来ました」

「まあ、今度は何かしら？」

相談があるから、ママ、じゃなくて、お母様。

それを理解したお母様が、今度はどんな突拍子もない事を言い出すのか楽しみね、と言いたそうな顔で微笑む。

私のことを理解してくれていて、嬉しいやら、申し訳ないやら。

お母様の顔を直接見たら……なんだか急に恥ずかしさがこみ上げてきたわ。

「どうしたの？」

「えっと、その……ですね？　実は、下着を作りたいな、って」

「あら？　今のはもう合わなくなってしまったの？　マリーも成長しているのね」

「いえ、私のじゃなくて……お母様のを」

「わたしのを？」

意図を説明すると、見る間にお母様の顔が赤くなっていく。

私も、すごく恥ずかしくて顔が熱くて、きっと真っ赤だ。

「つまり、マリーは赤ちゃんの作り方を、もう知っているのね？　六歳には早すぎないかしら……

でも、マリーですものね、天才ですものね、どこかで知っていてもおかしくない……のかしら？」

そこは是非、スルーして欲しい。

ともかく、そういうこと。

異世界転生定番の、女性の下着問題。

この世界の下着もご多分に漏れず、色気も何もないズロースと乳バンドだ。

そこで、セクシーランジェリーを作る。

と言っても、普通のブラとショーツだけど。

それだけでも、この世界の人にとっては、はしたないくらいエッチな下着になると思う。

ゴムはないから、ショーツはサイドで紐を縛る形で、ブラも前か後ろで紐を縛る形になるだろうけど。

でも、ベッドでドレスやネグリジェを脱《ぬ》がせたら、色気も何もないズロースと乳バンドじゃなくて、紐で結んだブラとショーツが現れたら、きっと男性諸氏は大興奮に違いない。

国王陛下も王妃殿下を毎夜寝室《しんしつ》へ呼ばれること間違いなし！

……だといいな、と。

大きな声では言えないけど、私、前世でそういう経験をしたことがないから……男性の反応なんて正直分からないんだけどね。

ともかく、そういう下着作りを、お母様とお母様お抱えのお針子さん達に手伝って貰いたいのよ。

そういうわけで、ペンと羊皮紙を借りて、ささっと簡単なデザイン画を描いた。

「まあ！」

お母様が驚いて、益々《ますます》顔が赤く染まっていく。

部屋の隅で控えていたお母様の侍女《じじょ》のフルールが、そわそわとこっちを気にしていたから、手招きしてデザイン画を見せた。

「これは……お嬢様、あまりにも大胆《だいたん》すぎませんか？」

フルールはお母様より三つ年上の、まだ二十五歳の若い女性だ。

結い上げてお団子にした青みがかった黒髪と、吊り目気味の藍色《あいいろ》の瞳を持つ、うちの派閥《はばつ》のユーク子爵令嬢で、結婚してシャゼーリ男爵夫人になった、お母様の側近で親友でもある。

お母様とはまた違うタイプの美人で、眼鏡をかけたら『ざます』って言うのが似合いそうって思っているのは秘密。

私も小さい頃から可愛がられて、ある意味でもう一人のお母さんみたいな人ね。

だから私みたいな子供が考えるような物じゃないって、そう思っていそう。

ちょっとお堅《かた》いところがあるから、そのデザイン画に渋《しぶ》い顔をしている。

「どうせやるなら、このくらいインパクトがある方がいいと思うの」

フルールも、この下着を着て旦那さんに迫ってみたら？

なんて冗談は口にしない。

多分、いや間違いなく、子供がなんてことを言うんだって叱《しか》られる。

フルールにはその手の冗談が通じないから。

でも、フルールにはまだ子供がいないから、お母様共々、実験を手伝って貰おう。

「そういうわけだから、お母様もフルールも手伝ってね？」

「子供が気にする問題ではないと思うのだけど……マリーの狙い通り、もし本当にこれで王妃様がご懐妊《かいにん》されれば、政治的にも王国は安定して、その切っ掛けを作ったゼンボルグ公爵領への便宜もかなり期待出来るようになるわね」

「わたくしはもう、お嬢様が子供には思えなくなりました。ここまで政治的に気を回せるなんて、すでに貴族学院の高等部を卒業して成人されているご令嬢のようにしか思えません」

筆記試験の卒業資格だけは持っているけどね。

と言うわけで、二人を巻き込んで下着を作ることにした。

六歳にはまだ早いから、私の分は作らないけど。


それから二カ月掛かって、ようやくブラとショーツが完成した。

まず作ったのは、お母様とフルールの分。

貴族の肌着《はだぎ》だから、布の品質、肌触《はだざわ》り、色、デザイン、とにかく妥協《だきょう》できる物じゃなかったから大変だったけど、完成形が先にあるから、思ったほどは手間取らなかった。

何より、お母様お抱えのお針子さん達が、すごく優秀だったおかげね。

山のような試作品を作って、世が世なら王妃だったはずの公爵夫人であるお母様を満足させる一品を作り上げたんだから。

さすが、公爵夫人のお抱えだって、しみじみ思ったわ。

さらに私は改良したランプを、寝室用にと二人にプレゼントした。

私が開発した光量を変えられる機能に加えてもう一つ機能を追加した新作だ。

それは、デフォルトだと自然光のランプなんだけど、ボタンを押すとランプの光がなんとピンク色に変わると言う。

ベッド脇のナイトテーブルに置いた光量を落としたランプの明かりをピンク色に切り替えて、妻のネグリジェを脱がせたら……。

と言うわけね。

我ながら、六歳児が何を作っているんだろう……と我に返って真顔になりそうになったけど。

結果、大成功。

二人に試して貰った翌日から、お父様とお母様のイチャイチャ度合いがね、もうすごくてね。

どうだった、なんて聞く必要もないくらいだった。

それはフルールもね。

「娘が作った物で、こういうことを言うのも恥ずかしいけれど……効果は絶大だと思うわ。これは是非、陛下と王妃様に献上しましょう」

「はい、お母様、よろしくお願いします」

さすがに六歳の私が王妃殿下にエッチな下着とランプを献上するわけにもいかないし、お父様とお母様の二人で王都に出発して貰った。

片道およそ一カ月。

王都での国王陛下と王妃殿下との面会待ち、採寸して下着を作って、それからまた面会待ちして成果を確認して、便宜を図って貰えるよう約束を取り付けて。

その間に、魔道具の特許申請もして。

帰ってくるのは早くても三カ月後かな。

なんて思っていたら、予定より一週間も早く二人は帰ってきた。

「陛下も王妃様も、大変喜ばれていたわ。普通は面会を申し込んでから、公爵家でも数日や十日は待たされてもおかしくないのに、翌日急使が来て登城するように言われたときはビックリしたもの」

道理で、一週間も早く帰ってこられたわけだ。

「魔道具としても、その全く新しい技術に目を瞠られていたよ。魔道具としてのランプも、魔法陣の文様や命令文を置き換《か》える技術も、両方とも特許申請を無事に済ませられたから、便宜はかなり期待出来そうだ」

「良かった。頑張って作った甲斐がありました」

「本当にマリーは天才ね」

お母様が抱き締めてくれて、頬擦りして、キスしてくれる。

「でも、またああいう物を作る時は、次もちゃんと相談してからにしてね?」

「はい」

子供がああいう物をポンポン作るのはどうかと思うしね。

「せっかくだから、あの下着も売り出しましょうか。欲しがる貴族は多いと思うわ」

「そうだな」

お父様が咳払いして同意する。

何故咳払いが必要だったたか、そこは突っ込むまい。

そうして、お父様が商会長を務める我が家の商会、ジエンド商会から売り出されたその下着は、爆発的に貴族達の間に広まって、飛ぶように売れていった。

これは貴族にベビーブームがくるかもね……。

ちなみに、フルール懐妊。

お母様も懐妊。

私に弟か妹が出来ることになった。

もうね、すごく楽しみ！

だって前世では兄妹《きょうだい》は兄だけだったから。

しかもあんな帆船馬鹿《ばか》の兄だったから、可愛い弟か妹が欲しかったのよ。

お父様とお母様が私を愛してくれたのと同じかそれ以上に、私も愛してあげようと思うわ。

さらに二人の懐妊から遅れること二カ月後、なんと王妃殿下懐妊の報《しら》せが届いて、王国中がお祝いムードで盛り上がった。


ふと気付く。

ゲームでは悪役令嬢マリエットローズも、王太子レオナードも一人っ子だったはず。

…………。

まあ、いいか。

おめでたいことだし、ね。


それからさらに、嬉しい報告が続いた。

「マリー、シャット伯爵《はくしゃく》領で大型ドックが完成したそうだ」

「本当ですかお父様⁉」

執務室《しつむしつ》で執務中なのも忘れて、思わず椅子《いす》を蹴倒《けたお》さんばかりに立ち上がってしまったわ。

もう本当に、そのくらい嬉しい知らせよ！

お父様が差し出した、シャット伯爵家からの手紙を受け取って急いで目を通す。

「恐らく他の二箇所の大型ドックも近日中に完成するだろう。これで遂に大型船の建造が始められるな」

「はい！」

手紙には、大型ドック完成の報告と同時に、完成を祝う式典へのご招待もあった。

「是非行きましょう！　今すぐ行きましょう！」

「ははは。さすがに今すぐは無理だが、急いで準備をして向かおうか」

「はい♪」

それから私達は大急ぎで準備を済ませ、異例の早さでシャット伯爵領へと出発した。

そうしてやってきたのは、視察でも来た岬《みさき》の向こうに隠れるようにして建てられた大型ドックだ。

「うわぁ～～～～♪」

そこには、とんでもなく大きな建物がドドンと建っていた。

幅《はば》、奥行、高さ、どれを取っても体育館の何倍も広く大きな建物だ。

視察の時はまだ鉄筋の骨組みくらいしかなかったから全貌《ぜんぼう》が分からなかったけど、壁《かべ》と屋根が付いたことで、その大きさがより実感出来るようになったわ。

しかも大型の扉《とびら》がウインチを使って自動ドアになっていて、ボタン一つで開閉まで出来るのよ。

その大型の扉が今は開け放たれていて、大型ドックの中を見渡せるの。

両側の壁の鉄骨には、一定の高さごとに足場が組まれていて、天井にはクレーンが。

中央には巨大《きよだい》な造船台が設置されていて、壁際には運搬車や台車が。

この十三世紀前後の時代とは思えないほどに、とても近代的な設備が揃っていて、否応なくテンションが爆上《ばくあ》がりよ！

そして、大型ドックの中、造船台の前には、関係者一同が揃っていた。

領主のシャット伯爵、伯爵夫人、そしてジョルジュ君。

そのシャット伯爵と向き合うように、この大型ドックを建設した建築職人達や、鉄骨などを作ってくれた鍛冶職人達、これからがお仕事の本番の船大工達。

さらに、招待客である私とお父様とお母様、そしてオーバン先生を始めとした開発チームのみんなはゲストの位置へ。

最高機密の大型ドックと大型船だから、招待客は以上で一般公開は当然なしね。

「今日は、我々ゼンボルグ公爵領が大きく飛躍を迎える、記念すべき日となるだろう」

そして、シャット伯爵の言葉で大型ドックの竣工式《しゅんこうしき》が始まる。

「この他に類を見ない大型で最新鋭《さいしんえい》の造船所で生み出される大型船が、海の女神《めがみ》ポセーニアの加護と導きを得られるよう祈《いの》りを捧《ささ》げ、大いに祝うと共に――」

招待客のゼンボルグ公爵家関係者、主催《しゅさい》のシャット伯爵家関係者、そして様々な職人達が取り囲むように、竣工式の場となった中央には、立派な台座が三つ。

そのうちの一つに、海の女神ポセーニアの人より大きなサイズの像が飾《かざ》られている。

そして海の女神ポセーニアに祝福と加護を賜《たまわ》るようにと、カティサークのような大型船と、その前の技術検証用で練習船となる予定の半分のサイズの大型船の、何十分の一サイズの、長さ一メートル半から二メートル近い木製の模型が飾られていた。

これからこの大型ドックで、棟梁《とうりょう》を筆頭に船大工達が作ってくれたこの模型と同じ帆船が建造されるんだと思うと、胸が熱くなるわ。

さらにこの竣工式は、大型船の起工式も兼ねている。

だから最後にお父様が表向きの責任者として、挨拶をした。

「これより建造される帆船は、大西海の荒波《あらなみ》を越え、アグリカ大陸への直通航路を拓《ひら》き、そしてまだ見ぬ新大陸へと至るためのものだ。その未知の海へと船出する素晴らしい船を、諸君であれば必ずや造り上げてくれるものと信じている」

お父様の激励《げきれい》の言葉に、棟梁を始めとした船大工達が目を輝かせて、やる気を漲らせている。

その姿に、私も期待に胸が膨《ふく》らむと言うものよ。

そんな棟梁達を見回して頷くと、お父様が高らかに宣言する。

「そのまだ見ぬ景色を共に見ようではないか！　それでは諸君、着工せよ！」

「「「「おおおおぉぉぉぉぉ――――――――！！」」」」

お父様の号令に、船大工達が拳を突き上げて鬨《とき》の声を上げた。

船大工達が大型ドックの各所へ散っていく。

そして運搬車に載《の》せた木材が運び込まれ、早速丸ノコで木材の加工が開始された。

その作業の喧騒《けんそう》が、まるで新しい時代の到来《とうらい》を告げるラッパの音のように聞こえて、思わず身震《みぶる》いしてしまう。

「お父様、お母様」

私はもう居ても立ってもいられなくて、二人の手をギュッと握り締めた。

「ああ、そうだねマリー。私達は遂に大きな一歩を踏み出した」

「ええ、ここからね。ここから始まるのだわ」

「はい！」

そう、ここから始まるのよ。

まだ見ぬ世界へ、そしてゼンボルグ公爵領の繁栄《はんえい》へ、船出をするために！

## ◆◆ 書き下ろし短編　お嬢様《じょうさま》に寄り添《そ》う姉として

「よし、今日の訓練はここまで！　各自クールダウンして身体《からだ》を休めるように」

監督役《かんとくやく》の副団長の号令に、騎士達《きしたち》全員から疲《つか》れ切った安堵《あんど》の声が漏《も》れた。

わたしも、当然その中の一人なわけだが。

「アラベル、最近は音を上げずに最後まで付いてこられるようになってきたじゃない」

「ありがとうございます、先輩《せんぱい》方のご指導の賜物《たまもの》です」

同じ女騎士の先輩から声をかけられて、つい心が弾《はず》んで笑《え》みが零《こぼ》れてしまう。

新人で数少ない女騎士であるわたしにとって、男女問わず先輩達に交じっての訓練はハードだ。

それに、わたしが主家のお嬢様であるマリエットローズ様の護衛であり、最後の盾《たて》となるのだから、より厳しい目で評価され、厳しい訓練を課されていると言うこともある。

だから、些細《ささい》な一言でも、こうして少しは認められたと思うと嬉《うれ》しい。

軽くストレッチをして身体をほぐした後、木陰《こかげ》に入りタオルで汗《あせ》を拭《ぬぐ》う。

すると、兵舎からお嬢様とバスケットを抱《かか》えるエマが出てくるのが見えた。

「アラベル！」

真っ先にわたしに気付いて、大きく手を振《ふ》ってくれるお嬢様。

だからわたしも軽く手を上げて振り返すと、途端《とたん》にお嬢様が破顔して愛らしい笑顔になった。

ささやかなことではあるけど、なんだか嬉しく、もうそれだけで訓練の疲れが吹《ふ》き飛んでしまう。

「今日も差し入れよ。良かったらみんなで食べて」

「いつもいつもありがとうございます、お嬢様」

「お嬢様、本日もありがとうございます。おいお前達！　お嬢様からの差し入れだ！」

わたしがエマからバスケットを受け取ると、副団長が全員を集めて改めてお嬢様にお礼を言う。

そして訓練場の真ん中にシートが敷《し》かれ、ワクワクと全員の期待の視線が集まる中、バスケットから取り出されたのは、カナッペだった。

クラッカーにクリームチーズを載《の》せ、さらに葉野菜や生ハムを重ね、オリーブオイルや胡椒《こしょう》で味付けしてある軽食だ。

他にも、ブルーベリーやジャムなど、デザート風のカナッペもある。

「では、戴《いただ》きます……ん、これは……さすがお嬢様、今日のもとても美味《おい》しいです」

「そう、良かった♪」

その嬉しそうな愛らしい笑顔に、思わず頬《ほお》が熱くなってしまう。

それは他の騎士達も同じらしい。

「いやあ、お嬢様は料理もお菓子《かし》作りも本当にお上手で、訓練後のこの差し入れだけが励《はげ》みです」

「美味《うま》い……すごく美味いです」

饒舌《じょうぜつ》な男も口下手な男もみんな相好《そうごう》を崩《くず》し、しかし奪《うば》い合い貪《むさぼ》るように食べていく。

「気持ちは分かるけど、もっと落ち着いて食べなさいよ」

「そうよ。しっかり味わって食べないと、お嬢様に失礼じゃない」

女騎士達はお嬢様の手間を考え、そんな男騎士達に苦言を呈《てい》さずにはいられないらしい。

これにはわたしも同感だ。

お嬢様に感謝しながら、もっとじっくり味わって食べて欲《ほ》しい。

でもお嬢様は、仕方ないなと言う顔で微笑《ほほえ》むだけで特に気にしていないようだ。

「運動後は三十分以内にタンパク質を摂取《せっしゅ》すると、より筋肉が付くのよ。それに加えて、乳製品と糖分を摂取することで、それがさらに効果的になるわ」

むしろ代わりに、そうアドバイスをしてくれる。

この余裕《よゆう》、本当に大人びていて、これではどちらが大人なのやら。

「さすがお嬢様、博識ですね」

「えへへ♪」

タンパクシツなる物が、具体的にどういうものかは分からない。

実家の伯爵《はくしゃく》家でも、学院でも習わなかったからな。

しかし、お嬢様のアドバイスを実行するようになってから、同じ訓練でも以前と比べて力こぶが硬《かた》くなり、腹筋もより割れてきたと思う。

それは、ここにいる騎士達全員が実感していることだ。

主家のお嬢様がわたし達のことを考え、わざわざ手作りの料理やお菓子の差し入れをして、アドバイスをしてくれる。

臣下として、こんなに嬉しいことはない。

全員それが分かっているから、お嬢様を見つめる目はみんな優《やさ》しく温かかった。

差し入れを食べ終わった後は、自主練をしたり部屋で休んだり、めいめい好きに過ごす。

わたしは訓練場の隅《すみ》にある木陰に腰《こし》を下ろして、少し身体を休めることにした。

「アラベル、隣《となり》いい？」

「もちろんです、どうぞ」

わたしの隣に腰を下ろして、足を伸《の》ばすお嬢様。

背を木に預けて、リラックスした顔だ。

吹き抜《ぬ》ける風が訓練で火照《ほて》った身体を冷ましてくれて心地《ここち》いい。

目を閉じて風を感じていると、ふと、脇《わき》に重みを感じる。

目を開けてそちらを見れば、お嬢様がわたしに寄りかかって小さな寝息《ねいき》を立てていた。

「お嬢様……」

座《すわ》って、ほんのわずかしか経《た》っていないのに、いつの間に。

「午前中はダンスのレッスンと執務《しつむ》がありましたのでお疲れだったのでしょう」

エマがそう教えてくれる。

お嬢様はまだ幼いのに、忙《いそが》しすぎるほどに習い事とお仕事をされているからな。

「ご自身がお疲れなのに差し入れを持って来て下さったのか……」

ありがたく、同時に申し訳なさも感じてしまう。

「あら、寝顔可愛《かわい》い」

「お嬢様はお休みに？　アラベル、懐《なつ》かれているわね」

女騎士の先輩達も集まってきて、お嬢様の寝顔を覗《のぞ》き込《こ》んでは、微笑ましそうに見守る。

「懐かれている……でしょうか？」

「もちろんよ。でないと、子供がこんなにくっついて、安心した寝顔を見せるはずがないわ」

だとしたら嬉しいが、それほど懐かれるようなことをした覚えはない。

シャット伯爵領に視察に出向いた際には、孤児《こじ》のことでむしろ不興を買ったはずだ。

そんな疑念を抱《いだ》いたわたしに、エマが静かに首を横に振った。

「お嬢様は、アラベル様に期待し、望まれているのだと思います」

「それは、しっかり護衛の任を果たすようにと……？」

「いえ、そのように誰《だれ》でも出来る、ただ役目をこなすだけの騎士としてではなく、お嬢様のお心に寄り添える『姉』としてのお立場を」

「わ、わたしがお嬢様の『姉』!? そんな畏《おそ》れ多いこと……！」

「あたしの勝手な憶測《おくそく》で、お嬢様がそのような事を口にされたことはありません。ですが……お嬢様にとって最も年が近い同性は、アラベル様とあたししかいませんから」

言われて、納得《なっとく》する。

お嬢様の周りに同年代の子供はいない。

なぜなら、お嬢様の高い知性と教養、そして志に付いてこられないからだ。

ましてやお嬢様の身の安全を考えれば、お嬢様がこれほどのお方だと言うことを、まだ善悪の分別も怪《あや》しい子供達から広まるようなことは、絶対に避《さ》けなくてはならない。

それを踏《ふ》まえると、お嬢様の御前《ごぜん》に出られる資格や信用がおける使用人や騎士で最も年若い者が、わたしとエマしかいないのだ。

お嬢様が成してきた仕事と成果を、そしてその理念と志を、ずっとお嬢様のお側《そば》で見て、最も理解を示せる立場にいるのが、他の誰でもない、わたしとエマのみ。

「それに今は旦那様《だんなさま》も奥様《おくさま》も、船員育成学校の開校準備で各地を飛び回っておられますから……」

「そう、か……そうだな……」

その寝顔はあどけなく、とても愛らしい。

しかし、その小さく幼い両肩《りようかた》に、ゼンボルグ公爵領の未来を背負われている。

それは、どれほどの重圧だろう。

しかもお嬢様は、この幼さでその意味を理解されているのだ。

お嬢様の思い描《えが》く理想、理念、そしてゼンボルグ公爵領を発展させた未来。

わたしにはまだ、それらを共有し隣に立って見ることは出来ていない。

そうありたいと考え、理解に努めようとしたことはある。

しかし……本当の意味で、そうあろうと本気で努力したことがあっただろうか？

胸が熱くなる。

このあどけない寝顔の幼い女の子を……守ってあげたいと。

騎士として、剣《けん》となり盾となり、お嬢様をお守りするのがわたしに与《あた》えられた役目。

しかし、そんな仕事としてではなく、ただ心から守ってあげたいと。

それが『姉』としてなのかどうかはまだ分からないが……。

わたしに凭《もた》れてくるお嬢様の重みが、体温が……幸せだと、そう感じられたから。

# あとがき

こんにちは、浦和篤樹《うらわあつき》です。

この度《たび》はこの本を手に取って頂きありがとうございます。

本作はＷｅｂ小説投稿《とうこう》サイトに投稿していたもので、ありがたいことにカクヨム様で賞を頂き、書籍《しょせき》化することとなりました。

書籍化にあたり加筆修正をしていますので、Ｗｅｂで読んだ方も楽しんで頂けると思います。


あとがきから読む方へ向けて作品の内容を簡単に紹介《しょうかい》すると、時代背景はおよそ十三世紀前後の、まさに大航海時代前夜。

乙女《おとめ》ゲームの悪役令嬢《れいじょう》マリエットローズに異世界転生した主人公が、取りあえず恋愛《れんあい》は脇《わき》に置いておいて、大好きな家族を守り断罪と破滅《はめつ》を回避《かいひ》するため、新大陸を目指すことを決意。

新大陸を目指せる最新鋭《さいしんえい》の大型船の建造、航海に必要な道具や魔道具《まどうぐ》の開発、そして海洋貿易を主眼においた領地経営に邁進《まいしん》する、と言うものです。

裏を返せば、主人公の言動もエピソードもほぼ全《すべ》てがそこに集約し、それら本筋に関係ない開発やエピソードは、ほぼバッサリと切り落としたものとなっています。

手広くあれこれではなく、一点突破《とっぱ》ですね。

なので、帆船の建造技術や航海術、海洋貿易に使えそうなネタなど、ネットであれこれ調べ、また図書館でも色々な本に目を通しと、探したり勉強したりしています。

それらを上手にエピソードに落とし込み、お話が盛り上がるよう書いていくのは大変ですが、楽しい作業でもありますね。

もちろん、なんでもかんでも史実通りに書けばいいと言うわけではありませんから、乙女ゲームを舞台《ぶたい》とした作品らしさや、本作の世界観とコンセプトに合わせ、取捨選択《せんたく》したり、より作品を楽しめるように変更《へんこう》したりと、毎度頭を悩《なや》ませていますが。


ともあれ、そうして書き上げたのが、本作です。

それをこうして皆様《みなさま》にお届けできて非常に嬉《うれ》しく思います。

可愛《かわい》いイラストを描《か》いて下さったｎｙａｎｙａ様、担当編集のＫ崎《さき》様、そして応援《おうえん》下さった読者やご協力頂いた皆様、本当にありがとうございます。

マリエットローズと共に、大海原《おおうなばら》の向こうを夢見て楽しんで頂けたら幸いです。

本書は、カクヨムに掲載された「悪役令嬢は大航海時代をご所望です」を加筆修正したものです。

DRAGON NOVELS
ドラゴンノベルス

悪役令嬢は大航海時代をご所望です

2024年7月5日　初版発行

著　　者　浦和篤樹《うらわあつき》

発 行 者　山下直久

発　　行　株式会社 KADOKAWA
〒102-8177　東京都千代田区富士見 2-13-3
電話 0570-002-301（ナビダイヤル）

編　　集　ゲーム・企画書籍編集部

装　　丁　寺田鷹樹

D　T　P　株式会社スタジオ２０５ プラス

印 刷 所　大日本印刷株式会社

製 本 所　大日本印刷株式会社

DRAGON NOVELS ロゴデザイン　久留一郎デザイン室＋YAZIRI


ISBN978-4-04-075455-0　C0093